LUMINAIRE
光启

守望思想　逐光启航

暗 樱

樋 口 一 叶 经 典 作 品 集

[日]樋口一叶 著

罗嘉 译

上海人民出版社　LUMINAIRE BOOKS 光启书局

目录

暗樱

闇桜

上

竹篱虽隔开了中村、园田两家的宅院，但一口水深清冽的井却是两家共用。檐下的寒梅，暗香浮动，一树绽放两家春。

园田家的主人前年过世后，二十二岁尚在读书的良之助继承了家业。那一厢中村家，先前有过一个男孩，可惜过早夭折，只剩一个宝贝千金被视若掌上明珠，宠爱备至，生怕惠风吹乱了簪饰。家人因祈愿她能享鹤千春，取名为千代。寸草春晖，可见一斑。

自古道："白檀双叶已闻香。"待她三叶、四叶地成长之时，世人均已翘首以待，期盼着她日后的姿容。弥生三月，细雨微风花自艳，更添多少看花人。可那怒放却在何时？恰似月影横斜，亭亭玉立地到了十六岁，梳起了高高的岛田髻，雾鬓风鬟，倍加婀娜。正好比万绿丛中一点红，超群出众。走到哪里，都是议论纷纷："看，中村家的小姐。"生为美人，自是多生了烦恼。

习惯真是潜移默化。曾经在北风呼啸中放飞风筝，总嫌电线杆碍手碍脚。不过这些都已成为了过去。现在两人相见时，虽然举手投足间身形已不同当年，可依旧童心未泯，不曾留意仍就“阿良哥哥”“千代妹妹”地叫着。天真无邪的说笑中，难免引出一番口角。“你别来了。”“我来干吗？谁愿意来！”嘴上说着，不欢而散。可不待两天，便又说：“昨天是我不好，再不那么使性子了，和好吧。”一句孩子气十足的道歉，到底是把春冰都融化了。“哎呀，怪我不好。”两人又冰释前嫌。

假若自己有妹妹，大概也是这般可爱吧。看她喜笑颜开地拉着自己的袖子说：“阿良哥哥，昨晚我做了一个好梦，梦见你毕业了。但不知你在哪里高就，头戴高帽，气派十足，坐着一辆黑漆马车，去往一栋洋房呢。”“没听说过梦是反的吗？不要给马车撞到才好。”这边开怀大笑，那边秀眉紧蹙。“净说些不该说的话。今天是礼拜天，哪儿都不准去。”这番道白，哪又是受过当今教育的人该说的话，实是情之所至。

这厢既不介怀，那厢自不客套。可叹浮生悲凉，一切皆无常。但两个年轻人全然不晓，依旧开开心心，快活地过着每一天。

二月中，尚是春寒料峭，约好了赏梅，又恰逢德大寺的庙会，傍晚两人便结伴而行，倒也其乐融融。

“阿良哥哥，答应好的事情，没忘吧？”

“啊，放心吧，忘不了。不过……我答应什么了？”

“瞧你呀，出门时我那么再三地央求过你呢。”

“哦，对了，想起来了。是想看看八百屋阿七[1]的发条人偶对不？”

“哎呀，又蒙人。”

“要不就是想看从丹波活捉来的野熊？”

“算了。我回家了。”

“抱歉抱歉，刚才是逗你玩儿的。中村家的千金，千代小姐拜托的事情，怎会这等无聊。看我良之助的……”

“行了。我什么都不要了。”

“好啦，别生气啦，边走边吵，不是叫人笑话。”

“还不都是你，净在那儿东扯西扯的。”

“所以呀，不是跟你道歉了吗。你瞧，净顾着拌嘴了，杂货摊都走过了。”

“哎呀，那怎么办？前面还有吗？”

---

[1] 阿七为井原西鹤所写《好色五人女》中的人物。江户时期，卖菜女阿七因火灾避难于寺庙，偶遇吉三郎，两人互生爱恋。后阿七为能再次相见而纵火，被处火刑。歌舞伎、净琉璃等诸多形式的作品里也多从此取材。——译注。本书注释皆为译注

“那谁知道。刚才是谁说什么都不要来着？”

“还说！”

就这么打打闹闹，说笑了一路。

街道两旁树木繁茂。“过来瞧瞧吧。”一听吆喝，两人便忙着凑过去，把木屐踩得咔哒作响。那边抚琴的盲女，难不成是“朝颜 ”在世，不禁让人想起那句“朝露待日晞”。[1]“尝一尝糖渍栗子吧。”叫卖声倒也甜美，而隔壁却是卖厚烧咸脆饼的。相互为邻又相安无事，煞是有趣。

“阿千，快来，你看右边那第二棵树。”

“哇，好美的红梅。”

两人正看得出神。“中村。”冷不防后背让人拍了一下。回头一看，是一群梳着西洋发髻的女学生。

“好甜蜜呀。”

不知是谁，朱唇一启，溜出一句毫无避讳的话，众人旋即跑开。夜风中，回荡着嘻嘻笑闹声。

“阿千，那是谁呀？同学吗？好无理呀！”

---

[1] 净琉璃剧目《生写朝颜话》中，藩主的女儿深雪送与武士阿曾次郎一柄写了朝颜（牵牛花：朝绽夕谢）词的扇子。阴错阳差，两人聚散分离，后深雪沦为盲艺人，改名朝颜。一次抚琴时，在座的阿曾次郎认出了深雪，悄悄给她留下了眼药及扇子。深雪医好了眼疾，在家臣的帮助下，与阿曾次郎终成眷属。剧中深雪亦为朝颜的象征。“朝露待日晞”便是深雪送给情人的扇子上所写的词。

良之助茫然而立，千代垂首赧然。

中

昨日那颗彷徨无主的心，不知何时起，竟已情窦渐开让人无法按捺。幽暗昏惑中，耳畔总是萦绕着他的声音，每每想起，便不禁面红耳热。爱上他，怎会这样羞涩、蕴藉又惶乱？“这么说会让他笑话吧”“那么做会惹他嫌弃吧”，就连那最简单的对话也都说得颠三倒四。宛如榻榻米上厚积的灰尘，此刻纷乱的心境也已堆积如山。“好想你，好想见你。”这话搁在昨日，还能口无遮拦地说出来，现在想想，何其幼稚，只有不停地自谴自责。既不能提“隔壁的”，也不敢叫“阿良哥”，可越是不说不叫，心里便越是凄苦。想起那句古歌：“纵无泪，缘何唐衣染斑斓。”[1]

彻夜辗转反侧，好不容易心力疲惫地迷糊过去，可梦里见的又是那个身影。他温柔地抚摩着她的背：“想什么呢？”偷望一眼，好想说：“在想你。”却欲言又止，低头不语。“跟我都不说，太生分了吧。该不会是看上谁了？好羡慕。”可恨他竟还在装傻。“要是看上了别的什么人，我还能为人消

[1] 引自《古今和歌集·恋歌二》。原句为：“思君恋君肠断魂，纵无泪，缘何唐衣染斑斓。”

瘦？你看。”他轻轻捏住了那只伸出的手，满面笑容：“到底是谁呀？”正待回答，拂晓钟声到枕旁，一觉转醒，正可谓日有所思夜有所梦。犹如歌里所云“恨鸡鸣”。[1]可遗憾的何止是春梦乍醒，依依惜别，那缱绻之情，何尝不在。

“一大早上起来，气色怎么这么不好。怎么了？”母亲自是不知女儿的心事，相问之下，不由得羞红了脸面，心下更是凄然。

白日里闲来无事，聊借手上的针线活排遣纷乱的心绪。“现在什么都不要想了。心里的爱恋本就不该有，如果说出口反倒惹人生厌，再也无颜以对了。人家是把自己当作妹妹才会如此体贴入微。能与他白头偕老的，会是怎样的人？哎，还不是明摆着么。能成为他妻子的，必定有倾国倾城之貌，丝竹管弦之能，必定是才貌双全呀。我都尚且如此认为，更何谈他本人呢。那种可望而不可及的事情，想都不要想了，不然这么多年的交情，岂不自毁长城，反倒可悲了。不再想了，不再想了。心无旁骛，只把他当作亲哥哥才不会惹人厌烦，至少还可以听他说些贴心的话。”

虽说已是死心断念，泪水却不听话地流向腮边。前思后

---

[1] 引自《古今和歌集 · 恋歌三》。原句为：“恋兮恋兮见时难，不忿朝来鸡鸣，怕天明。”

想了半天，思绪依然像丝线一般，剪不断理还乱。

“反过来想想，怪只怪他平素对我太过温柔，但凡他摆出一副不冷不热的态度，也不至如此。这般难以割舍，到底是我之错，还是他之过？真是越思越想越恨你。不想听到你的声音，不想看到你的模样。听见看到了，徒增的只是我的烦恼和心下的焦灼。可如果他真要动了气性，从此不再踏入我家的门槛，我便也不好再上他家的门了。想想就让人心痛，但如果真到了水火不相容的地步，倒也便死了心了。好吧，从今天开始，不再去见他，不再和他说话，要是这样真能伤到他，不也正合我意吗？”

前一刻的苦思冥想刚有所平息，忽听到隔壁传来那人的声音，顿时先前所有的决心都功亏一篑。“这是想什么呢？我不是一心只盼着见到他吗？在我心里，他的位置是没人能够取代的。可良之助的眼里却纯洁无物，看着我，除了觉得可爱，多一点其余的感情都没有。我爱的人，竟这样生是不知道世上还有一个爱着他的人。既然不知，自是不能理解我的烦忧。真是好笑，对这种愚钝的男人，还能说什么呢？罢了，未来的事，先不去多想，想多了，反倒庸人自扰。”

春天还有多远？不要说花儿了，就连墙根的芳草也已欲动萌发。

下

“阿千，今天好点儿了吗？”良之助推开双扇屏风，坐在了枕边。

这番狼狈，怎见得了人，想撑起身子，无奈竟瘦得弱不禁风。

“不能就这么躺着。”

“哪里的话。抱病之躯，不必拘礼。要想起来坐一会儿，就靠着我。”正想去扶，她却兀自起身，端坐在那里。

“阿良哥，学校那边，现在是不是正在考试？”

“嗯，是呀。”

“那你还常来看我，这样行吗？”

“别想那么多了，对你的病不好。”

“可是，我觉得好过意不去。”

“这有什么好过意不去的，与其想这些不着边际的事情，快些好起来才最要紧。”

“谢谢你的关心。可是这次，我觉得好不起来了。”

“又说傻话。总是这么消沉，身体怎么好得起来。这种丧气话，假若给你爹娘听到，不知道他们会有多担心呢，这还是之前那个孝顺女儿吗？”

“可是真的好不了了。”她气若游丝。望着他，睫毛上泪珠晶莹。

“别说傻话了！”嘴里这么说，心下也大抵明白了。啊，时日无多。只见她日渐消瘦，单侧的酒窝曾经那么可爱，如今两颊也已塌陷，白皙的面庞更加苍白，几缕青丝散落其上，却没了光泽。任谁见了这番模样，都会心如刀绞，不知所措。

蕨草图案的睡衣，软软地贴在身上，浅红色的腰带，在胸前随意打了个结。这身影，还能见到几日？昔时天天凑在一起，形影不离，竟没看透她的心事。那小小的心底，何时装下了这等忧思。

昨天傍晚，听阿福流泪诉说，她发着高烧，嘴里呼喊的还是我的名字。也难怪阿福责备我：“都是因你而得的病。”恨自己的愚钝，也恨你只字不提。

今早探病时，她从清癯的手指上，褪下一枚戒指：“这个给你，留作纪念吧。”说罢，强颜欢笑。

若早知她意，何至让她衰弱如斯，一切都是我的错。

“阿良哥，早上给你的戒指，戴着吗？”声音已是细若游丝。

想要回答，可胸闷郁结说不出话来，只得无言伸出了左手。

她拉过那只手，久久凝视着：“只把这当作是我吧。”话未尽，泪已落，伏倒在了枕上。

“阿千，是不是很难受？阿福，快拿药来。怎么了，脸色怎么这样差？伯母，快来看看。”母亲正在隔壁求神拜佛，阿福则在厨房里取供水，良之助的惊呼声，令两人仓皇失措，忙不迭地跑到了枕边。千代睁开眼睛：“阿良哥呢？”

“阿良就在你枕边，喏，就在你的右面。”

“母亲，请您让阿良哥回去吧。”

“为什么？我在，有什么不方便吗？嗯，在这儿也不碍事吧？”

“阿福，请跟阿良哥说，让他回去吧。”

“小姐，这是怎么了，您不是一直在等他来吗，这会儿怎么又……要是不舒服，就喝点儿药吧。母亲吗？你母亲就在后面呢。”

“我在这儿呢。阿千，妈妈在这儿呢。看见了吗？已经差人去叫爸爸了，振作起来！来，喝口药吧。嗯？胸口不舒服？哎呀，怎么流这么多汗。阿福，快去请医生！

“他爸，别傻站在那儿，想想办法。

“阿良，把那块毛巾递给我。

“什么？对阿良抱歉……请他回去……哦，好的，我会跟他讲。阿良，都听到了吧。”

可怜那做母亲的，几欲发狂。女儿一呼一吸间，眼看着脸上渐渐没了血色，难不成就在今夜便要香消玉殒。良之助不忍离开，可又不愿让临终人心下不安，只得移步屏风外。

“阿良哥。”那一声呼唤，气息奄奄。

“怎么了？”再回头去。

“明天，再跟你道歉。”

也无风，檐上落樱何飘摇。残霞夕照，晚钟悲鸣。

初刊于《武藏野》

明治二十五年（1892年）

埋没

うもれぎ

第一回

一支丹青妙笔，便能出神入化。瞧那五百罗汉、十六善神、空中楼阁、回廊悠阁，无不惟妙惟肖，更有三寸香炉或五寸花瓶，描绘着大和人物或秦汉造像。你看那元禄[1]时代的儒雅风流，神话传说中诸神的高髻云鬟，铠甲上针脚密布的浑然天成，宫廷贵人的华冠丽服，抑或是袍带上呼之欲出的湖光山色，还有那诚可谓古乐至尊的高山流水，那蕴涵天地之浩远、山水之灵韵的意境，无不被刻画得栩栩如生，活灵活现。就连那些以为研磨金粉并不费吹灰之力的外行看来，都会为之惊叹。可他自己，却是自轻自贱。每每放下笔来，总是叹谓这行“真乃大势已去”。可叹，提起萨摩[2]，唯

[1] 元禄，1688—1704年间的日本年号，町人文化发达。

[2] 萨摩，日本古代令制国之一，今鹿儿岛西部。19世纪60年代的幕末战乱年代，萨摩藩为积极的倒幕派，实力强大。

有鲣鱼片人人皆知，而我柴窑为魁的萨摩烧[1]却不名一文。

遥想天保年间，苗代川有位名叫朴正官的陶匠，感叹当地没有制作五彩描金的能工巧匠，仅凭十六岁的一己之力，便勇者无惧地向藩厅长官呼吁，请来了两位坚野的师匠。在师父的言传身教下，他刻苦钻研那一流的祖传手艺，卧薪尝胆几度春秋，才终于在安政初年，于田之浦的窑厂，开了间彩陶作坊。其中甘苦，不知几何。恰逢艺术至上的盛世，[2]匠人们得以随遇而安，仅此东京，便有不下二百余名画匠。尽管日本各种技法那令人叹为观止的不传之秘，备受隔海千里的洋人青睐，但这一独到技法的妙趣，却无人问津，更无心钻研。这些人，虽手执画笔、临摹研习，实则已利欲熏心。“何为‘美’？那乃是生财之道。不过是吉原、洲崎一带花街柳巷里的姑娘，当然，品川的美人也不能等闲视之。”画匠嘴里哼着三弦的曲儿，那杆笔则随着节奏信手涂鸦，还不乏自鸣得意地说：“总而言之，在这物欲横流的社会里，衡量美的标准，说到底还不是由成交价格来决定的嘛。零售商能相

[1] 萨摩烧，18世纪末，在九州萨摩生产的一种乳色陶器，上饰以精细的色彩及描金图案，是日本陶瓷界的瑰宝。萨摩烧分为白萨摩和黑萨摩两种，白萨摩多为贵族用器，以金、红、绿、紫、黄等色彩绘制，加以绚烂的彩色描金。黑萨摩由于使用含铁量多的土制，质地较黑，多为庶民的日用制品。

[2] 此处指明治六年（1893年）的维也纳万国博览会上，日本的古美术品、工艺品备受称赞。以此为契机，明治十年代以后，艺术风潮蓬勃发展。

中的东西，便是无价之宝。”简直是一派胡言。

正因如此，陶器价格被卖国奸商一手操控，行情每况愈下。匠人们的日子本就捉襟见肘，自己却还是浑浑噩噩、愚昧无知，觉得如此不讨巧的生意，不如偷工减料。因而敷衍了事，做出的东西粗制滥造。更有些人，把那初学乍练，坐在画具台前还昏昏欲睡的新手挑唆起来，管它是口沿还是底足，都任其挥洒笔墨。你道那是泼金吗？怎一个“美”字了得，简直如同揩画具的毛巾，污浊不堪。这些人简直把这一行当弄得颜面扫地。如此下去，要不得十年，萨摩烧便可与那今户烧为邻，伴其左右，摆在杂货店里，任风吹雨淋，无人问津。但他们也并非蒙昧无知，可谓极会审时度势：既然时势如洪流，一泻千里而不可挡，不如袖手旁观，以手托腮，伸着懒腰，苟且将就。一旦有了不堪的后果，他们也不曾想自己当初是如何推三阻四，做缩头乌龟的，竟只会怨天尤人，大呼小叫着“此乃天数”，蛮不讲理地四处乱咬。叹那老天爷，亦被蒙上了不白之冤。

不过这也难怪。身为我蜻蜓洲[1]数十万子民的一份子，不知这些人确曾有过丁点的感佩之心！想当年圣上恻隐慈悲，但见民不聊生，于是施仁布恩。可此等小辈，哪里懂得

[1] 蜻蜓洲，日本本州岛古时的雅称。

何谓诚惶诚恐，只把大日本帝国的名誉撇在一旁，如同一团废纸般丢进了垃圾筐。岂不知，暴殄天物，是要遭天诛地灭的。

想及身逢此种不知何为贵的世间，如果自己也如同他们一般，人云亦云地愤世嫉俗，岂不与此辈同流合污了？“即便如此，我有我的信念。自打握上这支笔，不管别人如何恶语中伤，骂我痴也好，笑我愚也罢，我的志向，乃矢志不渝，千金难换。我要持之以恒地磨练技法，在此等轻薄浮躁之辈都能被称为‘才子’的世道里，我要让他们知道，唯有坚持正直，才能发现价值，唯有刻苦钻研，才见春华秋实。我要让他们明白此道的真髓。我才不在乎旁人的眼光，一定要烧出自己满意的珍品，让我怪杰入江籁三的名字，在陶艺史上流芳百世。可惜自己一贫如洗，经年累月，空有一身抱负。如此虚度下去，一腔的奇思妙想，不知何年何月才能展现给世人。真是让人痛心疾首，无可奈何。”

每念及此，籁三便紧紧握住右拳，手腕不住地颤抖，他心如刀绞，但只能默默饮泣。那一腔怨愤，虽不曾吐露，可不知何人，竟给他起了一个诨名，叫作“愤世先生”。他便成了人们茶余饭后的谈资，但少有人来叩那贫穷之门。他没有朋友，没有弟子，更没有老婆，唯有一个叫作阿蝶的妹妹与他相依为伴。他们住在高轮的如来寺前，门口的篱笆上攀满了牵牛花，屋檐下蚊香袅袅，陋室里只有那茶色团扇[1]，与他不离不弃。

第二回

十六七岁的碧玉年华，便是任那筷子掉在地上，都会觉得好笑的年纪。可穷人家的姑娘，纵是在春花秋月里，亦能引泣哀伤。和她年龄相仿的姑娘，新款浴衣外都系了条时髦腰带，婀娜多姿，煞是妩媚。细一端详那并不俏丽的脸蛋，才瞧出了端倪，亏得是靠一层厚厚的官粉，才平添了三分姿色。经了几番苦心修饰，才使得一头青丝显出雾鬓风鬟，显得秀色可餐起来。倘若与她擦身而过，怎道那香风不袭人。猛然回过味来才知，那一身的盛装，是要趁着黄昏去神社许愿。

所谓何来？怕是各方神仙都要煞费心思，苦思冥想，琢磨一番。阿蝶知道他人频频回头是窃笑她的粗衣步履，心里极不是滋味，不觉缩了缩肩膀，想要掩饰那洗得褪色的浴衣，竟连庙会时才摆出的饰品摊位都不瞧上一眼，快步走了

[1] 茶色团扇为涂了柿子漆的扇子，此处为贫穷的象征。

过去。她心心念念只有哥哥的事情："此生我不求荣华富贵，尽管一身荆钗布裙，可哪怕让我去告哀乞食，也不足为道，但凡有生之年能够时来运转，我定要把好运让给哥哥，让他把一身的本事展现给世人。一来可显示他那超凡脱俗的境界，二来也让那些瞧不起哥哥的画匠们磕头谢罪，以此告慰父母的在天之灵。"

因听说清正公神社极其灵验，阿蝶每次绣完手帕交活时，从商贩的店里出来，便会径直前往白金街，虔心参拜。此事她一直守口如瓶，从未透露与哥哥。如若不然，哥哥必定会扔下画笔，向若而叹："谈及艺术，你竟如此志存高远，我乃望尘莫及。"

阿蝶一路往回走，一路想着家里事，步履匆匆，拐到一处小路，看到聚了一群人，不知是打架还是在拉扯什么。她不想惹祸上身，本想绕开，忽听得人群里传出啼哭声，不觉驻足观望。只见一个五十多岁的老婆婆，凄惨且无助，与己相比，有过之而无不及，由见苦海无涯。看她颦蹙的眉眼，隐约有着昔日的容光，许是落魄的名门。从堆放在一旁的家伙什儿不难看出，可怜的婆婆，应该是靠烤饼摊位维持生计的。她蜷缩在角落里，不住地赔着不是。再看另一边，好一副面目可憎的模样，那人三十出头，颏下扎煞一部钢髯，花里胡哨的浴衣，胸口处四敞大开，扯着嗓子立在当地，暴跳如雷地乱吼乱骂。这世道，就为那点儿臭钱，竟能使人反目成仇。说不定他们原本也是有过往之交的人，想来不会一生下就如此面红耳赤争吵不休吧。可能开始受之于恩，感激不尽，但到后来，竟是无力偿还。人生在世，不如意事常八九，若出于无奈无法信守诺言，往往连自己都觉得惭愧。迫不得已，只得佯装不在家，最后不得不违心地用谎言来搪塞，一拖再拖。到头来，终是在一个风高月黑夜，于门前拱手一拜，一走了之，实是无暇再顾忌什么脸面情谊了。想必婆婆的情形也是两不相下。她像是怕人听到一样，压低声音辩白着。那声音断断续续，听不真切，拼凑一二，也明白了其中七八分隐情。大概是她唯一仰仗的女儿，如今卧倒在床，一病不起了。

“等她病好了，一定有办法的。请再宽容一些时日。”哀痛之声，使人肝肠寸断。女人心肠本就软，听罢此话，阿蝶不由得触景生情，对那男人的蛮横，义愤填膺。

“如此的恳求，那个男人仍不放过，好似损失惨重一般，硬是要把烤饼摊拿走。‘拿走摊子，我和女儿靠什么吃饭呀。求你了。’阿婆的苦苦哀求，他竟是不理不睬，可恶的家伙。看他自己万事亨通的样子，吃得大腹便便，无病无灾，却不懂得急人所急，对老人和病人，没有丝毫的体恤之心，他难道是魔鬼的化身吗？倘若我有了钱，一定会将那票子甩在他脸上，把阿婆解救出来。可恨自己爱莫能助，就算把钱包翻个底儿掉，仍是空空如也。好不气人！婆婆真是可怜了。”

阿蝶只气得浑身发抖，望了一眼里三层外三层的拥挤人群，心道：“人的恻隐之心都藏于何处了？这时哪怕能有一个人站出来也好。”就在她哀叹连连的一霎那，紧挨着阿蝶的一个男人毫不犹豫地拨开人群，走了出来。不及看清来人，只见他已站到了振振有词的狂妄汉眼前，一把扯住了那挥舞的手肘，微微一笑。众人不禁一愣，目光聚焦到了男人身上。看他年纪在二十八九，是个年轻绅士，白底浴衣外，套了件黑色桑绢外套，怀表的金链子，在腰带间若隐若现，说不上是因为他丰神洒脱的气质，还是清新俊逸的相貌，让人倍感亲切。他看了一眼阿婆，客气地开口道：

“我只是碰巧路过，虽不知这里的来龙去脉，可你看她一个女人家，也是上了年纪的人。老人家犯点错，在所难免，而且，她不是一直在给你赔不是嘛。大马路上让人看了，闲言碎语总是少不了，如若再碰上巡查，你这面子上，不是也不好看嘛。怎么样，看在在下的份上，放她一马。”

依依袅袅，柳丝轻拂。

“哎哟哟，你倒是站着说话不腰疼。要是道个歉就能摆平的话，何至于扯到现在！你想听一听？老子就讲给你。对这老东西，我可是有恩之人！不但把房子租给她，还借给她五块大洋！那房子她也住了两三个月了，免受了风吹雨打、露宿街头之苦。可老家伙还花言巧语从我这里借钱。借人钱财拿人利息，那是老子的营生，而且当初早就说好了二分利，甭管它是天翻地覆也好，死了亲闺女也罢，从没说过这帐可以拖着不还的，也没有过什么讨价还价之说。可现在反倒给我一把鼻涕一把泪地赖账，老子的忍耐也是有限度的！就这破摊子，连个利息都不够，但拿了，总比什么都没有的强。你评评理，老子把她这破摊子收走，算不算是无理取闹？”

扎煞胡子从鼻孔里挤出一丝哂笑，真是卑鄙无耻。年轻男子哈哈大笑道：“我当什么大不了的事儿呢，不就是那点钱的事儿嘛。没什么大不了的。虽说我是个外人，有道是‘四海之内皆兄弟’，钱我来替她垫上。”

遂从钱包里掏出一张五元的票子，又拿出了一块铜板。

“这点儿钱虽是不够，不过今天我就带了这些。再怎么说，你也是对她有雨露之恩的人，不如就此饶她一回！”男子仍是一脸的和颜悦色。

“如若你是不答应，小心他舞起那粉嫩的拳，揍扁你那胡子拉碴的脸。”人群里有人拿腔拿调低吟了一曲，煞是可笑。

扎煞胡子慌里慌张地一把抓起钱，揣进了怀里，又掏出一沓借据，你道是那上面写满了多少人的泪。他翻来翻去，最后拽出一张：

“行啦，咱们两清了！你以为这几个子儿就够还债的啦？不过，总好过一个子儿没有的强。这回先就这么算了，便宜老婆子了！老东西，你算是找到一个靠山啦！从今往后可以借到不要利息的钱啦！虽说这事与我无关，可老子倒是挺想看看这位大善人的下场嘞！”

说罢，冷笑一声，掸掸身上的尘土，恬不知耻地分开人群扬长而去。奇怪，这地如何没有裂开，竟也没块石头绊住他的脚。

老婆婆千恩万谢，年轻男子急忙打断她说：

“这等小事，何足挂齿。碰巧我怀里有几个钱，如若没有，还不是一样一筹莫展嘛。盛衰荣辱乃世间常态，有朝一日，待您老发达了，我再找您讨还回来，只当先欠着好啦。什么名字不名字的，我也不是什么了不起的大人物，就此别过。”遂抽出手臂，飘然而去，身影熠熠生辉。可那光彩又怎是能够膜拜的？

第三回

自打十三岁执起画笔至今，十六年来，入江籁三一门心思，把所有精力全部投在了这门手艺上。虽说他懂得富贵浮云的道理，可对于名利，仍如那摇摆不定的风前之烛，难以舍弃。心中的欲望，好比燎原之火，让他难以平静。尽管如此，他绝不屈从奉迎，阿谀谄媚，他生来就是这种执迷不悟的人，让他低头，便如同让他坠入奈落，他是宁死不屈的。因此，大家都把他叫作“老顽固”。自傲和倔强积于一身，使他闷闷不乐，让他像个局外人，愈发与这个社会背向而驰。“别小瞧这副臂腕，待我飞黄腾达的那一天，你们方可知晓。”只有背着人，他才能暗自发发狠，吐出一句豪言壮语。可俗话说“马行无力皆因瘦，人不风流只为贫”，无奈，只得勉强按下那一腔血气之勇，照样与贫困为伴，不知那“得意”要待到何时，方能了知分晓。一想到前途如同弥勒出世般缥缈无期，便使他心神难安，夜不能眠。

又一个不眠之夜，清晨醒来，但见庭院芳草滴露华，籁三忽地想起了已故的恩师，便准备前去扫墓。随手折了一把开在篱笆上的夏菊，就连阿蝶喊他等一等，他也充耳不闻，不及吃罢早饭，便出门去了。

师父的墓地，在伊皿子台街的泉岳寺，离家倒不算远。沿着绿篱一路上去，洒过水的小路，依稀残有笤帚划过的痕迹。他拖着笨重的木屐，咔嗒咔嗒费力地走在上面，觉得衣摆甚是碍事，便挽起了袍襟，毫不在乎地露出了两只赤条条的腿。籁三身材不高，五官虽不难看，但皮肤黝黑，颧骨高突，鼻梁虽是挺直，可紧闭的双唇，加上那道锐利的目光，看上去总让人觉得有些郁郁寡欢。他穿一件藏蓝色萨摩产的旧衣，系着一条白色兵儿带[1]。他像怀中揣着请愿书一般，一脸凝重，亏了右手那一束夏菊，多少添了些温柔之色。

于籁三而言，但凡目之所及，皆为心之所向，一切均是灵感的源泉。路旁一个茶室前，站了一位美人，但见她米泽透绫[2]素裹，盈盈纤腰系带，肤如凝脂，肌如白雪，芙蓉如面，淡施薄彩，鬓发如柳，花簪旖旎。不禁暗喝一声采："好一个美人。倘若这美能够移花接木放入我的陶画，岂不相得益彰。"不禁痴痴地看呆了。"哎呀，这人好不知羞耻。"女人逃也似地躲进了屋。籁三异想天开，讨了个没趣，便头也不回，接着往前走了。又走了五六步，眼前一个三岁左右的男孩，踉踉跄跄地跑了出来。身上一件无袖浴衣，图案是插在竹篱上的雏菊。"就是它了！这个才应该画在香炉上！尽管客人订的是龙田川[3]的丹枫流水，可手长在我身上，画什么由我来决定，哪里如此多的繁文缛节。"除了师父的训诫，别

---

[1] 兵儿带为和服腰带的一种，比女性用的腰带窄，一般为儿童及男性所用。

[2] 米泽透绫为山形县米泽地方所产的夏用薄款绢织物。据佐藤春夫的说法，日本桥区的米泽町与数寄屋町为著名的花柳巷，此处是借米泽透绫影射该女子的姿态魅惑。

[3] 龙田川为奈良生驹山地里一条大川，为红叶观赏胜地。

人的话，籁三一概充耳不闻。“日子已是贫困交加，还要俯首听命，这样活着，简直让人忍无可忍。话说回来，我这么一个不谙事体、顽固不化的兄长，在阿蝶看来，或许只知柴米油盐酱醋茶，不思进取。也许她觉得我永无出头之日了。看来对这个哥哥，她已不再抱有任何希望了。罢了，遭逢际会，总会水到渠成！待到那一天，阿蝶自会有黑漆包车，出入深宅大院，到时被人叫一声夫人，便也不觉稀奇了。哎！比起深宅大院，更要紧的，是给她寻一个夫君才是。”

正想到此，蓦地抬头，眼前不正是刚刚所想的深宅大院吗？门牌上堂皇地写着“筱原辰雄”。籁三暗自道：”好气派的宅院！这是谁的府上？主人是何等身份？假若是位爱国志士，何不把我的苦闷讲与他听，告诉他日本特有的美术已到了山穷水尽的境地，我等画匠已是疲敝不堪。晓之以理，兴许能够打动他。”籁三竟把自己的梦想，寄托在一个陌生人身上，好不荒唐。他一路上想入非非，不觉走上了草坂斜坡。

想必和尚们还在贪睡，进到山门，不曾听到诵经声。好一个寂寞之境。清晨的凉风袭来，只见松枝摇摆，心随境转，不可言状。绕过正殿，背后即是墓地。正当他走过一排排圣水桶来到井台时，忽听得人叫：

“入江先生，且请留步。”

这声音好耳熟，回头看去，只见一个男人疾步赶到近前，不及说话，便伏地下拜。奇怪，什么人？籁三吃了一惊，裹足不前。

“你不记得我了吗？还是根本就不把我当回事，不想和我说话了？面对你这样的正人君子，我真是羞愧万分，无言以对。我对以前犯下的过错，悔之不及，可现在我已经痛改前非了。我不会为自己做任何辩解，只想忏悔，只想赎罪。可这些心里话，从来没找到一个可以诉说的人。看在你我师兄弟的份上，看在咱们之前的交情上，再给我一次机会吧。拜托了。”

从对方低垂的头，可以清晰看见耳后的两颗痣。这就对了！别看他现在道貌岸然的，一眼我就认出了，是新次那个白眼狼。恩师生前对他宠爱有加，甚至要把他收为养子，可他却翻脸不认人，借着进货为由，卷走了大笔钱财，从此销声匿迹。便是连师父临终之时，他都没来看上一眼，简直是丧尽天良。没想到今天在这里碰上！冤家路窄！这时候还好意思说什么师兄弟！简直就是侮辱！籁三的暴脾气猛然发作，不容对方说话，怒目而视道：

“你还有什么可说的！给我闭嘴！如果大家还是同门，作为师兄，我有权说你、骂你、责备你。但你我现在毫无关系，根本就是陌路，我认识你吗？我入江籁三一身清白，请你别玷污了‘朋友’这个词！别来跟我套近乎，听着不入耳。让开！我要趁着花儿还新鲜，到恩师墓前奉上祭拜。”

真就是话不投机半句多。籁三刚要移步走过，衣袖已被扯住。

“言之凿凿。你尽管骂我，责备我吧。我背负着罪过，深受煎熬，要是你能鞭挞我，惩罚我，我心里反倒好受些。可你现在对我，竟是不理不睬。现在的你，还是当年的入江师哥吗？难道你变心了？还是我看错了人？我把你当作已故恩师留下的唯一见证，唯一的亲人，向你诉说我的悔过之心，我的谢罪之情，难道却是梦里南柯，一场空欢喜？”

“住嘴！”

籁三哪里容得下他把话说完，转过头来一声痛斥。积怨之愤堆满胸膛，那一声怒喝，如有裂帛之势。本就不善言辞的籁三，此时已气得说不出话，颤抖着嘴唇，破口怒骂道：

“好你个新次，简直就是衣冠禽兽！忘恩负义的家伙，不知廉耻，胡搅蛮缠！自己不知悔过，却有脸说我！你居然还好意思来责怪我？我堂堂入江籁三，向来一身浩然之气，秉正无私，从不敢越雷池一步。我有什么问题？我哪里有问题？你倒是说与我听听。说呀！”

籁三逼近一步，豹眼圆睁。

“你个不忠不义的家伙！正因为恩师对你宠爱不明，才把你的罪过全部包庇下来，知之者唯有恩师与我。我答应过师父，从此缄口不言，到现在已近十年。如若不然，你能有现在的太平日子？你以为是沾了谁的光？不用你说，我自会鞭挞你。这束花，本是要供在师父墓前的，用它来惩罚你，该是不为过吧！肉体上的惩罚，是籁三给你的，精神上的惩戒，是先师赐予的，但凡你真能为此抱恨终天，就牢牢记住今天这一切！”

连打了几下，籁三丢了手里的菊花，怒气冲冲地瞪着新次。只见好男儿新次，跪在那里纹丝不动，本就英俊的脸，如今更多了一层庄严，眼里噙着悔恨的泪，眉宇间写满了惭愧之情。“他是先师的爱徒，在向我负荆请罪，对他是该恨入骨髓，还是只作视而不见？”

籁三正自举棋不定时，新次慢慢地抬起了头，道出了一番真情。

“如此说来，是我错怪了他，刚才的判断太过鲁莽，为之草率。看来他所做的一切，并非出于本意，而是不幸误入歧途。”随之，籁三暂且敛起那恻隐之心，继续听了下去。

“我并非是只图一己私欲的人。本想着成大事者不拘小节，为了国家的利益，豁出一生。可没承想，反而是身败名裂。现在回想起来，当初的自己何其幼稚。空想与实干，简直是天冠地屦，云泥之别。有些人终是比我聪明，早就明白了世事不能遂人意的道理。而我呢，到此时才懂得，唯有正义，才是人间的至宝，可惜为时晚矣，只有在此长吁短叹。待我幡然悔悟，知道是聪明反被聪明误，却已是晓风残月，落得个一无所有。之后几年，我重整旗鼓，远赴他乡，几经辗转，慢慢被世人接受，多少也挣了些名气。今年，好不容易衣锦荣归，满心欢喜地指望着拜谒恩师，哪知道，师父他老人家已在九泉之下。松风拂衣袂，多少个清晨，我去井边打贡水，倒影里不见了师父的身影，都令我愁肠寸断，愈发日思夜想，那便是想要见到你。你打我也好，骂我也罢，我反倒是心下安然，因为，这才能证明，我真的见到了你，我的亲兄弟。”

眼里的泪水终于滴落，籁三嗟悔亡及，赶忙搀起伏倒于地的新次。

“到现在才知真相，是我的不对，知道了原委，更是追悔莫及。坦白说，我本无恶意。来吧，咱们到师父墓前，重归于好，解开心里封存已久的疙瘩。”

胸怀洒落如光风霁月[1]。拉着他的手，不念过往，不计前嫌。

---

[1] 引自黄庭坚《豫章集·濂溪诗序》。原句为：“春陵周茂叔，人品甚高，胸怀洒落，如光风霁月。”

“这一切，应该都是师父的意思。既然曾是朋友，又为同门，今后还要多加往来。”

“欢迎来寒舍做客。”

“你住在哪里？”

“离此不远，如来寺前，野草丛生的那处草房便是。”

“咫尺之遥而已！我就住在坡下，已经改称筱原了。”

“这才叫天缘奇遇！闹了半天辰雄就是你！”

第四回

籁三向来是个愤世嫉俗之人。在他眼里，这世道枉若龙潭虎穴，他满怀惆怅，踯躅在黑暗中。不期看到了点点幽光，便如同拨云见日，心下有了希望。

以前的新次，也就是现下改头换面自称“筱原辰雄”的男子，曾经也是一代画工。他生性爱逞强，不受欢迎，恩师愈是宠爱，他便愈遭排挤。外人骂他傲慢，嘲他狡猾，与之交往者，寥寥无几。唯有籁三心软怜弱，始终像待弟弟一样，对他偏袒爱护。没想到这厮，却辜负了再生父母般的恩师，卷款潜逃。这种德行，真是让人看走了眼。为免于世人嘲笑，籁三与师父两人压下此事，七八年来未对外人言讲。

“不会交上了坏人吧？现在过得怎么样了？”籁三又怎会轻易忘记他，时常在心里念及往日的师弟。今日眼前之人，着实太出乎意料，万没想到他能如此出息，大有绅士风度，且有着高情远志，言谈间，让人觉得踏实可靠。祭拜回来，籁三在筱原处深谈了半日。

辰雄把分别以来诸般经历，不分好恶，具细诉说。筱原的原主家，是某地财主。辰雄先是在他家做事，渐次备受青睐，后被主家嫁以独女，招为赘婿，成为一家之主。不过两年，岳父、妻子相继病故，留下的巨额财产，虽没有人会说三道四，但占为己有，终是不安，便想托于姻亲管理，自己好全身而退，可众人皆是婉拒不受，到头来，竟留得自己美滋滋，坐享其成。

辰雄接着又道：“随着地位的提升，种种雄心壮志，便在心中激荡起来。我知道这都是些痴妄，可又不愿轻易放弃，大概是因自己太过执着了。为此我东奔西走，四下张罗。此次上京，也是有所计划。进京以来，不消说，交际甚广，有口皆碑，实是让我汗颜无地。想及往昔曾经辜负了恩师，心下惴惴不安，便是青天白日走在路上，也是提心吊胆，诚惶诚恐。我就好像欺骗了天下世人，每日惶惶不可终日。夜晚，即便手未伏胸，也会被噩梦惊醒。我所做下的这一切，虽然旁人不知，可其中酸楚唯有自知。”

一番话，真挚诚恳。辰雄毫无保留地对籁三敞开了心扉。有些人外表道貌岸然，内心却肮脏无比，此等伪君子，让人避之不及。而现在的辰雄，返璞归真，善良的天性恢复如初，何其可贵。以往的过失，不过是美玉上的瑕疵，磨掉便知瑕不掩瑜。籁三再也起不来嗔恨之心。

两人越聊越投机。无奈辰雄交际颇广，造访的客人络绎不绝，搅得他们无片刻之安，难以静心攀谈。

“入江兄，你看看，真是让人左右为难。多想有一处僻静之所，能够畅所欲言。你何时有闲？”

“哎！穷人哪里闲得下来，你倒是站着说话不腰疼。不过要问哪里清净，寒舍倒是个冷静去处。无外乎后院深井的辘轳声，门前孩子的催眠曲。此去路途不远，哪天过来坐坐吧。山药泥拌麦饭总还可以拿得出手款待你。”籁三倒真是直言不讳。

“如此让人何其羡慕！不问世事，独来独往，定是没有什么烦恼。心下清净，出世超凡，凭一支妙笔，便可乐在其中。相比之下，我二人的境地，简直是天壤之别。”

辰雄感慨系之。籁三忙道：

“有什么可羡慕的。笔不由心，技不服人，如此的怀才不遇，不定将来是默默无闻死在首阳山[1]，还是投入汨罗江[2]呢。人生世事难料及啊。”

说罢，哈哈大笑。往昔的点点滴滴，知无不言。

起身告辞时，出到庭院，只见回廊曲榭，庭院幽深。籁三心下感叹道：“人的命运，真与流水一般，变幻无常。”遂一言不发，回头望向含笑送他出门的辰雄，不由得暗地里赞了一句：“啊，真是个风流倜傥的人物！”

籁三穿上女佣替他摆好的旧木屐，丝毫未觉任何不体面，满面春风回了家。到家，与阿蝶细述了一遍。阿蝶暗自思忖道：“平日里，兄长逢人便觉蛇蝎一般，避之不及，今日却如此褒奖有加，倒是怎样的人物？”进而又想：“不过既然哥哥高兴，我也自是欣慰。”隔了一日，第三天的傍晚，知了还在门前的朴树上聒噪不休，阿蝶收拾好手上的针线活，屋里屋外打扫了干净，正忙着在门前洒水，忽听门外有人喊：

“入江兄在家吗？”

“是哪位？”阿蝶转身回头。

只见阿蝶，用揽袖带挽起袍袖，清丽脱俗。好一个亭亭

---

[1] 首阳山位于今河南省洛阳境内，伯夷、叔齐独行其志，耻食周粟，饿死首阳山。

[2] 汨罗江流经湖南平江县，战国末期，楚国著名诗人屈原被流放时，感到救国无望，投江而亡。

玉立，辰雄暗自欢喜。发现来人目不转睛地盯着自己，阿蝶不觉两颊绯红，不知所措。“看这人，不就是那日在清正公神社前的人嘛！为何会来我家？”心如撞鹿，初尝了思恋的滋味。

第五回

到了八月底，房间一隅，促织碎哝哝，多少蛩声，京城已然秋色如画。

城南港区，有人在三田买下了二三十户家院，大兴土木，动工开凿。工地上戳着一根木桩，挥毫特书着几个大字：“博爱医院建筑工地”。地基上砖瓦叠砌，工人们同心协力，一派热火朝天。此时筱原辰雄的大名，早已传颂得家喻户晓。

世事艰难，可他无所畏惧，虽知人情淡薄如纸，仍是孤身奋战，一心所念的，只有救世济民。一己之力固然微不足道，但立志仍要鞠躬尽瘁。看着一方百姓，穷困潦倒，怎能不让人心痛如割。只道那华冠丽服，见窗外银妆素裹，坐于温室，围炉畅谈，不亦乐乎，岂不知还有多少贞洁烈女，挨冻受饿，哀哀欲绝；又有那富贵骄人，深宅门井提灯常挂，夜坐屋前，避暑纳凉，好不惬意，却不晓有几多忠臣孝子，苦夏难熬，凄凄哀愁。[1]其中多少可怜之人，疾病缠身，并非没有名医，也非没有良药，只因家贫如洗，力所不及，无奈命丧黄泉，此既非天命，亦非业力，只留得妻儿在世，痛不欲生。其实人性本非恶，唯因身处困厄之境，品行端与不端，已无暇顾及，实难取舍，只知一味地埋天怨地，反倒使得世扰俗乱，以致国家前途岌岌可危。正可谓济时行道者，乃谓仁人。辰雄拿出一己之财，济贫拔苦，一方面探求富国利民之策，一方面与富贵绅商联络，谋求振穷恤寡之计。子曰："德不孤，必有邻。"他与那某某阁下、某某长官意气相投，言谈甚欢，美名传颂，为天下人津津乐道。那些认同"守道义者惜名节"之人，亦随之附和，让他一下子声名赫赫，竟连那些素不相识之人，也对他心向往之。如此一个仁义之人，简直无人不知，无人不晓。

辰雄的言行举止，籁三看在眼里，听在耳里，与之相交，与之相睦，渐渐地愈发爱慕他，敬重他。他本已打定主意，绝不求人，可在这个人面前，他不得不低下那高傲的头，把心里按捺不下的郁闷、困顿不堪的处境，一吐为快。

"挽回陶艺界的颓风败俗，实为我之己任，不曾一日掉

[1] 原文此段特意以"贞洁烈女"对"忠臣孝子"，所指"孟宗哭竹生笋""车胤囊萤孙康映雪"。见樋口一叶明治二十四年（1891年）十月四日日记。

以轻心。无奈人微言轻，无人理喻，反而落得奚落，背地里对我指指点点，令我痛心疾首。不过也无可厚非，入道十六载，我从未在共进会[1]上立身扬名。贫穷虽未束缚我拿笔的自由，但生性刚直，使我在供货商那里不受欢迎。向我订货制作的，皆为不值一钱的廉价粗品。事事不遂心，便觉人无用武之地，怏怏不乐，牢骚满腹。只觉得世人都是睁眼瞎，看了也是白看，不甚了了，我还要动什么脑筋？想什么点子？不如粗制滥造，敷衍了事。可便是我粗粗画就的一件器具，也是我忍屈含冤做成的，与那些衣食无虞之人做出的次品何等不同。可他们居然以此嘲讽我，说我不过是一个光说不练的窝囊废，害得我名声扫地。我虽有神来之笔，且匠心独运，无奈也只是皮里春秋，无法一展笔墨。我也是堂堂七尺男儿，朱子曰'精神一到，何事不成'，可心中，却恁般的没了出息。是世人太愚蠢，还是我太糊涂。岁月悠悠几多年，前途黯淡，不堪造就，始终没有一个可以推心置腹的人。你也曾是此道中人，其中章法，想来已体察分明，还望指点迷津。"

心头事推诚相见。辰雄感叹道：

"你我二人想法不谋而合，我之忧虑，正是于此。道德的

---

[1] 共进会为明治初期在日本各地举办的产业振兴展览会，广罗物产以供评比。

沦丧，人情的菲薄，乃使人一筹莫展。而多数人，则是身陷泥潭却不知，以致同道少而冤家多。即便如此，我仍不愿放弃，好在天不负我，总算得以两三正义之士的赏识，才让我有了一片大展宏图的天地。听上去像是夸夸其谈，但希望你能以此为鉴，虽说你与这社会格格不入，但不要理会那些，拿出你的本事，做出一件让人叹为观止的好作品来。资金方面，我来筹措。你为人廉直，心如止水，或许觉得此事于己无关，但你可知，还有多少浑浑噩噩的画工，他们尚处于麻木不仁之中，要想助益国家复兴，必须要让这些麻木之人觉醒起来。我国特有的白瓷器品，虽是价格优廉，但品质远不及英、法、意等国，唯有萨州产的陶器，无论陶土还是釉药，乃是举世无双，被以殊荣。可惜画工们不争气，零售商又无上下同心，害得此行竟落得如此一蹶不振。几多年来，始终让我耿耿于怀。好在今日我们一拍即合，正是千载难逢的好时机，万万不可错过。”

热肠古道，令籁三感激涕零。

“如此，多有劳烦。”

此话出自籁三之口，真乃史无前例。辰雄连忙打断：“包在我身上。”拍着胸脯，一力承当。

没过几日，三田工程的热点还未褪去，陶艺界就平地一声惊雷，舆论一时沸沸扬扬。据说如来寺前，荒草萋萋的深处，那位寂寂无闻的“愤世先生”，在蛰伏三年之后要东山再起，一鸣惊人。抬高自己，诋毁别人，是世间常有之事。同行们明里暗里，把他骂得狗血喷头，可籁三才不管那些，有个坚实的后盾，倒是觉得这些嘴脸让人啼笑皆非，自己安然自若，画起了素描。

素胚，他选的是沈寿官[1]的精致细陶，造型是籁三素来喜爱的一对带座的三尺细口双龙耳瓶。再过几个月，那姹紫嫣红、金光璀璨的作品，便可粉墨登场。待到那时……那些人、那些景，恍若一一浮现在眼前，籁三心驰神往，不禁莞尔：“王公贵人之乐，怎及于我。”他仿佛超尘脱凡，凌风御云般飘飘欲仙。就这样，岁月如梭，斗转星移，日子一天一天过去了。

第六回

阿蝶本来就对辰雄心存感激。他的品行，早已有目共睹，让人暗自佩服。在她眼里，辰雄俨然神一样的存在。对他，

---

[1] 沈寿官为萨摩烧的陶艺家，是苗代川窑的名匠，明治维新后期，多制作出口瓷器。

阿蝶已然敞开心扉，心生欢喜，感觉亲密无间。起初，筱原这个名字，在她听来是闻所未闻，可几番相处下来，藏于心底的某种暧昧不明逐渐豁然，少女的情愫，已是魂牵梦绕。阿蝶还是清丽隽秀的，亦如萧萩一滴露，表面上虽不显山露水，可心下一旦拿定了主意，便是让她赴汤蹈火，也绝不犹豫。想必她已了知生命无常，聚散不由人。“我出身卑微，他却口碑载道，我怎么能有此奢望。”虽自惭形秽，感情却更加难以抑制。她想与相思为伴，独守一身，可怜世上些许的风吹草动，又常会使人心动神移。“听说某某子爵，要把自己的掌上明珠，许配给那个人。”消息不胫而走，她为什么会心头突跳。她假作无意，向兄长打探。哥哥哈哈大笑着道：“哪有此事！”

想必籁三也为此事心下不安，次日晚间，辰雄来访，籁三向他打听：“此事当真？”

“倒是不虚。说是家趁几万石，乃昔日的大名诸侯，听着就让人心烦。已经拒绝过五六次，可说媒的仍是踏破门槛，你说可笑不可笑。”

看样子，辰雄对此事毫不在意。

“为什么要拒绝？你还正当年，怎么能一辈子不婚配。不知你是否心有所属，如若没有，何不就此答应下来。”籁三故意试探道。

“我没想打一辈子光棍，可也没打算娶一个千金大小姐，给贵族人家当女婿。就算她花道、茶道样样精通，腹有诗书，仪态端庄，又能如何？娶个不谙世事的人？做一个傍人门户，像个木偶般任人摆布的人吗？难道要靠着沾她父母的光，见了面唯有低三下四、俯首帖耳地去做人吗？这样的活法太没意思。对我来说，既不求她家权高位重，也不看她门户高低，只认准了她是否自立。要是你有这种品行端正、志高行洁的姑娘，不妨现在说与我听。”

辰雄快言快语真性情。籁三面露微笑，回头望向了阿蝶。

别看辰雄名声在外，每次光顾这间陋室，总像一家人一样不拘礼节，相处一起，其乐融融。籁三觉得这层关系，比家人和朋友还要亲密。真是好事在望。一次，他把这个想法悄悄透露与阿蝶，那姑娘竟臊得以袖遮面，跑进了厨房。从那时起，阿蝶开始谨言慎行，进德修业。虽是一身荆钗布裙，却并不以此为耻，而在言行举止、治家处世上，不敢有丁点疏忽。即便如此，阿蝶仍觉得自己距离完美相去甚远。尽管她日不暇给，可相思真会作怪，常令她心神波动不安。“他嫌弃我了吗？”“他厌烦我了吗？”“怎能让他喜欢我？”“如何让他不舍离开我？”“至死不渝的爱情，若何才能收入怀中？”“但愿与你天长地久。”她欲望越高，反倒心生出更多的疑惑。“相见时虽是甜言软语，回去后，他可曾还能想到我？”竟为些细枝末节徒生烦恼。她自怨自艾，自咎自责，那心的一半，已经给到了辰雄。她的喜怒哀乐，善恶黑白，竟是随着辰雄的情绪而跌宕。爱情，让她心乱如麻。

作为局外人，籁三自可以冷眼旁观。在他看来，辰雄对阿蝶的爱，丝毫不比妹妹的少。看到心心相印的两个人，般配得如天造地设，委实让他高兴。那两人一旁窃窃私语，便如同百花园里翩翩起舞的一双蝶，宛如春风送暖，使人耳目舒畅。

一家上下，和和美美，自然使人心旷神怡，愈发地抖擞起精神，下笔有神，构图亦栩栩如生。看那蔓草花纹，无论口沿还是底足釉彩都施得斑驳陆离，可谓倾尽了毕生之力。素烧、一窑、二窑、三窑、四窑，随着时光，飞逝流转。残菊落叶，傲雪凌霜，家家已在辞旧迎新，捣年糕的声音，使得年味更浓。北风呼啸，已是挂起松枝[1]的时节。

---

[1] 在日本，过年挂门松为迎神的标志，一般在正月初七时撤去。

第七回

辞旧迎新虽不稀奇，可是心旷神怡，宠辱皆忘，便是锦上添花了。元日一早，籁三迎着旭日初升到井边打水[1]，看那扶摇而上的轱辘，便觉如这尘世般无异，想着自己终要扬眉吐气了。啜饮屠苏酒[2]，与阿蝶共贺新春。说来倒也有趣，家中里里外外就这两人，竟学着旧时宫里的习俗，拿出了陈旧的三层彩漆盒，像模像样地吃起了团圆饭。唯一与往年不同的，是十二尺长的廊檐下，那四扇拉门今年竟焕然一新，不似以往补了再补，斑驳不堪。不消说，自然是托了筱原的福。新年一大早，兄妹俩已念起了他的好。

籁三是个固执的人，轻易不喜接受别人的恩赐，可为了艺术，不得不屈服。这四五个月来，光是20K的金箔，就用去了七十五克，更别说几次开窑的费用。辰雄对他简直恩重如山。加之日里对他兄妹的照顾，籁三已是尽量能辞便辞了，可借着新年，他又送上了两匹衣料，这便让他进退两难。几经推辞，只得道："妹妹的这份权且收下，我一个男人，就没必要那么讲究了。"当哥的那一匹送还回去，留下

---

[1] 日本有习俗，元日一早打水，一年中邪气不袭。

[2] 屠苏酒的香味独特，在日本有延年益寿之说，一般在正月饮用。

的是为盛情难却。阿蝶用那布料，缝制了一款新衣，穿在十八岁的她身上，便似含苞待放的鲜花，芳菲妩媚，百般难描。真个是人在妙龄都好看，让人好不喜欢。籁三心下道：“若在平素也能打扮得如此……”

这种日子，常人都忙于走亲访友地拜年，而遁迹藏名的籁三却不受此心困。今日他给自己放假一天，以肘作枕，躺于席上，闭目养神。忽听得拜年贺喜之声传来，扰了他一番清梦，颇感意外，竟会是谁？问了一声，乃知是疏有往来的某某供货商。那人打开扇子，读了几句喜庆之词，为之前的很少走动做了番解释，最后极有诚意地表示，希望今后能多多关照。阿蝶转达了来人的问候，籁三道：“真乃是一叶障目，不见泰山。他那话岂是说与我听，意在‘本尊’。”遂一指，望向了花瓶。那瓶子尚未杀青，却已在街头巷尾惹得议论纷纷。商人们争相订购，各不相让，籁三均一一回绝了。其实他自有主张，打算拿去今年的“哥伦布博览会”[1]参展，此事已拜托辰雄去应酬，自己方才得以悠悠然，忙里偷闲。若非如此，籁三怎能吐此大话。

傍晚上灯时分，交际繁忙的辰雄拜年回来。虽说整天忙

---

[1] 指为纪念哥伦布发现新大陆四百周年，于明治二十八年（1895年）五月在美国芝加哥举办的“芝加哥世博会”。

于应酬，却依然不辞劳苦，把包车停在了籁三家门前。两人对坐闲谈，津津有味，提起了过往的一桩桩、一件件。籁三提起了放风筝，辰雄说起了转陀螺，两人乐此不疲，话题从这一件跳到另一件，直谈得眉飞色舞。

“时过境迁，现在想来，还是怀念儿时的无忧无虑。看看这世道，再看看这些黎民百姓，便是任谁都想帮。可大包大揽下来，又勉为其难，只恨自己力不从心，为此不知暗自落了多少泪。可又能怪谁，真个是申诉无门。只有到你这里来，才能一解忧愁。”

那口气，完全没了往日的坚定。籁三赶忙追问道：

“这倒奇怪了。你的博爱仁德，现今世上无人不知无人不晓，任谁不是推崇你，你却又有何不满？”

“还是不说为妙。大家互诉衷肠，高兴的事情，还则罢了，若是连我都难以下咽的苦，怎好说与你听？常言道邪易压正，曲易胜直，你就别再问了，想起此事，我就心烦意乱。”

说罢，辰雄抬起了头。他面色苍白，没了一丝血色，紧咬着嘴唇，默不作声。阿蝶看他此番光景，心下不忍，悄悄拉了一下哥哥的袖子。籁三会意，往前凑了凑。

“朋友之间，仅只分享快乐的，大有人在。而能互诉喜忧的，才是真正的知己。只知言喜不报忧，世上有无此等人，便是不知。可我等兄弟之间，若是分得如此清楚，便没了意思。我一向把你认作亲兄弟，在你看来或许会觉得我大言不惭，可我一直认为，即便是赴汤蹈火，咱们兄弟二人，也要携手共进。说得如此分明，你还不能把心里话讲出来吗？如若不说清，我便会心神不宁，阿蝶更会坐立不安。女人气量狭窄，帮不了什么忙，只会徒添烦恼，反倒使我作难，更加可怜她了。所谓五十步笑百步，相差无几，还是说出来，一起分忧吧。”

籁三一番话语，发自肺腑。阿蝶愁眉不展，一言不发，握住的双手时张时弛。可怜她坐在那里耳热心跳。

辰雄忽地想起了什么似的，说：

“哎，净说些无聊的事儿，好不容易开开心心的，扫了大家的兴。人生不就是苦中有乐，乐中有苦嘛，周而复始，循环往复才是道理。若是桩桩件件都记挂在怀，忧虑重重，怕是连五十年都活不过去呀。阿蝶姑娘，不用担心，刚才都是酒后戏言，不过是借着酒劲，发泄一下，没有什么大不了的。来，笑一笑，让我们也好放心。”

说罢，哈哈大笑，好像方才的事情与他无关。话锋一转，又回到早先的话题，直聊到很晚才起身告辞。这样一来，阿蝶心里更是愁肠百结，竟是夜不能寐，泪水打湿了无眠枕。反复思量，心道：“不幸的筱原君！难道是他热爱的事业出现了波折？世道人心，你道如何，能够推心置腹的朋友少，暗中使坏的仇人多，他该是何等的痛苦。向晚的一席话，听他言词，看他面色，如若无事，绝不会这般模样。是与我生疏藏而不说，还是怕我忧心闭口不讲？总而言之，言而总之，我就是你的妻子，今生除你之外，我谁都不嫁，你我之间，只有患难与共。知人知面不知心，看人外表无差异，可剥下那层皮，骨子里是什么样才能暴露无遗。说出心里话吧，咱们一起同舟共济。”不知不觉，晓钟敲破。新年伊始，却不能悠游自得，必是那让人不得安生的爱情在作怪。

三日后，辰雄捎来口信，称七粥日[1]是他的生辰，打算延宾于宅，庆贺新禧。“望阿蝶姑娘万勿推却。”想是要讨阿蝶欢心，同时奉上了当天的整套行头。辰雄的心思，想必是让阿蝶周旋于显贵之间也不至于被人耻笑。籁三满心欢喜地应承了下来。阿蝶自是不能辜负辰雄的好意，弄妆梳洗，锦上添花。籁三不禁感叹道：“啊，好个羞花闭月！真乃天降洪福，要是能给二老瞧见，该当多好。”一句话，让那镜前的阿蝶，黯然神伤。

[1] 在日本，正月初七有熬七宝粥的风俗。七粥日以粥相怀，除百病，祛邪气，是年俗中的重要节日。

第八回

窗外寒梅，竟自百花先著，檐前黄莺，啼叫百啭千声，收尽春光。

籁三终于大功告成。四窑八度[1]，道不尽的牵挂。薪火的调减、烟色的浓淡、火候的大小，无一不时刻了然于胸，细微的异动，都要顾虑会不会裂璺[2]，使一切付之东流。那金色的光泽，是否细腻明朗？釉彩的褪损变色，是否恰到好处？几个月来，尝尽的千般辛苦，终是如愿以偿。他用稻梗不停地打磨，把那花瓶磨得耀眼争光。“看那流光溢彩，不正像我自身的光华。”瓶颈正面，海水江崖，绘有蟠龙赍信，波涛翻卷；四周金菊疏桐缠枝，其间点缀蔓草。瓶颈上的东大寺肃穆庄严，以祥云瑞气，一隔天地，珐琅色泽璀璨，回纹富贵不断头，反复延绵；当中缀以菊花，好一个万寿长春。精雕细刻，栩栩如生。至于瓶腹，正面绘有金阁寺、银阁寺，反面则是凑川、稻村崎，[3]错彩镂金，雕缋满眼，称绝于世。图案周边，辅以萨摩七草秋花纹饰点缀，金蝶飞入，云

---

[1] 一只花瓶要四次入窑，一对花瓶则八度入窑。

[2] 璺为器物将要裂开的纹路。

[3] 凑川、稻村崎均为日本古战场。

纹飘渺。看那砂金屑末，[1]片片霏霏，真乃独具匠心，犹见技法之高深。底足露胎，修足顺畅。“若是这样，还有人讥笑它不够鬼斧神工的话，那就随他去吧。都过来掌眼瞧瞧，什么才叫美！我籁三的本事，虽未到登峰造极的程度，可全副精力都倾注在这件作品上了。”不禁有些沾沾自喜。当晚一杯酒下肚，心情愈发通畅，倒是觉得可以跟筱原叙叙，顺便答谢一下那日对阿蝶的款待。正欲出门。

“哥哥，等一等。”

阿蝶拉住了他的袖子。吞吞吐吐半天，一副欲言又止的模样。

“什么事情？”

后退了几步。

“没什么。晚上凉，不要给吹着。”

籁三心里顿觉暖意涌起。

“不会太晚的。不过刚喝了酒，也不能大意，还是加一件外衣吧。”

说着又沿廊檐走回来穿衣。阿蝶帮他整理衣襟，盯住了他的脸：“哥哥，你胡子太长了。大过年的，让人看了不雅。”

“晚上怕什么，有谁会看。明天白天，在亮堂地儿你帮

[1] 此处指运用漆艺中金漆髹饰技法，即洒金，亦称砂金漆。

我刮了吧。眼前这对儿瓶子也完美收官了，虽算不上志得意满，也该好好庆祝一番。过个四五日，我打算邀上辰雄，咱们三人一起去哪里走走，今晚我就去约他。回来不会太晚的，家里放着宝贝，当心门户，看好了门。现在我心里亮堂多了，什么包袱都没有了。啊，看那月亮，多美呀。”

见兄长起身欲走，阿蝶忙拉了他的手，送到门外。地上影子成双对，一个渐远，一个依旧，孤零零纹丝伫立。夜风下，檐前朴树，簌簌发抖，好不凄凉。

看着筱原的门牌，籁三心想，曾经那个互不相干的外人，竟然要成为自己的妹夫了，心下好不欢喜。籁三最不喜叩门，好在如何去到客厅，他已轻车熟路，推开院门，径自走了进去。踏在被霜打湿的草坪上，蹑手蹑脚来到竹篱后，隐约听到一阵交谈，声调并不很高。纸门的影子上，映出了屋里的两三人，听声音应该是在攀谈。耳朵里传进来的一两句话，令籁三惊觉，难道是在做梦？简直有如晴天霹雳。

“以那位子爵做幌子，去央求长官的话，此事必定马到成功。那长官的印信，攥在柳桥花屋的一位美人手里，资金照例由那位大财阀出，上下我都疏通好了。管它三七二十一，钱先到手再说，这能叫诈骗吗？让一个蠢材得了那么多钱，太糟蹋东西，还是我等借来一用吧，也算是替天行道。说来简直让人笑破肚皮，听说那位才子竟是从海外归来的，说什么能洞察秋毫，有什么大不了的。至于诱饵嘛，就是入江的妹妹。上次的宴会上，那家伙已经被她迷得神魂颠倒了。难办的是那个老顽固，好在他被恩情所缚，也已是身不由己。那姑娘又是个养在深闺、不经世故的人，况且又是个多情的种儿，好摆布。有道是谋事在人，别管手段怎样，最后还是得看结果。只是籁三那家伙，倒是颇让我意外，横竖不着道儿，养着他又有何用？不过话又说回来，历史上不是也有‘楠公素养善哭的兵’[1]吗？世上没有无用之人，博爱便是仁德嘛。”

好一个肆无忌惮。那声音居然出自辰雄。“混蛋！“籁三愤然而起。可转瞬又收回了手腕，万念俱空。屋里的交谈声，不知何时已中断。遥闻玉笛，声声嘹亮。

第九回

辰雄的一颦一笑，都使阿蝶无限欢喜万般忧。他的一举一动，都令她牵肠挂肚几番愁。她魂不守舍，朝思暮想。可

[1] 此处为楠木正成（1294—1336）的故事，楠木为镰仓幕府末期的武将，《太平记》曾记载楠公养一好哭士兵，在阵前瓦解敌军，最后制胜。

现在，看那如玉的面颊，竟写满心事，娓娓道出一腔忧愁。

“你我之间，不知哪辈子修来的缘，真就是命中注定，让人难舍难分，竟连我这颗报效国家的心，也被你占去了一半。说来让人惭愧，或许皆是我的虚妄，不知你是否对我有意，但我已认定，在这世上，除你之外，别无他人。什么子爵大人的千金，与我有何相关，我早已不客气地一口回绝了。人可谓千里之堤，溃于蚁穴。说来是我愧对于人，迄今为止，所有的资金，都是那位子爵倾囊相助，经费上从未让人为难。可正待我事业如日中天时，他突然提出了撤资。此路一断，又是功亏一篑。难道我就如此忍气吞声，放手不管了？别人的讥讽嘲笑，我无所谓，只要你能理解，我便无怨无悔。可想到国家、社稷的前途，委实让我心存不甘，为此痛不欲生。你道此种情怀，能与何人倾诉。即便是对最亲近的你，我也有难言之隐。其实并非全无契机，只是难以启齿……”

说到最后，听得阿蝶心急如焚，埋怨道：“我的心意，难道你还不知吗？”

“正因为我懂，才使人更难开口。其实成败与否，关键都在你一身。今天宴会上有一位达官显贵，说是可以做我的资金靠山。正是这一点，反倒让我作难。不知他从哪里听说，自认为你是我的妹妹，死乞白赖要娶你做太太，真让我束手无策。难道为了社稷，我就要牺牲你，把你拱手相让吗？好吧，理想归理想，有时万般无奈，终归要放弃。这种话，无论如何我都说不出口。”一曲惆怅，看情人伤心断肠。

可怜那少女，只惊得是魂飞魄散，一径把那责任，都揽在了自己身上。“难道要以放弃自己的贞操，来证明对他的忠贞吗？这样一来，心里便会永远埋藏着一个不可告人的秘密。可不承想因我，让他被这世界遗弃？这是恩将仇报，猪狗不如。左右都是愁，让我如何是好？”她心神无主，没了判断。“看来只有死路一条。人活于世，有形有影，业障深重。无生即是空，如没有我阿蝶的肉身，便没有了无明烦恼，他们的姻缘，便可功德圆满。这便是天命、因果。身殁疾病和死于相思有何不同。生命只有一次，也不会再死一回。这样的结果，无愧于天地，无愧于神佛。哥哥，请你原谅我，我此生无憾。”阿蝶下定了决心，不再有任何留恋。

可怜阿蝶，始终守身如玉，洁白无瑕，虽是晚间孤衾独枕，梦中也时刻提醒着自己，不慕荣华，贫贱不移，到了十八岁的今天，她依旧是白璧无瑕。而使这一切美好破灭的罪魁祸首，就是心里的那一团爱。它托身于辰雄，寄身于筱原。时而像引那百花吐艳的春风，时而像诱那月色朦胧的秋云。它左右着阿蝶的喜怒哀乐，如影随形，可究竟是要带她去哪里？它在天涯海角，无影无踪。那双颊上可爱的笑靥去了哪里？那一见难忘的蛾眉呢？还有那明眸皓齿呢？如今美目不再盼，朱唇再不启，那乌亮的青丝，还有那凝脂般的肌肤，一切，便是那所有的一切，都随着她香消玉殒。风寒夜半月凄凉，寻也寻不见，呼也呼不应，留下的唯有一笺书信。那娟秀的字迹上，点点泪痕。

第十回

籁三一屁股坐在了花瓶前。泪水夺眶而出，那眼里喷射出的火焰，直直怒视着花瓶，双手紧紧抱着臂，咬牙切齿道：

“砸烂这把骨头吧！倘若我生来就指弯筋短，手不能伸，怎会入道此行？不入此行，又怎会有这般的奢望！如此反倒背负了一个‘陶艺俊杰’的美誉。在先师的工坊里，自己也是数一数二的佼佼者，实非自我吹嘘卖弄，我入江籁三的大名，因此也尽人皆知。过去常因贫穷限制了自己的才能而长吁短叹，可这样一来，却也害得本就平静的心底起了波澜。为何去图一个虚无的名誉！为何去求一个不该求的人！为何去吃那嗟来之食！为何又把阿蝶许与那不义之人！为了这手艺，我简直是鬼迷心窍，瞎了一双眼，怎就如此执迷不悟！

以致今时今日，逼得阿蝶走投无路，这究竟是谁的过？练就这般手艺，就是为了要害死自己的妹妹？含辛茹苦惨淡经营了多年，就是为了让自己坐于污浊吗？奚落嘲笑我的是辰雄，可青史留名的却是他，罪孽深重的竟是我！'古之君子，交绝不出恶声。'[1]我虽不知君子之道，但我所受之恩，重于泰山。虽说对他已是恨之入骨，可我怎能不知恩，不报情？听了他那些阴谋诡计，本不该善罢甘休，为了这世道，为了一方百姓，为了世间的正义，我应该挥起铁拳，抽出利刃，刺向他的胸膛，这一切不都是易如反掌吗？可叹可嗟，为了这一对瓶儿，所施之恩，所受之惠，形同作茧自缚，让我如何施展得了。要恨只恨自己吧，恨这手艺，恨这对花瓶。何等的可恶！何等的可憎！你就是我的对头！我的敌人！你就是万恶之源！我要砸碎了你！我要刺死辰雄！一切不是因为你，何来那所谓的'恩惠'！"

他攥紧了拳头，愤然起身。借着月光，只见那瓶子上的金阁寺、银阁寺若隐若现，焕然飘忽在眼前，上面每一粒金砂、每一笔勾线，无不是他的呕心之作，那四周光灿灿的洒金，更是博人眼球。

"啊，多年的辛苦，殚精竭虑，便要如此洒泪而别吗？真

---

[1] 引自《史记·乐毅列传》，意为有德之人，即便绝交也不互相诋毁。

乃精美绝伦啊！可惜这支笔，不知是否后继有人！入道十七载，我慎之又慎，才将自己的名字刻于瓶上，为的是让海外洋人和各国的陶器匠人，能够一睹我入江籁三的得意之作。我怎么舍得砸碎它！怎么舍得？！好歹我也是个身在世外的人，不如让自己穷尽毕生之力的一对瓶儿，就此隐遁深山幽谷！实在是弃之可惜！万一阿蝶回来了呢？或许辰雄改邪归正了呢？那样的话，这对瓶儿就能保住了。”

籁三两手抱住了瓶儿，左观右望。顾盼间，俄然不知是己在画中，还是画中有己。没有阿蝶，不见辰雄，没有傲慢，也没有执着，只见周身金光四射，八方喝彩不绝。正当他莞尔一笑时，忽听耳边一个声音：

“籁三，你这个没用的家伙！”听声音，那是发自筱原。

“小人！”

他正待回头，又传来一个温柔的声音。

“当心别受凉。”

“呀，是阿蝶回来了吗？”

“哥哥，随我来。”

遂看向她手指的地方。只见眼前便是金阁寺和银阁寺。秋草萋萋，小蝶双飞，雾霭苍苍间，那不正是我的洒金墨宝吗？

有趣，饶是有趣！蛟龙终非池中物。看那翻涌的云海，惊涛骇浪，龙飞凤舞，上下翻腾，还有那花飞蝶舞，好不热闹。再看那狂卷乱舞的泡桐，摇头摆尾的舞狮，头饰葵叶的贺茂祭，源氏车纹的徽章，还有辇车上的花纹。更有牡丹、蔓草和菊花装饰。看那吉野的樱花、瞧那龙田的红叶……“真就是眼花缭乱，美不胜收。阿蝶美，辰雄美，可也美不过我那笔下生花。丢下这支笔，你要去哪里？全天下人尽是有眼无珠，画出来你要给谁看？看了又能奈何？好吧，我便是你，你即是我，咱们一起同归于尽吧。”

籁三抱起那对花瓶，猛地砸向石阶。嘎然一声，残音沉远，仰天大笑，余音绕梁。夜半的钟声悠悠传来，留下的残片，零珠碎玉金光灿灿，当空一轮寒月，冷澈清莹。

初刊于《都之花》

明治二十五年（1892年）

大雪天

雪の日

极目远眺，大地银沙素裹。枯木逢春的时节，六出飞花，恰似蝴蝶的羽翼，飘如陌上尘。世人竞相为之歌咏，堪比花间月下之风雅，实乃为之艳羡。

慨叹，那无法忘怀的往昔，碎琼乱玉绵绵不绝中，让人怅恨又悲伤，只道是悔之千里，尤恨不及。曾几何时，自己不仅背离祖地漂泊他乡，且又拂去了姨母的养育之恩，枉负了“珠儿”的美名。父母盼我白璧无瑕，取及此名，怎料我在这茫茫人世间，竟活得卑卑不足道，正如那谷川间的溪流，逐波而下，终落得不洁之身。只怪自己少不经事，一意孤行，又受了大雪天的迷惑。

我的故乡在山里，是一个草葺小村。我们薄井家，在当地颇有名望，而我又是家里的独生女。怎奈父母不幸早亡，我便由守寡归宁的姨母抚养照料。三岁时起，姨母便如影随形，把我视为掌上明珠，如同己出，百般呵护，即便是亲娘也不过如此。待到七岁上，又帮我挑选了传道授业的先生，至于丝竹雅韵，则由她亲自调教。

时光荏苒而不留。渐渐的，我衣摆放长，修细眉黛，为能系上宽腰带而暗自欣喜。现在想来，未免太过可笑，再怎么说，自己怎比得上那些都市女子的伶俐。虽说身形与年龄相应，而对男女之别，我尚在懵懂之间。就这样，无忧无虑地到了十五岁那年的冬天。连我自己都不曾察觉的那一抹心底色彩，终不知被谁人看透，风言风语传到了姨母耳中。这竟是我有生以来头一遭，被冠上了情窦初开的名声。

世间真乃荒谬，那些空穴来风，好似翻涌的波涛，而受此牵连沾湿了衣袖的人，就是我的老师——桂木一郎。生于东京的他，仪表堂堂，心地善良，和学生很是亲近，大家对“桂木先生”皆交口称赞。他借住在法正寺的一间偏房，在我家以北十条街的地方。因我从小受教于他，他对我的关爱，自然较之他人更多。有时他会来我家探访，而我也会去他那里拜望。他那看似轻松的种种趣谈里，总是富含深意和教诲。他待我如同妹妹，我因没有兄弟手足，自是欣喜雀跃，以至在学校里，也倍感骄傲。现在想来，在别人眼里，兴许是太不成体统了。尽管我们两人心怀坦荡，可我毕竟已梳起了岛田髻，再也不是小孩子了，老师也已到了而立之年，《礼记》上不是学过，“七年男女不同席”，怎就忘记了礼法，与之过亲？简直愚不可及。

世人总喜欢品头论足，明明是子虚乌有，却谣言四起，艳闻不绝，平平令白玉添了瑕。你道这仅是自己的不幸吗，众说纷纭：“看吧，正是因为那姨妈管教得松，薄井家的姑娘才那么没了规矩，但凡是双亲在世，何至于此。”

“想到你母亲弥留之际的嘱托，我就不禁泪眼涟涟。‘姐姐，珠儿就托付给你了。’看似简单的一句话，却饱含着万千道不尽的记挂。我虽是允诺下来，却也是暗中摸索，举步维艰。谁知终究是枉费了力气，沦为世人的笑柄，叫我怎能对得起死去的妹妹和咱们薄井家的名声。”姨母压低的声音，怕是在忌惮周遭的耳目吧。少言寡语的她，许是思量再三，开始了一番苦口婆心的劝诫。

起初我云里雾里不明就里，渐渐地，姨母的言辞尖锐了起来。“阿珠，你听仔细了，桂木先生恐怕是于你有意，你对他也多少有仰慕之情吧。可我们薄井家是有家规的，自古以来，我们从不与外乡人结亲。虽说他学富五车，可我们对他的身世一无所知，论起门第，他如何成得我们薄井家的女婿呢？这桩亲事，我是无论如何都不会加以理会的。即便你们情投意合，可谣传四起，满城风雨，从今往后，你们二人要老死不相往来，学业也不消继续了。正因为我爱惜你，才尊他为一声师，但无益于人者，何必珍惜。多年来，你在我的精心调教下，人见人夸，与有荣焉。现下却落得被人说三道四，还不都是因为那个人。也罢，过去的事情既往不咎，从今往后与他一刀两断，才能还你一身清白，我才得片刻之安。总之，你要与他形同陌路，但凡你还顾念这个家，顾念你的姨母，什么桂木，什么一郎呀，想都不要再想了。要能做到过他家门而不入才可以。”听着躺在铺席上的姨母的训诫，我肝肠寸断，止不住泪落满腮，掩面而泣，呜咽良久。

这让我心下委实感到憋屈难耐。不管世人如何诋毁，即便全村人都舍我而去，自己的清白，养我育我的姨母，总该能洞察分明。可竟然连她也在质疑，实在让人心痛如割。至于我的老师，亦非一日之雅，他的高洁品行，自是有目共睹。真不知姨母听信了谁人的谗言，翻脸无情，我恨不得剖开自己的心，以示清白。泣不成声间，恍如某种意识潜入心底，如脱缰的野马，无法抑制。

小帘之隔，哪怕仅薄薄一层，亦足以让人内疚于心，更何况彼此之间横亘着十条街巷。人言可畏。

秋风乍起，吹乱红叶无数，羡煞几多人，可竟是欲往何方。一曲吟罢，但见那林荫深处，犹若谁人在召唤。村外便是老师的住所，你与那家里的模样，如何会不浮现在我的脑海。斜晖脉脉，法正寺钟鸣悠悠，我的心空余惆怅。怎奈得训诫森严，让人望而却步。想来只有等得老师前来看望。可受那是非之困的，又何止我一人，他自是也有所忌惮。一时间，老师音信全无，如隔三秋。旷日经年，终于到了新岁初七。

姨母打算去邻村亲戚家拜年。清早起来，便天气阴沉，乌云笼罩，风虽是停了，可寒凉刺骨，令人不安。蓦然抬头，只见天空中霏霏点点飞扬，下雪了。我倚在被炉里，心里想道："姨妈，您该不会受冷吧？"雪越下越大，毫不留情地漫天飘舞，似棉絮一般，纷纷扬扬。不多会儿，庭院和篱笆已然隐没于茫茫白雪之间。我把矮窗拉开一丝缝，只见屋后的田野，尽数遮蔽在皑皑白雪中。日日遥望的森林，已与天空浑然一色。"啊，老师。"搅得我心下彷徨。

世间何不成真有扫帚星？我像是被邪恶附体，此时此刻，心里究竟在想些什么？我已浑浑噩噩，泾渭不分，一心只念着那份牵挂，义无反顾地逃了出来，背弃了薄井家。

我毫无留恋，头也不曾回一下，不再望一眼那熟识的地方，迫不及待地跑出了庭院。

"小姐，这大雪天去哪儿呀？伞也不带上？"老实巴交的长工平助煞是惊讶。

"去接姨妈。"我撒了个谎。

"哦，今晚好像是打算在那边留宿的。一定要接的话，也该我这个老头子去的。等我一等。"竟然还加阻拦，真是缺了眼色。

"这种大雪天里去接她，本想让她夸上两句的。还是我自己去吧，你就装作没看见。”不解其中奥秘的平助开怀大笑。

“傻孩子，真是胡闹。如此说来，把伞带上，”说着，把自己手中的伞递给了我，又叮嘱了一句，“路上当心，别滑倒了。”

若是有缘，便如对萋萋武藏野的绵绵思念，常会使人想起。薄情亦罢，严厉也罢，还不都是为了我。直到很久以后，我才明白了姨母的良苦用心。

虽说我对老师心下恋慕，但与之结为连理，共赴他乡，委实是做梦也不曾想到的。无奈四顾心茫然，真好比那窗前雪压竹枝低，让人心如死灰，我怎会如此罪孽深重。背离了故乡，舍弃了姨母，竟是遭了那大雪天的迷惑。

时到如今再去怨恨我的丈夫，于事无补。正如古诗云：“都城春色何几多，独栖山林穷谷。只影向谁寒更切，何其苦。”以袖拭泪问往昔，都是错！都是错！

后来听闻故乡的消息，姨母为我的事，悲叹连连，终于在那个秋天溘然而逝。追悔莫及！现如今浮世万物皆空，我竟为薄情郎独守贞操。诚如紫式部歌里所叹：“初雪霏霏徒萧瑟，几多悲凉，几段新愁。此生惆怅无人知，恰似荒庭积雪，独哀愁。”[1]

懵然无知的雪，今年又下了起来，遮蔽了我的断壁颓垣。忆往昔，常相思念。

初刊于《文学界》

明治二十六年（1893年）

---

[1] 原文引自《新古今和歌集》冬611句。

暗夜

暗夜

第一回

深堂宅院深几许，朱门紧闭刻沧桑。虽不见瓦松离离，却也是荒草凄凄，怎能不忆往昔。遥想当年，纵非有歌云的男鹿、宫城野之秋，[1]却也有萧萩似锦、小隐于野的昨日辉煌。与其说是赏月，实则只为一睹那绮席上的衣冠云集，怎道不是梦。现而今，秋风萧索，时过境迁，荣华已不似当年。昨日的美谈曾交口传诵，而今早已门可罗雀，只留得主仆三人，身居繁华却似枕石漱流。

“投机倒把，终要穷途末路！”众口一词，锋芒所向，竟是这里。既然家无余财，便可视作襟怀坦荡。但暗中的施仁布德，并未让那受以雨露之恩的人铭感不忘。流言肆虐，竟然个个只是在那里袖手旁观，无人帮衬，以致丑名长存于深宅古池。“可想而知有多可怕！”雨夜间的杂谈，更是添枝加

---

[1] 此两处为古典和歌中歌咏过的名胜。

叶。由此，但凡提及松川家的宅邸，人人便谈虎变色。

盖因地广人稀，萧索得似荒弃古刹，自也无心打理，闲置的房屋，更是任其日晒雨淋。想来，那付之一炬的河原院[1]，大概不外乎如此。好在阿兰小姐未像夕颜[2]般被点生死簿，却如此孤孤单单在此踯躅，实乃匪夷所思。

白日尚难消受，何况夜间。独向孤灯，空对前影伴寒窗，唯有数不尽的钟声，嘀嗒相随，一一盘点，茫茫度日。忆往昔，看今朝，想必连那不惧鬼神的铮铮铁汉，也会凄然泪下。

其时正值阴历五月二十八，日已暮，月无光，业已昏暗不明。屋后的橡树密密匝匝，繁茂似林，风高怒号，使人毛骨悚然，近旁深不可测的池沼波涛暗涌，不绝于耳。她似听非听，倚在紫檀方几上，微阖双目，若有所思。柳眉轻蹙，难不成是有何烦愁？近日大热煊赫，焦金烁石，清晨刚洗过的一头秀发，乌亮亮地披于两肩，几缕青丝拂于面颊，亦令人不胜其烦。此等姿容，若不示人，实乃可惜。她面似观

[1] 河原院为平安时期（822—895）由嵯峨天皇皇子营造的楼宇，瑰伟绝特，原址在京都六条坊门之南，占地广袤。建仁三年（1203年）因火灾付之一炬。

[2] 夕颜为《源氏物语》第四帖的主角，因被光源氏宠爱而受六条御息所生魂所咒，惊惧而死。

音，只是更显寂寞，更多娇娆。

忽地，门外像是有些异状，人声嘈杂，不似往常。昏昏欲睡的美佳人侧耳细听。是失了火吗？还是争吵？抑或是那对老夫妇？思量中，脸上不禁漾出一丝笑容。可到底心生奇怪，便正襟危坐，留意谛听。此时，走廊里传来急促的脚步声。

“阿兰小姐，您是在写信吗？叨扰您了，能否跟您讨点儿药？”纸门外传来的是老婆婆的声音。

“怎么了？佐助病了吗？无论怎样，凡事还得对症下药，先别急，慢慢说。”

“不是老头子。”门外的婆婆双手合十似祈求，毕恭毕敬。

“今天晚上，老头子还像往常一样，照例在院子里巡视一圈查看门户。老头子一直觉得那扇门很不顺手，总是坐视不理也不成规矩，就在那里开开关关调试了起来。突然一辆包车疾驰而来，照亮了马路，提灯上赫然印着慈姑家徽。老头子也是性急，以为是浪崎先生驾临，未关小门就恭候一旁，哪知，来人并非是浪崎先生。

“那车经过门前时，老头子未曾注意，不知何时前面出现了一个人，车轮飞驰，只听‘啊’的一声，像是刮到了什么。他也顾不得撞到头，着急忙慌地赶了过去，可恨那车明知撞了人，却一溜烟儿似地跑掉了。

“那人伤得虽不重，可没点儿年轻人的气性，软趴趴地根本起不来，半死不活，真是一副可怜兮兮的相儿。老头子又不能见死不救，顶着挨骂的风险，自作主张把他拖进了门。也不知他那口气儿缓得过来不，您还是过去瞧一眼吧，老身绝不打妄语，真是叫人好不可怜。”

第二回

数日的饥饿劳顿，令他身体如绵，不堪重负。被车一撞，疼痛惊厥更让他魂魄天外，一时间气息奄奄，恍然如梦。这时，不知哪来的馥郁芳香沁入心脾，精神顿觉一爽。抬眼环视周遭，耳畔只闻：“再喝点儿药吧。”难不成自己魂游极乐？是人是仙？女菩萨竟在枕边。

一个歹毒的声音响起：“手指头擦破点儿皮的小伤，小孩子逮蜻蜓掉进沟里也不过如此，哪里至于昏倒，没见过这么没用的！振作点儿，起来喝药吧。”正是佐助在一旁碎碎叨叨。

“别那么出言不逊，病后体虚，元气大伤，该是静养才对。

“不用客气，就在这里放心地睡，想住多久都可以。要是想通知家人，我差人去请。谁都有个意外之灾，自怜自艾并不为过。乍看，你应是抱病之躯，如此夜深尚不归家，想必双亲定会不安。这样吧，现在我就差人去你家里跑一趟，告诉二老今晚你留宿于此。眼见的担心，总好过牵挂之苦，通知他们你无大碍，也就不会再令老人家胡思乱想了。”

“你住在哪儿？”经此一问，男子努力撑起了身。他两颊瘦削，眼大无光，鼻子挺拔，鼻梁塌陷，由此显得额头愈发宽阔。他发际单薄，发长及领。不及开口，先自落泪，见他嘴唇苍白，不住地颤抖，那是因为心潮起伏之故吗？阿兰默不作声地靠近他，试图喂药，他却以手相拦，口道：“我已经没事儿了。”

“我无父无母，无家可归，即使车碾倒地，也是我之天命，世间从没有人怜悯我。好心人表现出的安慰，只会徒增我的薄命苦叹。意识昏迷当中，自当别论，可现在还是把我拒之门外吧。人活于世，看透了此生忧苦，一旦魂魄归天，这个肉身只管拿去喂狗。恨那车上印着家徽，黑暗中看不清那主子的脸，他才是我此仇必报之人。好心人对我恩重如山，我只恼自己无以为报。”

“那么，就此别过。”说罢起身，但脚下漂浮，站立不稳。

“别傻了，老大一个人，怎么如此不晓得事理。身体发肤，受之父母，岂有不懂之理？怎么能如此自轻自贱！正因为有你这种不肖子孙，世上的父母才有数不尽的烦恼。”佐助亦是受过其子之困的人，禁不住气恼，斥责了几句，命他坐下。男子便又低下了头。

“想他也是气昏了头，才说出这种莫名其妙的话。今天就先到这儿吧，让他好好休息一晚。”老婆婆解围道。

把那男子托于老夫妇，阿兰自去回房歇息了。

第三回

绕篱萦架的牵牛花，一朝向晓，日出颜休，实乃本愿所致。既知自己身份如何，又何须为浮生如寄而烦闷愁觞。

祖父曾为一乡名医，扬鞭簇马所过之处，众人无不夹道相迎，顶礼跪拜。但不知薄命之途，拜谁人所赐。父亲不幸短寿促命，害了母亲无法正名定分。可恨世态炎凉，不知受亲族中谁人挑唆，母亲无论如何争辩，都是徒劳。神灵可鉴，天地良心，可即便有那亡人的种，人家也硬说她贪得无厌。怎奈人微言轻好不委屈，最后只得含泪归宁。其时此子在母腹中已有七月，恰是亡人的二七忌日。

女人心怀本就不宽，满腔的怨恨是世间最为无用之物。她朝朝暮暮所愿所求，皆为踏上黄泉之路。即便自己不寻死，初产的血崩，亦惨烈欲绝。可怜来不及看上一眼新生儿的脸，就在二十一岁的桃李年华，随着那凄凄秋雨魂归天外了。

从他呱呱落地，便是孤苦伶仃蒙然坐雾，除了外公怀里那点儿温暖，他一无所知。冰释春来的时节，别家孩子自在田埂嬉戏玩耍，独独他自己躲在一旁，愈发孤傲不群，怜悯体恤他的唯有外公一个人。世情薄，人情恶，可怜那孤儿，好比路边野菊，没有竹枝的扶持怎能不折腰。“天叫薄命非你错。笑你孤零一身的人，心肠好比蛇蝎毒。既然举头三尺神佛不佑，世人待我如寇仇，我亦自当抗争到底。日后一旦外公去了，你要记住，人心不古，你既不仁，我亦不义。反正也是遭人唾弃的命，更没必要奴颜婢膝，到头来还不是让人视若敝屣。”朝夕暮旦，只有把遗憾化作泪。怎奈舐犊情深，这外公竟把别人都看作心怀叵测，倘若谁敢碰他外孙一根寒毛，别管你是村长的孩子，还是有理无理，必是要与之争辩到底，到了让人无法理喻的地步。他本就是个一贫如洗的穷百姓，这下可倒好，惹恼了地主，怎还会有好日子过。“老东西，骨头还挺硬，看怎么收拾你。”祖孙俩的命，便如风中之烛，哪里有不灭的道理。

女儿的第十三个忌日，老人家一病不起。既知医药无济，也便死了那份心。可怜的孙儿和顽固的老头儿，命途多舛的两个人，唯有孤守茅屋，仰望房檐上的残月。老人家倒是临危不乱，若你听到他的临终遗言，怕是连魂也要吓丢了：“看来是没有佛祖来迎啦。”一丝嘲讽止于唇间。到底是去了地狱还是进了天堂，既然三寸气绝，盖万事已休。

留下的孙儿，便是眼下的高木直次郎。他年方十九，满怀烦闷如恒河沙数，令人哀怜。他翻过了高耸的鹿野山，背离了生于斯的故土天羽郡，“既然世道弃我于不顾，不如破釜沉舟，去到东京，修习医学，以期复兴家业”。他没人可以商量，自作主张，背负起了母亲和外公的遗恨。城里人虽非全是人面兽心者，可无论是什么地方，任用之士，哪一个不得才气过人，即便那人品行轻薄，凭他巧言善辩的机灵，又有谁会不喜欢呢。倘若孟尝君在世，又该是何等情形便不得而知了。那颗孤僻的心，如纷乱之麻，无休止地捉弄着可怜的人。他拙于应酬，从不知去拜访一番某博士、某院长，给自己毛遂自荐。如此一来，即便有心去给人家做门客，谁又会正眼看他一眼。到处被人当作疯子，这是何等的悲哀。更有一户人家，居然错把他当作乞丐，将其叫至厨房，要赏他一顿饱饭。他则大喊：“无礼！失礼！荒唐至极！”踢翻食物，拂袖而出。

他简直就是个猪突豨勇之人，没有一点儿脑子。任谁见了，都会觉得他愚不可及。不过还算是有人可怜他，“但凡你谦虚点儿，放低姿态，不务空名地做点事情，自会有人关照你的”。于是，他在澡堂子里给人添柴，给面馆送外卖，去权助[1]家做园丁，一年之内换了不下三十个工。各种活计，干不上三天就不辞而别的比比皆是。其中，还有他嫌老板娘衣鬓凌乱、卖弄风情，甩手一走了之的。跟老板顶嘴不过，动了拳头，为此他也没少受到警局的关照。这样一来，他又给自己树了个敌。

前些日子，他去了一处偏僻地界的小旅馆，在昏暗的灯火下给人做账房。只因店主一句轻侮的话，他旧病复发，觉得自己为何要受此等闲气，遂折了笔，砸了砚台，扬长而去。这样一来，只得四处漂泊，既然大话说出了口，少不得是要浪迹萍踪了。可今后该如何混得一碗饭吃？既然宁可咬舌自尽也不为五斗米折腰，那就只能傍着伽蓝晚钟不知何处是归巢了。简直比那知还的倦鸟更不堪。行行走走，来到了松川家的大门前，顷刻间就被飞车碾过。正如佐助也看到的，那车便是印着慈姑家徽的包车。

---

[1] 林权助（1860—1939），日本明治、大正时期的外交家。

第四回

被救的头三夜，如梦似幻，虽说记忆不甚清晰，可最初那夜，宛若有位女菩萨就在枕畔，细心照拂自己。朦胧间，妙音缭绕，百般抚慰，在那纤素玉手的怀抱中，竟好似神游天界，待到梦回繁华，却又恍若花间蝴蝶，一时不知我梦蝶，或是蝶梦我。

“浮世苍凉人情薄。拉着我的手，伏于我膝上，让我们共游山川。纵令你悲伤，有泪不想轻弹，但再苦的痛，也可以留给我，我会为你拭去伤悲的泪。我不会因你的愚钝鄙视你，也不会因你的刁恶憎恨你。若是你为曾经犯下的错误愧疚难当，或是为某些不为人知的事情懊悔莫及，你自可说与我听，我来为你排忧解愁。当你在恼恨时、愤懑时、羞愧时、无助时、失望时、气馁时、想要远离世俗时、想要杀人越货时、想要出人头地时、想要观花赏月时、想看风起云涌时，不管你是在惊涛骇浪的一叶扁舟里，还是在山风呼号的山阴背坡上，抑或是在遮天蔽日的万丈深渊下，我都会永远和你在一起。烈日炎炎，大地龟裂，我会化为清泉为你止渴；天寒地冻，大雪纷飞，我会变成衣裘替你遮寒。我们不离不弃，无论美丑善恶，曲直邪正，无我无他。对我不要隐瞒，对我不要遮盖。你自管心如止水，自在泰然。靠着我，安心进入梦乡吧。”

那声音不绝于耳。“此乃何方神圣？竟有如此美妙佳音。”正欲俯首下拜，指尖所触却令他倏然魂归，周身燥热难耐。

如此半梦半醒，恍惚过了一周。这天下午，他清醒过来，可以进些粥汤了。佐助虽唠叨，却心地善良，一直看护左右，加之阿素的百般呵护，令男子感激涕零。听闻自己病中甚是蛮横无理，胡作非为，阿素额上的疤痕，据说是自己拿杯子砸中的。听他们满不在乎地谈论这些，丝毫没有生气的样子，更让人汗颜。想到自己穷形尽相的丑态，简直无地自容。

“真不知胡言乱语了一些什么。除你二人之外，可还有别人听到吗？”

他试探地问了一句，佐助爽声大笑道：

“想说给人，还没人听呢。大概只有天花板上的老鼠和墙上的蜥蜴在洗耳恭听啦。这里除我二人和大小姐之外，古刹一样偌大的宅院，怕是连只狗娃都看不见。一年三百六十五天，哪里有个迎来送往。这空旷的宅院倒是不用担心，恐怕你得好好思量一下，能否耐得住寂寞。与先前的昏睡不同，想来今夜的你，该是难以入眠了。夜难眠，那庭院的松风，也会让你百感焦愁。委实让人过意不去呀。”

“如此说来，那位小姐，可是经常守于我枕畔的人？”

“正是。”

看来一切皆非梦。

朝夕传送到耳畔的温柔声音，是真的吗？把自己抱到膝头上的人，是在梦里吗？随着身体日渐康复，眼前这位叫作阿兰的人，让自己如坠五里雾中，左思右想搞不清。若说梦里的女菩萨是阿兰，眼前的阿兰小姐则简直判若两人，虽非对自己冷热无情，但中间总像是隔了一道墙。见她正色凛凛，哪里还有举手抬足间的一颦一笑，这让人如何牵得了她的手，与她相依。当时有那句“我会为你拭去伤悲的泪”，而今又如何令人敢去拉那袖子的一角。真若触碰了那一端，怕是自己要羞惭恐惧，战栗不安了。梦中的女子，是那么让人欢悦，她温婉而甜蜜，倘若还能记得母亲，她亲切的音容笑貌也该是这个样子。眼前的阿兰小姐，在那温婉而甜蜜之下，更让人感到敬畏和威严。这哪里还是能把身心托付与她的那个人。虽然梳上去的岛田髻与梦境中有所不同，可美貌依旧历然，朝夕问候的声音同样清心悦耳。

仔细想来，此间实乃他人之所，终非自己安身流连之地。有一天，自己终究要离开这位温婉柔情的阿兰小姐。

第五回

想到终究要走，直次郎便如箭在弦上，刻不容缓地托佐助禀与小姐。阿兰听罢大吃一惊。

“你看看镜子，看看自己的脸色，你还能去哪里？平时逞强也就罢了，可再好的身子板，也抗不过病呀。别心急，慢慢养病才是道理。早就与你说过，住在这里，不用客气，不用担心，只要你能恢复得健健康康，那比什么都叫人高兴。曾闻言：即使只是擦身而过，也是前世曾有过的缘，更何况你在这里，住了已不下十日，又怎么能说是外人。既然你说自己无家可归，不细说便也知道，那是怎样一种悲惨境遇。再看看我，守着这么一幢老宅子随世沉浮，终究的归宿还不是一样难以测度，不过只比你略胜一筹而已。或许你觉得和我一个女流之辈无话可说，可既然同是天涯沦落人，若是你觉得不方便，这里还有佐助和阿素。他们年纪大，阅历多，自然有很多处世之道，你可以和他们多聊聊。别看这房子像幢鬼宅，但根本就没有什么妖魔鬼怪，你不用害怕的。”

阿兰小姐面带微笑，道出了一番话。

难道她看透了自己是个没骨气、不中用的家伙。诚然，离开此地，真就无处可去了，就算是倒在路旁，也恐无人相救。身子但凡一不刚强，便连心性都会跟着脆弱起来。虽是惭愧，直次郎也不像开始那样倔强了，遂不再开口。

那老夫妇两人，便更是添枝加叶："你且慢慢住着，待身体硬朗些再走不迟。何况小姐都发话了，你自可以大大方方在此当个食客，面子上既好看，也可以帮帮我们的忙，出些个体力。年轻人最不该的就是糊里糊涂地混日子。"于是把一些他力所能及的事情，一一吩咐了。既然人家没有把自己当作外人，直次郎心里的芥蒂便也慢慢化解了，就这样一天、两天、三天、四天……住了下来。虽说是承蒙了人家的盛情，但自己也觉得像在此落了根一般。日子就这么不知不觉过了下去。

此地宅院宽广，许多地方使人力不从心，顾及不周。这里古木参天，浓郁葱茏，近日以来更是夏草繁茂，萱草、蕨草且不必说，各种杂草除也除不尽。屋后的老松苍劲，不知合抱几围，枝丫嶙峋，虬枝盘曲。朽木倒挂落于古池，竟不知水深几许。有处地势稍高的地方，想是从前的凉亭所在，那时遗迹尚依然，只是满目沧桑。不待秋风乍起，便是夕阳落暮，独自立于亭上，已是周身瑟瑟，有了异样之感。如此荒凉的一处宅院，让本是不甚开朗的直次郎朝朝暮暮更被寂寞环绕，越发地远离了尘俗。

夏夜，无论有无月色，均极富情致。此间的月夜，不禁使人遥想起光源氏在五条院，瞥见檐下的夕颜时，对方娇柔旖旎的一刻。[1]阿兰小姐的闺房，在盘曲的回廊深处，每每独坐静思，纵便是出声召唤，回应她的也只有松声涛涛，好一座幽深的闺阁。

直次郎与老夫妇同住在靠近玄关附近，虽同为一家，却各自为营。他与病中有所不同，很是少言寡语。而佐助和阿素，则把大小姐奉若神明，伺候左右，小心翼翼。“我们这般人，命如草芥，不值一提，但为了小姐，全情付出，此生无憾。”尽忠效力自不用说，凡事诚惶诚恐，简直把她看作一株奇花名卉，又怕凋零又怕折，恨不得拿根界绳拦起来，守护左右。阿兰小姐自性孤傲，难以接近，不知不觉，直次郎受了老夫妇的影响，忘了作为食客不受礼数所拘，把她也视为了尊主。可阿兰小姐，到底不是手执团扇，夏夜追凉，品鉴浮世，夸夸其谈之人；也不是午热难耐，凭风拂动庭前竹，任蚊香飘袅的浮躁之辈。如此一来，怎能了解阿兰小姐和此宅的内情？仅凭捉云般不着边际的想象，终究虚实不辨。好在从佐助和阿素口里，探得一些消息。松川某某曾经也家财万贯，只因投机失手，真个是白云出岫本无心，最后只留下阿兰小姐孤孤零零的一个人。更可悲她还负债累累，就连此间宅邸也为他人所有，这倒使人颇感意外。

[1] 在《源氏物语》中，光源氏与夕颜只在夜晚相会。

第六回

庭草露晞，微风拂面，晓色且宜人。这日，阿兰小姐起得异常早。

“今天是父亲的忌日，我该剪束花为父亲供上。”说完拿起了花剪进到庭院。

“抚子花还是后院里长得好。”

直次郎也跟了过来。

“此地的情况，总得找机会打听一下。当然，说不定阿兰小姐自己会亲口讲出也未可知。”如此想来，直次郎破例话多了一些，岂料阿兰小姐今天的心情也颇好，剪了百合、抚子花，还有其他一些花草后仍站在当地，欣赏起了自家的庭院。直次郎便作无意似地问道：

“今天是要祭奠令尊吗？您几岁时令尊过世的？”

阿兰笑着道：“你也是早早的就一个人了吧？咱们两个同为天涯沦落人呀。”

接着又说：“下了这个坡，去那边坐一下，人一累就不想说话了。”

“那不如回去吧？”

“不用，再待一会儿。”

走在青苔小径上。直次郎提醒道：“小心。”

“不好意思，借你肩膀一用。”阿兰靠了过来。

走下来，正好是那一湖池水。直次郎拂拭干净树墩：“坐这里吧。”

“真好，今天像是得了弟弟的关照。你也过来坐坐吧。”遂让出一半给他。

“那如何使得。”直次郎在一旁的草窠里蹲了下来。

“你好像也是双亲早早就过世了吧？我从没见过母亲，是由父亲一手带大的，因而对他感情深厚，也越发怀念他。平素还好，逢了他的忌日，便更加思念起来。像是今天，便让人触景生情。这种心情，你多少能有所体会吧？”

“嗯。”直次郎也湿了眼眶。

“那令尊是几年前去世的？你父母应该都很年轻吧？”

“倒也没有那么年轻。过世已经有八年了，想想真像是一场梦。”

“是什么病？突然得病去世的吗？”直次郎追问着。

“倒不是生病，父亲是在这个池子里投身自尽的。”

直次郎只惊得脸色发青。阿兰斜瞅着他，冷冰冰的眼神中似浮着一丝笑意。

“那位尼姑说‘浪底有都’，劝帝投水。[1]我虽不知她那是何等的心态，但我知道，父亲乃是悲观厌世了。其实无论哪里都可以，他只是想寻求一处安眠之所。那浪看似涌动，下面则是水波不兴。明也罢，暗也罢，乱世之秋，哪里可躲，山南海北，哪里又有人的立锥之地，怕也只有这个池底是个好去处了。”阿兰言罢，静静地望向池面。

松涛阵阵，随风悲啸，吹皱一池春水，搅翻一浪幽草，不禁让人后背发凉，可阿兰小姐并无去意。

“直次，你怎么那么拘谨？总是我在说，你也讲讲自己。”

如此一来，直次郎更是说不出一个字，只有低下头。

“真是的，怎么像个女人。”

被她如此一笑，直次郎暗自想着：“心下的恐慌，到现在都无法掩饰，难怪要被她嘲笑。和阿兰小姐相比，自己是太没出息了。她能如此稀松平常地道出这番话来，可见意志有多么坚韧。我仅是听她说一说，都已经是胆颤心寒了。”遂更是不敢开口，只是盯着她的脸。难道是自己的错觉？为何觉得那脸色有些苍白。

“话就说到这儿吧。有些话也不该对人讲。人言可畏，尤

---

[1] 典出《平家物语》第十一卷《先帝投海》，是平清盛之妻（皈依佛门的尼姑）抱安德天皇投水时安慰先帝所说之言。

其是自己亲人的事情，传将出去，让人情何以堪。你听了，该是觉得很不舒服吧？只当我没讲吧。”她表情稍有些变化。

“哪里的话！请别这么说。我绝不会与别人讲，千万不必为此担心。”

“我真的是把你当作弟弟，所以才跟你讲了这些心里话。不好意思，别太往心里去。好了，咱们走吧。”

说着，阿兰站了起来。

“我来拿花吧。”

“那倒不用，还是扶我一下吧。”

走回那条小径，她白皙的手臂，就搭在他的肩上。

“看上去虽没那么壮实，不过到底是男人呀，个子毕竟摆在那儿呢。你几岁了？十九？二十？跟我比起来，真是弟弟了。你觉得我多大了？”

“应该也就比我大个一两岁吧？”

“真会说话。现年二十五，眼见着就要到风韵凋零的三十了。”

“可看上去显得很年轻。”

“你这是在夸奖呢？还是在取笑呢？”

说着，脸上泛起了红晕。

第七回

但凡女子，温柔贤惠便是德。人生长河，有一个阶段顺风顺水便再好不过了。但若你站在了风口浪尖上，面前摆着南辕北辙的两条路，又该何去何从。需要抉择时，命运往往反倒朝着不幸的一方推波助澜。此时，即便释迦牟尼和孔子执了她的手，苦口婆心地谆谆教导，她恐怕也会猛摇着头说：“别再跟我说教，我不听，我不想听！”任凭眼里转着泪，她也不会示与他人，也不肯让它掉落，这便叫作坚韧隐忍。她天生丽质，仪态万方，若能如此平平凡凡地嫁为人妻，便是冰清玉洁的一个好收场。可惜，无常总伴于阿兰左右。

她失去了人世间唯一的父亲，若说侍奉病榻多日终因不治而亡，得以尽其天年，倒还有情可原，可那父亲身上烙下的，却是欺诈的罪名，况又自沉水底，化为了泡影。究其罪因，人只道“老天是公平的”，总会拿出些无关痛痒的话来加以搪塞。而那些真正有罪的人，个个道貌岸然，嘴上蓄着胡须，打着正义的旗号，幕后操纵着父亲去做开路先锋。而那父亲真就为人尝膳试毒，“牺牲我一个，成全其他人”，余下人的大可高枕无忧，酣梦春夜繁花。

然而，虽不求你辈感恩戴德，可你总该记得，还有来自他人的雨露之恩吧。但见门庭冷落车马稀，只因人言可畏，生怕自己被殃及鱼池。可叹，世间只有人心恶。人道“巫山之水能覆舟”，阿兰好似乘着一叶扁舟，颠簸于湍流之上，那颗少女的心里，填满了恐惧和悲伤。

“生为您的女儿，我好歹也应该有所作为。我要以其人之道，还治其人之身，那些人从不会记得别人的恩惠。我只要表面伪装得温良恭俭，时机一到便可思量动手，若是事情败露，唯有那时再考虑对策了。父亲已在黄泉之下向我招手，虽不是九品莲台[1]之上品，总是在那边的世界，有了一个好的去处。那就梦里神游走一遭吧。”这决定可并非是一时的心血来潮，有时你会见她泣下沾襟，却又强颜欢笑。她常会仰望屋檐，慨叹朝露溘至，看似风韵清疏，可心中的哀痛又有谁知。

万般不该的是痴情，心有所恋，亦该忍字当头。“年轻人，陆奥[2]险地，岂是轻易能闯过去的！”恁多好言相劝，回荡在耳边，只得生生悬崖勒马，内心苦不堪言。不可为了眼前那点儿爱恋，丢了长久相伴，只要能换得他的真情实意，岂在朝朝暮暮，单相思恋却又何妨。

---

[1] 九品莲台为九品往生之行者所乘坐之莲台。行者之品位由上至下计有九种，从而莲台亦有九品之别。

[2] 陆奥为日本古国名，原意为陆地深处，荒僻之所。

彼时番町的众议院，有个叫波崎漂的美男子，从不远的辖区选来做议员，坊间无甚绯闻。唯一的不传之秘，便是松川家拿出了一半财产资助他。松川在世时，人只道他们交情甚密，更有传闻是松川家有了乘龙快婿。岂料浮云遮日，瞬间便使扶桑影下。东窗事发，虽矢口否认，不得已还是流亡国外，待得经年人归，已是物在人亡。现而今拂去尘埃，重整旗鼓，他又故伎重演。怎奈官本臭腐，可是个弱女子能知的，那个波崎美男子，又给官爵人家做了黄门驸马。他很受器重，加之能说会道，自是让人欢喜。可怜阿兰，正是中了他那花言巧语的好手段，望眼欲穿，直等到了二十五岁之秋，始终孤衾独枕冷难眠。

为谁独守为谁伤，哪怕你是常青不衰的松柏，终究不都落得见弃于人。回顾一生，痛定思痛，嗟叹浮世烦忧，想来不如就此遁入空门。嵯峨野虽远，总可超脱尘俗。可恨唯有男人心，竟不知廉耻，独揽秋色。难道真就要伴着那晦涩难懂的佛经，终了此生吗？不行，要披荆斩棘冲破黑暗，倘若三生有幸，也可做一个千古流芳的奇女子，如若不成，不过是一世荣华化为乌有，幻作山野一滴朝露而已。阿兰还是自忖道："自己都惊骇哪里来得这种夜叉本性，如此发展下去，还能回到从前的自己吗？哎，不再顾虑，不后悔，不怨恨，只叹浮生如梦。"

都是爱情惹的祸端。但最可怕的，却是眼泪背后的女人心。

第八回

夏日已去，芦花依依翻白浪，已是一色秋。松川家的宅院里，依旧岁月如初，不仅阿兰、佐助夫妇，就连直次郎也没有任何变化。放弃了多年的从医志向，大概是这个男人仅有的变化。

“我一定要去学！哪怕粉身碎骨也要去争取。精诚所至，没有做不成的道理。我一个七尺男儿，绝不能逡巡畏缩。以前在村子里，让那些山野村夫百般欺侮，到了城里，更让人白眼相看，被人挖苦得一无是处。此番若是不做出些举动来，哪里还有个男子汉的血性。我是那种没有骨气的人吗？”

起初，说到这个话题时，直次郎总是青筋暴起，锤着铺席大吼大叫。

“你小子真是不知道天高地厚！你以为当医生和种地瓜、萝卜似的？哪儿有那么简单。”佐助毫不留情地抢白着。

“做不来再说做不来的事儿。”

阿兰小姐仔细听着二人的谈话。插嘴道：

“别那么说话，多伤人呀。你要是有如此坚定的信念，也并不是说毫无机会。只是任谁都知道，秋天鱼肥蟹黄，咱们没赶上清平世界，这年头人是越来越多，自然一年比一年更难，何况学费也无着落，不是更加不易了吗？虽然你说精诚所至什么的，但你以为光凭自己一身清白就可以啦？当今世上，还有谁把它当作个宝贝？我这么讲也许是打击你，但人还是得学会临机应变。若是你能领会这层道理，便大可放手一搏。不过恐怕不如你想象得那么容易。”

背井离乡以来，自己一直初衷不改，也从未瞻前顾后，说出的话自己不曾收回过，可受到的却是各种冷遇和落井下石，最后竟被洋车撞倒，险些落下终生残疾。所幸被好心人救起，可那施恩之人，竟也饱受着浮世寒凉，瑟瑟秋风也已吹到了自家的门前。门庭破败，可怜美玉落尘埃，旦夕皆为悲哀所罩。

“天道为什么不眷顾好人！我的祖父、母亲，直到我自己，连一只飞虫都不曾滥杀，更别说看到街巷里饥肠辘辘的小狗，我都会拿出自己的饭菜分以食之。怎会想到，世人竟与我为敌，遭人愤恨，最后落得是无家可归。难道要为了自己那所谓的执念，谄媚于人？这不是自己最为唾弃的吗？向别人卑躬屈膝，不是自己最为不屑的吗？难道要凭此晋升，让人尊为妙手仁医？这样装下去，太过恶心！这一行不干也罢！不能这么做！必须得断绝此念！就算当一只俗世顽猴，做人也不能自甘堕落。我想好了。”他彻底打消了这个念头，从此再也不提。

想自己颠沛流离，无家可归，况且四面树敌，百念皆灰，就是不知到底该何去何从。正当山穷水尽之时，颓垣断篱之内，秋草满园当中，那阿兰小姐，似一株风中颤栗的女郎花[1]，我见犹怜。

“我是个愚钝之人。别看阿兰小姐只是个弱女子，却意志坚定，毫不动摇，比我这种软弱之辈强太多。可她到底还是内柔外刚，遇事无人可依。再怎么样，一根柱子终究难以支撑广厦高楼。佐助、阿素夫妇虽忠心耿耿侍奉左右，可依我之见，有些地方还是差强人意。伺候如此一位柔弱的女主人，就好比狂风吹飞花，怎是窄袖能遮挡。也许他二位已与主人有几代之缘，自己不过才承德沐恩，但既受之于情，亦不必计较时日长短。在他人看来，这或许夸大其词，但我已把性命交付于她，大丈夫言出必行。既然浮世纷杂，使人心灰意冷，生死便也由命吧。”好一个知情识趣的弟弟。

最难揣度的就是人心。直次郎越是挂念阿兰，佐助夫妇

---

[1] 女郎花为秋七草之一，常用来比喻为女性，多为和歌所咏。

对他便越是冷淡。虽说当初彼此素不相识，也把他救回府来真心实意地百般照看，尽管那份情意毫无减弱，但听他左一句阿兰，右一句小姐地叫着，仍让佐助黯然神伤。

“看那小子的架势，简直把阿兰小姐当成了主子，不识时务！就连我这个从小给她抱大的老头子，尚知道行事需留余地乃为世间礼法。凭他一个无家可归，被人救起的穷小子，怎么如此不知恩达理，竟自居为小姐的弟弟，简直可恨！这种不懂事体的家伙，不给他点儿颜色瞧瞧，就太不知天高地厚啦。”

老头子气得肆无顾忌地数落个没完，也不管自己多大年纪了，简直剑拔弩张，拉开了架势。这让阿兰不知道该去安慰哪一厢，一个人空自着急独自慌。

第九回

秋容已暮，斜晖脉脉，栖鸟还巢啾啾。

稀罕的是，一位全身黑衣的车夫带来了信匣，自称是波崎家的差使。阿兰正在欣赏残阳篱菊的娇容，阿素过来把信递与她。

“难得有您的信。”

“奇怪，难不成是白妙袖[1]作怪？”

拿了信去，踱回房中。那信洋洋洒洒，竟有丈尺来长。

“久未通信，尚祈勿责。甚是念君，唯俗事缠身，如芦苇行舟，寸步难行。今得闲暇，染井闲居独处清欢。究其所以，谅君当知，此地敝人耳目，无人纠缠。本该登门拜谒，然物论悠悠，不喜生事，今特此遣车，顺问近好。”好一个口若悬河。若在往昔，怕是早已令她销魂荡魄。

“阿素你看，这个波崎先生，竟还是那么能说会道。”

见小姐没有格外惊喜，阿素有些纳闷，催促道：

“您还真是气定神闲呀。人家可是稍一得空，就马不停蹄赶过来的。您快些准备一下，车还在外面等着呢。”

听罢，阿兰忙道：“这老太太，还催我。真是一个实诚人。”遂笑着提笔回书。

若是放在从前，每当接到手札，总会心存侥幸。而今的阿兰，可不似当年，哪里还是那个文文弱弱的千金小姐。他那套把戏，阿兰早已洞悉无疑，再也不会接到来信，就轻飘飘地满心欢喜，自送上门。

“人若无情，便音信渺然，本也屡见不鲜，但可恨这男

[1] 典出《古今和歌集》。原句为：“花光盛世顾无人，白妙袖笼翩翩，却见菊花。”意为赏花等人时，把白菊花误认成等待之人的白袖衣。

人，竟自恃位高权重，把我玩弄于股掌。父亲不仅背负了欺诈之名，还被称为篾片[1]相公，为人取笑。明里说那恋情要避人耳目，倒是给我瞧瞧你的诚意，真就能在暗夜中不远千里来相会吗？染井别墅此去不远，一月之内要住几天，不用看报纸都能知道。为了避开我家，特意绕道而走，万不得已之时，令那马车飞驰而过，难道为躲避一个女子，真要如此费心？太过好笑！是我变窄了你的天地？为着不受束缚，另辟一片领域，难道就来欺骗我的感情？说什么'要明理、识时务，虽然不能明媒正娶，但也不必为明日担忧'。这么遮遮掩掩，到底想把我藏到何时？我早就看透了，如此一来，你就可以心安理得了是吧？难道你就不曾担心，这个女人会报仇雪耻吗？其实你这担心不无道理。本小姐可不是那种日子久了两看相厌的村哥里妇，是好对付的人。不过咱们都是有身份的人，立于众矢之的，最后落得千疮百孔，大家面子上都不好看。至于我的个人恩怨嘛，慢慢考虑，再另行别论吧。"阿兰心底暗暗冷笑。

回书言简："近日外感风邪，羞于见人，惟恐相见不堪入目，特请谅解。此谕。"面子上应付得滴水不漏。遂遣了差人回去。

---

[1] 篾片为旧时豪富人家专事帮闲凑趣的门客。

波崎家的车，常从门前过往。撞了直次那晚，车灯上印着慈姑家徽，今天车夫的褂子上，也绣着同样的纹饰，两个分毫无二，不就是同一个？要不是因为之前被撞的事情，直次也不会从他们一进门，就满腹狐疑，盯着看个没完。待看到他们返回的身影，直次幡然觉醒，那衣服上绣着的，可不就是慈姑家徽。

他问佐助道："这车是打哪儿来的？"

"真是个爱刨根问底儿的家伙。但凡是个人家，来来往往，都会有差人上门的。"佐助很是冷淡。

"你这回答跟没说一样。告诉我一声打哪儿来的也无妨嘛。又不是和你寻事吵架，何必如此话里带刺。"

看他说话没了底气，佐助回道："跟你讲也没用。给小姐的信，除她本人以外，谁能知道。那是波崎先生的人，就是报纸上常见的那位议员。"

"那这么说，是小姐的亲戚啦？怎么没见他到家里走动过？我没来之前，他曾来过吗？"

"真啰嗦，打听那么仔细干嘛。"老头儿现出一丝嘲笑。

"也不干嘛，就是看他褂子上的刺绣，和那晚看到的家徽相同，觉得有点儿奇怪，随口问一下。"

"难不成你还想把人家逮着，斩下他一截小拇指？你这家伙真够固执的，上辈子不会是蛇精吧？居然还记着那晚的事儿！不过倒是让人佩服，有出息！我以为你早忘了恩，不记得仇呢。不愧是个男子汉。”

不知是哪根筋搭错了，佐助突然生起气来，喋喋不休说个没完，想必事后定会后悔。要在平时，直次郎保准也会口沫横飞，跟他辩个不休，这会儿倒是安静了，满腹心事。当晚，他去找了阿兰，涕泪横流，和盘托出了一切。门外偷听的佐助，不觉也泪湿襟衫。做梦也想不到，这个男人已日薄西山，离死不远了。

第十回

和歌三十一字，意境绵长，风雅百代。却不知何时起，泯灭了淳朴的童心，真乃愚不可及。那晚夜阑灯下，惊动了阿兰。看直次泪眼婆娑，正襟危坐，想必绝非事小。

“什么事情？”阿兰心下不安，“不用客气，有话直说无妨。”

那温柔的声音，更是让直次不由自主，泪珠吧嗒吧嗒掉落在膝上，终于打定主意，开口道：“请恕我告假。”

就这么一句话，前言不搭后语，更是让人大惑不解。

“你们之间又起了什么争执？不是跟你说过，老人家固执，唠叨些什么，不要在意，否则日子难挨。况且他人又不坏，多说几句，想也是为了你好，苦中寻乐罢了。到底怎么了，让你如此动怒。”

阿兰照例又开始一番劝慰。

“没有，不是因为他唠叨。拌两句嘴对我们来说已是家常便饭。是我自己的问题，我已经烦透了，活得不耐烦了。”

说罢，直次伏在铺席上，呜咽了起来。

“直次，你想寻死吗？真的吗？你真是这么想吗？”

阿兰惊觉地直起了身。

“谁会拿死来说笑？那天陪您在院子里游览，您说老爷就沉在了古池水底，那里是红尘之外另一番静谧之界，此话至今都回响在我的耳畔。从早到晚，我的心无时无刻都在躁动不安，心里的弦总是紧绷着，无法安宁。我生不逢时，不知道是不是要坎坷一生才能完成自己的宿命。蒙您关爱，至今已有几月。实话实说，您就是我此生的恩人，在您的关爱下，我有过快乐，有过美好，可这初尝的滋味，眼见着就要结束了。我已经想清楚了，再不可贪恋这悲哀的人世。可您知道我有多么舍不得，我不舍就这么不声不响地离开您，悄悄离开那个情深意重的阿兰小姐。感恩的话说不完，道不尽，只恨自己笨嘴拙舌，但愿您此生福寿绵绵。我乃愚钝之人，此生无以为报，愿我死后，灵魂能够一直守护着您。”

只见他泪水潸然，无一句话不感人心脾，令人心伤。

“我不知道为什么会如此爱慕您，也不知道为什么会如此迷恋您。对您，我一往情深。一日不见，如隔三秋。我为您心醉，为您朝夕牵念，我以为只要听到您的声音，看见您的身影，就能平复心弦，却哪里知，内心那团火焰只在燃烧，连我自己都不明所以，只能自怨自责。我行思坐想，实不知那难于启齿的思恋藏在了何处，直到现在，我才悟出痛苦的缘由，恨不得把自己四分五裂。今天晚来的那个差使，听说是您关系匪浅的那个人派来的。说出来让人难为情，但我真的有些妒意。很遗憾这件事让我撞见了，也幸好是让我撞见了，那个车夫的号衣上，绣着那可恨的慈姑家徽。或许您觉得我是疯了，但那晚，虽是一晃而过，可车里坐的那个蓄着胡子的男人，就是那个叫波崎的人，听说他是一位国会议员，备受世人瞩目，但我觉得必是他无疑。多少次我提醒自己，不要胡思乱想，可它就像烙在了我的脑海里，挥之不去。怀恨恩人的意中人，就等于与您不共戴天。可是这念头与日俱增，让我不知如何是好，越想越可怕，只觉得唯有离开这个世界才是办法。但我又不想因为我的死，伤害了您。或许是我想多了，今天那封信，也许并非如我想象的那样。由此说来，想必是我内心已溃烂不堪，可我居然还能忍受自己这种肮脏的想法，真是罪不可赦。我极力伪装自己，蒙混别人，转过头来又对您纠缠不休，想想委实可耻。我会在饿鬼道备受煎熬，您那天籁之音，便如地狱火焰，让我烈火焚身，永劫无间。人心难测，忆往昔，历历在目，但不知随着时光流逝，自己会变成怎样的人，会做出怎样可怕的事。现在我死了，您的大恩大德，我无以为报，只是祈求，让您不再受到任何伤害。或许您对我根本不屑一顾，但望死后，您还能想起我这个人。”

直次的真情道白，声泪俱下。他双手置于席上，一动不动。看他诚惶诚恐的样子，又怎能不让人心伤。

第十一回

“是谁说过真爱难寻，是谁说过世间并无真爱。曾经的抒怀，令我自愧弗如。我扪心自问，对你的思念，绝对不如你那份情。以前对你，有的只是怜惜，并无过多爱意。直到此时此刻，我才真正明白，你是最值得喜欢的人。真的，直到此时此刻，我阿兰从未亲口说过爱过谁，从来没有把心交给过谁。一个涉世未深的懵懂少女，吸引她的只有花前月下，容貌才情，总是一些浮华的外表才能打动她，正像今日午间送来的手札。或许你觉得，为避人耳目，和波崎私下密会是我不贞，但岂知，非是我不守操节，实乃“班女秋扇之悲”[1]，我才是那受了秋风波及的人。见弃于人，怀恨于心，是我的可笑愚痴。但要知道，在这薄情的世界，是我遭人玩弄于股掌，对我的行为，你还会觉得可怕吗？不知何时，魔鬼住进了我的心。在你面前，我无地自容，我就是个恶人。你不嫌弃这样的我吗？不觉得这样的我可怕吗？若你对此不以为然，从今往后，你便是我阿兰的丈夫，我便是你的妻子。

“但还是请你把这份世间的缘，当作过眼云烟吧，我也会就此放手。知道你的心意，虽说高兴，但有些话要我说出来，真的是让人难以启齿，更让我心痛如割。还是请你把咱们的邂逅，当作是浮世尘缘里的阴差阳错吧。如果你是真的爱我，此时此地，就请你把性命交给我。或许你觉得我词不仁，心不善，或许你觉得这个世上，不会有人这么说，何况刚听了你的倾诉衷肠，再让我说出这不情之请，真犹万箭穿心。今天那封信，来自我曾经的情人，也是我今日的仇人，我的心一直被那份执着禁锢着，挣脱不开，摆脱不掉，或许这就是人们所说的爱情吧。我自己也搞不明白，但我恨透

[1] 汉成帝妃班婕妤失宠后作《怨歌行》，以秋扇见弃自喻。后以“班女扇”比喻失宠者或废弃之物。

了他，此恨绵绵无绝期。虽说我想手刃了他，但你岂知，我得活下去。这并非是要苟且偷生，实乃尚有先父的遗愿要完成。不知能否借你的命，替代了我这二十五年的身，隐姓埋名，把此事办妥。哎，天知道什么时候起，我竟变成了如此可怕的女人，身虽不死，却已心如死灰。“

平素轻易不肯落泪的阿兰，竟也泪湿襟衫。

“依我推测，你所怀恨的那有着慈姑家徽的人，必是那人无疑。他要赶去染井别墅，途经我家，生出此事，又恐惹出事端，逃之夭夭。你的伤应是那人所为，起因却源于我，想想我是脱不了干系的。我虽是救了你，却又把你置于死地，一切都是宿世因缘，就把你的命交给我吧。倘若你运气好，事成之后，逃离现场，趁着夜色的掩护，躲过重重危机，只要进到此门，便是万事大吉。你知道这里门可罗雀，连只狗娃都不会从狗洞里钻进爬出，何况宅院里又是个女人，警察也不会注意到，总能躲过一劫。”她低声窃语着。

直次郎默不作声地听着。

“不用再多说了，您的意思我都明白。刚才您的一番话，使我此生无憾，何况我本就没打算活过今晚。为您，赴汤蹈火在所不惜。至于您的嘱托，我会不忘所负，死而后已。这一辈子，向来一事无成，总让人当作废物。今天听心上人的一番话，即便让我肝脑涂地，只要能得到您一句褒赏——

‘直次不愧是个汉子’，我便是心满意足了。就算当场被捕，送上绞架，我也死而无憾。只是方才所说，事成之后逃离现场的话，倒是有所异议。我知道您慈悲为怀，可如此逃走，岂不卑怯，又怎能够报仇雪恨。我本粗钝，不善算计，在我看来，除非你死我活，没有别途可寻。但凡心存生机，必定使人留恋不舍，又怎能干脆利落地完成使命！若是先自被杀，则就罢了，但若是犯了事情，当场被捕，也请您放心，我绝不会说出您的芳名。万望不用挂碍，我直次郎，一人做事一人当。或许我命大，万一事情顺利，能逃离现场，我也不会再来拜见您。无论什么时候，一旦罪行暴露，绝不会连累到最钟爱的您。直次就此告辞，只当世上没有我这一号人吧。事情成败，您从街谈巷议中便可探知。咱们缘分到此，来世再见。”

决心已定，泪也不曾掉落一滴。悄然映于纸门上的身影，越去越远，越拉越长。此夜的事情，阿兰终其一生，也不曾忘掉。

第十二回

当晚，直次郎趁着夜色，离开了松川家。直到天明，佐助夫妇方才惊觉。平常虽是难免有些口角，可突然就这么不辞而别，反倒令他们忧心忡忡，不免猜来想去。阿素更是每天早起，双手合十，诚心祷告，祈求他万事平安。

光阴荏苒，已到了初冬，番町那边波崎本宅前发生了一件事情。他担任了某会的干事，在会上发表了精彩的演说，博得满堂喝彩。事后，醉醺醺地坐在车上，半梦半醒地往家走。待到家门口前，突然，暗地里跳出一个人，一把扯下车前的布帘，那车承载不住，连同里面的人，全部倾倒在地。说时迟那时快，只见来人跟着扑上去，一把明晃晃的尖刀，架在了脖子上面。不知是刀钝还是怎地，只把他脸上划破了点儿皮。些许的轻伤，使得他呼喊连天。“罢了！”那人拔腿便走，转眼消失得无影无踪。次日的报纸上，大大刊出了一则消息：某党派人士英勇无畏！俱乐部某人涉嫌被捕。最后，此事不了了之，一个月后更是无人问津。

波崎脸上的伤，没用半月便已痊愈，声望丝毫未损，虽说脸上留下了疤，他倒觉得那是英勇的见证，很是骄傲。你道可笑不可笑。人人都夸他贤才君子，机智聪明，可那败军之将，则永无出头之日。对于直次来说，这广阔的天地，于他来说并不大，他又能怎样？沉于湖底，还是遁迹山林？抑或是心念一转，重新做人？

奇怪的倒是松川家的结局。此事过后的三个月，门庭一新，园路重铺，每天园工、木匠进进出出，显然已是换了主子。可是佐助夫妇和阿兰小姐又去了哪里?

世界很大，彼时，汽车已在全国各地随处可见。

初刊于《文学界》

明治二十七年（1894年）

大年夜

大つごもり

上

辘轳水井，七丈来深。厨房朝北，腊月的朔风，穿堂而过，寒气逼人。“啊，冻死啦。”她在灶前拨弄着火，本想只烤个一分钟，可拖拖拉拉，竟耽搁了很久，挨了顿责骂。劈个柴的工夫，也小题大做，真是使女难为人！

当初的介绍人，那个老婆婆说：“他家少爷小姐六人，不过平常只有大少爷和最小的小姐在家。太太脾气虽说有些喜怒无常，可待你学会了察言观色也就没什么难伺候的了。既然是个喜听奉承的人，就看你怎么应对了。伺候好了，难免日后添个一襟半褂、围巾带子的，一样都少不得你。论财产，他家在城里可是首屈一指，但要说吝啬，那也是数一数二的。好在老爷为人宽厚，少不得你的零花钱。要是干不下去了，寄张明信片给我，多的不必啰嗦，只需道声‘想要另寻出路’，老身跑断腿为你重新踅摸亦不足惜。授你一则秘诀，伺候人最紧要的，就是要会‘阳奉阴违’。”

一番话听上去，着实骇然。转而一想："只要自己拿定了主意好好干，何须再去叨扰她。做事只须勤快卖力，没有不让人喜欢的道理。"这才有了伺候恶主子的开端。

拜见了主顾的三日后，因七岁的小姐下午要修习舞蹈，需提早准备好晨浴。清晨，霜寒未解，太太已在温暖的被窝里敲起了烟袋锅，这样那样的吩咐声，堪比闹钟还惊人。不待唤到第三声，她便一骨碌爬起来，衣衫不整地出到门外。待来到井边，只见晓月残影犹存，寒风刺骨，叫人睡意全消。

洗澡的浴桶虽不大，但是装满两个提桶，来回也得跑个十三趟，真累得是大汗淋漓。踩在脚下的木屐，系带已变了形，松松垮垮没了弹性，只得使劲张开脚趾，勉强撑着。穿着这样的鞋，还要手提重物，脚下自是不稳。一个不小心，便一头滑倒在井边。不及吭声，小腿已狠狠地磕在了井台上，可怜那雪白的皮肤，顿时泛起了淤青。手里的木桶甩到一旁，幸好一个完好无损，但另一个摔了个底儿掉。不知此桶价值几何，太太却像破尽了家财，额头上青筋暴起，从伺候早饭起，就板着一副冷面孔，一整天金口不开。次日，又为点儿小小不言的细枝末节，絮叨个不停。

"这一屋子东西，哪有白来的。别把主人家的东西不当回事，小心会遭天谴。"从早到晚，碎碎叨叨，逢人便提，埋怨不休，可把这年轻的心，羞得无以自容。自此以后，她便处处小心谨慎，不敢造次。

这世上有多少人家在使用下人，可没见过哪家，像山村家那样换得勤。一个月换上两人，自是稀疏平常，干了三四天就回去的也不在话下，更有待了一宿就逃之夭夭的。溯流追源一番，让那太太自己掐指算一算，恐怕十个指头都掰不过来，还得翻来覆去地来回掐算。如此想来，阿峰真是好能忍耐，可就这样，主人家竟还能说出遭天谴的话。这之后，他家的女佣，怕是寻遍大东京，也再找不来第二人了。人们不无赞叹，称颂她品行端正，其中不乏男人们的肆无忌惮：“关键是这妞儿脸蛋漂亮。”

入秋以来，阿峰唯一的亲人——她的舅父病倒了。开的那家蔬果店，听说早已关门大吉，虽说还住在同一条街里，却搬到了后巷。遇上这么一个难伺候的主子，虽说预支了薪水，可又与卖身有何区别？想去探望舅父，终是不成。即便出去办事的工夫，太太都要卡着点儿，算着需要几步路，要走几条街，真是防得厉害。阿峰也想过要悄没声息地溜回去一下，又怕“坏事传千里”，若弄不好被发觉，之前的忍耐便要前功尽弃，假使因此被辞掉，又要叫害病的舅父担心。穷人家的日子，可是打搅一天，都会雪上加霜的。由此，一天天拖延下来，只得寄封书信，聊表思念。即便身虽在，心已远，也只能这样熬着。

但凡进到腊月，家家户户都忙碌着烹浓年味，小姐们更是绫罗加身，群芳争艳。“听说打前天起，那台歌舞伎的角儿都凑齐了，狂言也都换了新剧目，这次可绝不能错过了。”于是主家定下了十五号去看戏，而且是难得的全家出动，简直百年不遇。

如果换做平时，阿峰自然高兴能够一同前往。可父母过世以后，身边剩下的唯一亲人如今卧病在床，自己还没前去探望，怎会有那份闲情逸致去看戏。算了，纵使太太不乐意，也管不得那许多了，遂提出请假，不陪同前去看戏了。亏得是日里勤勉劳作，才换得太太隔日的“早去早回”几个字。虽说是主人家随口丢下的一句话，可阿峰也尽是欢喜，只记得说了一声“谢谢太太”，人便已坐在了车上，一路心急如焚，只念着：“小石川怎么还没到，还有多远。”

初音街，名字极是风韵古雅，却是个地道的贫民窟。俗话说“天佑善人”，诚实的安兵卫，那铁壶一般光溜溜的脑门成了招徕客人的引路标。田町到菊坂一带的居民，都到他这里来买茄子、萝卜之类的新鲜果蔬。因是小本经营，他只卖些物美价廉的东西，而装在盒子里的黄瓜或刚上市的松茸这类时鲜却不曾有。大伙倒是开心：“这里的便宜蔬菜倒总是齐全。”多亏这些老主顾的关照，一家三口倒也勉强糊口，八岁的三之助，也藉此得以进到五厘学堂[1]去读书。

到了九月底，秋风骤起，一个寒凉刺骨的早晨，从神田采买完一应物什运回家的工夫，舅父便发起了烧，引得风湿骨痛，一病就是三个多月。如此一来，生意就不必考虑了，可仅凭吃老本，岂能够用。那根养家糊口、赖以生存的扁担，不得已也卖掉了。前街的店面房开销大，只得搬去月租五十钱的后巷，别人的耻笑，哪里还顾得上，待日后再想办法吧。说来实属可悲，搬家那天，只有病人自己独坐在洋车里，那一小捆行李哪里用得上单手拎提。就这样悄没声的，一家人搬进了同一条街的角落里。

阿峰一下车，便四处打听。看到一间杂货店，屋檐下吊着风筝气球之类的小玩意，知道那是孩子们喜欢聚集的地方。心想“说不定三之助也在里面”，便探头张望了一眼，可连个影儿都不见，便怏怏地望向别处。忽见对面，一个孩子瘦削的背影，手提药瓶刚好走过。那孩子比三之助要高，可也太瘦了吧，但姿态却是有几分相似，于是赶紧凑近前去，想看个端详。

“哎呀，姐姐。”

“咦，是三儿吗？好巧呀。”

---

[1] 五厘学堂指当时每月学费五厘的私立学校。

两人便结伴而归。穿过酒馆和芋头店，踏着咔哒作响的水沟板，拐进了昏暗的后巷。三之助快跑两步，在门口喊着：“爹、娘，我把姐姐带回来了。”

“什么？阿峰来啦？”安兵卫坐起了身。

舅母一直忙活着揽来的活计，此时也停下了手上的针线。“哎呀，这可真是多日不见了。”说着，满是欢喜地伸手把阿峰拉进了屋。

进门一看，是一间只有六叠的小屋，仅有一个柜子。此等人家，本就没什么橱柜、衣箱，可连长火盆也不见一个。唯有一个放在盒子里、方方正正的今户烧[1]，算得上是这家唯一像样的家当了。追问之下才知，竟连米箱也没有了。寒冬腊月，有人在看戏，有人却揭不开锅。阿峰不由得悲从中来，泪湿了双眼。

“风太凉，您赶紧躺下。”阿峰把硬梆梆的薄被给舅父盖好。“您这段时间可是遭罪了。舅妈好像也瘦了。您要想开点儿，别愁出病来。舅舅的身子，好转了些吗？前些日子虽是写了信，可不来看看，终究不放心。等来等去，等了这么久，才有了一个假。啊？……哦，那边您不用操心。只要舅舅能早日康复，尽早搬回前面去，其他的都不用多想。您

[1] 今户烧为明治时期今户地区出产的粗制陶器。

还是赶紧把身体养好吧。想给舅舅带点儿什么来，可路远心急，只嫌车夫跑得慢，一时情急，竟错过了您喜欢的那家糖果店。这点钱虽然没有多少，可是我攒下来的零用钱。有回，主人家住在麹町的一位亲戚过来，那老太太突然犯了腰痛，我给她揉捏了一晚，后来她赏了我些钱，让我去买些围裙什么的。虽说这家主人很小气，但来往的客人还很偏袒我。所以舅舅，您放心，我在那儿干得还行。您看，这个束口袋，这个衣领，都是别人送的。舅妈，您看这个衣领多素净，您用正合适。束口袋稍微改改，可以给三之助装便当。学校还去着吧？有什么誊写好的东西，可以给姐姐看看的吗？”阿峰如有千言万语，说不尽，道不完。

七岁那年，阿峰的父亲替主顾盖仓库，站在扶梯上，用刮刀涂抹第二遍腻子，正想要与下面的人说句话，转身的工夫，一个不稳，许是正应了黄历上的“诸事不宜”，竟然一脚踏空，从那常年攀爬惯的梯子上摔了下来。恰巧下面是铺路石，脑袋正撞在了石头角上，当场毙命。大家不免哀叹：“可怜呀，这是赶上四十二岁大厄之年的前厄了。”[1]母亲和安兵卫既是同胞姐弟，此时只得投靠他。怎奈两年后，突感风寒，病情加重，不治而亡。自那以后，阿峰便把安兵卫夫妇

[1] 在日本，四十二岁为男人的厄年，之前的一年为前厄。

视如父母。直到现在，年已十八，感恩之情，无以言表。那声“姐姐”的呼喊，让阿峰把三之助当作亲兄弟般疼爱。

“来，到这儿来，”阿峰抚着三之助的背，望着他的脸，叮咛着，“爹爹病了，心里着急犯愁吧。眼看就要过年了，到时姐姐给你带礼物来。记得听话，别让妈妈为难。”

“他哪里会不懂事呢。阿峰，你知道吗，别看他才八岁，个子又大，身体也壮。我这一病不起，没了人挣钱，负担越来越重，个中艰苦不言而喻。三儿便和街上咸鱼店的那帮人一起，挑着担子去卖蚬子了，每天能走多远走多远。大概是他孝感动天吧，老天保佑，别人家只能赚八分钱的东西，他肯定能赚回十分钱来。总之，我的药钱，都是三儿赚来的。阿峰，你好好夸奖夸奖他吧。”言罢，安兵卫用被蒙住了脸，哽咽着说不出话来。

“这孩子就喜欢读书，从不用我们操心。吃了早饭就跑去学校，三点放学径直回来，从不瞎逛。不是我夸耀自己的孩子，老师对他都赞赏有加呢。要不是家境贫寒，怎么舍得让他挑着担子四处叫卖呢。这种寒冬腊月天，那双小脚还穿着双草鞋，你知道当娘的心有多么不忍吗？”舅母落下了眼泪。

阿峰一把搂住三之助：“好孩子，真是大孝无痕呀。个子再怎么大，可咱们毕竟也只有八岁呀。挑着扁担，肩膀疼不疼？草鞋磨不磨脚？原谅姐姐不懂事，从今天起，我回来照顾舅舅，家里的生计也由我来想办法。我真是太不知何为疾苦了，早上还在嫌井绳冰手，实在是可笑得紧。叫一个学龄孩子去挑扁担、卖蚬子，姐姐怎么还能忍心穿着长袍呢。舅舅，我想好了，辞去工，再也不去那边做活了。”阿峰失声痛哭。

三之助眼泪吧嗒吧嗒地掉下来，不想让姐姐看见，低下了头。肩头磨破的衣服，露出了针脚。想到竟是这副肩膀挑起了重担，阿峰便止不住心里难过。

一听阿峰说要辞工，安兵卫赶忙道：“这怎么行，你有这个心，舅舅已经很欣慰了。可一个女人，回到家又能做什么？更何况，在主人那里已经预支了钱，怎么能说走就能走呢。刚开始去人家那里干活，最紧要的是不要让人家以为你是吃不了苦就跑掉的，还是踏下心来，好生伺候主人才是。我这病不打紧，一等好点儿，又可以重整旗鼓，重新开张了。啊，再过半个月就过年了，这一开春，必定是万事大吉。大家都忍耐忍耐，三之助要忍耐，阿峰也要忍耐。”说完收起眼泪：“你不常回来，也没什么好准备的，不过有你爱吃的今川烧和煮芋头，多吃点儿。”舅父的话，让阿峰心里很暖。

“本不想麻烦你，可眼见着就要过年了，家里如此的境况，真是让人发愁。刚卧病那会儿，从田町的高利贷处借了十块钱，扣除一块五毛钱的利息，到手是八块五毛钱。九月末借下的钱，这个月到期要还上帐。可看看眼下这光景，哪儿有什么办法呀。和你舅母也商量过，可她揽的那点儿活，磨破了指头，一天都挣不下一角钱，更别说讲给三之助听了。阿峰，听说你家主人，在白金台町有上百间连檐房，仅凭房租一项，就能让他们穿得光鲜亮丽。有回我有事去找你，经过大门口，就看他们修的那个仓库，恐怕千两白银都下不来吧，那般富贵，真羡煞人也。你和主人家也有一年交情了，自己的贴心佣人，张口借几个钱，该是不会拒绝吧。要是有了钱，这个月底，我再去央求一下债主，重写一张字据，一块二毛钱利滚利的利息，就付给他，便又可以缓上三个月。听上去，是不是觉得我有些得寸进尺？可我得买年糕呀！如果年节头三天里都不能给三之助尝一尝煮年糕的话，让我们做爹娘的，心下怎生落忍。这话虽说难以启齿，可大年夜那天，能否设法帮舅舅借来两块钱。”

阿峰思量了一下，说：“您就放心吧，我答应您。大不了算是预支薪水。一提到钱，家家都有本难念的经。好在数目不大，只这些便能解决问题的话，想来主人家听了理由，也不会让我作难吧。只因此事重大，不能坏了留给主人家的好印象，今天我就先回去了。下次的假期，得到开春了。到时，咱们全家人再聚到一起，开开心心地乐一乐。”

就这样，借钱的事情，阿峰一口应承了下来。

“钱怎么送来呢？让三之助去取吧？”

“这倒是个问题。平日里我都忙得脱不开身，更别说大年夜了。叫三儿跑那么远，真过意不去，不过也只得麻烦他了。中午以前，我一定会准备好。”

一切安排妥当，阿峰回去了。

下

石之助是山村家的长子，因是前妻所生，父爱于之甚是淡漠。家里有意把他送与他人做养子，从继母所生的妹妹中挑选一个继承家业。此事大约十年前他就有所耳闻，一直耿耿于怀。只因当今社会，不允许断绝父子关系，于是打从十五岁的春天起，他便纵情欢乐，放荡不羁，让继母束手无策，父亲的过庭之训，更是抛在了脑后。

他仪表堂堂，眼神灵动。无怪乎四邻的姑娘，背地里悄悄议论说：“皮肤虽是黑了点儿，长得还算俊秀。”他一味地胡闹，常常跑去品川，只管饮酒取乐，沉浸在那纸醉金迷的纷乱里。他最喜欢大半夜驱车跑去车町，把那帮狐朋狗友喊起来，好酒好肉相邀，倾其囊中所有，挥金如土，骄奢淫逸。“让这样的人继承家业，无异于把薪助火，祖上的家业，瞬时便会化为灰烬，我们还能有什么？也得为下面几个妹妹着想呀。”继母在父亲耳畔，不断以谗言相告。“这样的浪荡子，谁会收养他？不如拿出些钱来，把他打发了便是，与他分家析产才为上策。”

父母的此番盘算，石之助只作耳旁风，他怎会轻易着道。“分家费一万元是少不了的，除此以外，还要按月负担我生活费，不得干预我花天酒地过日子。哪天父亲大人不在了，便要遵循长兄如父的规矩，几个妹妹要在灶王爷前敬棵松，凡事都得奉了我的神谕才可以。如若不然，现在就另立门户，本家的事体，我一概不管。同意的话，便依了我的说法去做。”这番话明摆着给人添堵，好是叫人气愤。

听说与去年相比，自家的连檐房又新盖了不少，收入也翻了倍。“不得了，不得了，这么赚下去，究竟是想留给谁呢？星星之火可以燎原，岂不知有我大少爷黄雀在后，伺机而动吗？看我的，给哥儿几个卷些钱来，好好过个年。”此话引得伊皿子一带的穷弟兄群情沸腾，竟连大年夜当晚狂吃大嚼的去处都已选定。

一听“兄长回来了”，几个妹妹如同躲避脓疮一般，唯恐避之不及。他一意孤行，愈发地放肆，两脚往被炉里一伸："拿水来！给我醒酒的水。"弄得周遭一片狼藉。继母恨得牙根痒痒，怎奈还得顾及情面，暂且收起了刁钻刻薄，虚情假意地抱来一床小被，给他垫上了枕头："我得赶紧准备明天的饭菜，小鱼干要让下人做，简直是糟蹋东西。"话是说给他听的，好让那枕上人知晓，自己是如何地勤俭，如何节约着每一个铜板。

临近中午，阿峰答应舅父的事情还没着落，一天下来忙得她，连察看主人脸色的工夫都没有。忙里偷闲，她才赶紧卷起头上的毛巾，搓着手，可怜巴巴地去拜托太太。"知道您现在忙得不可开交，无暇顾及，可前些日子麻烦您的事情，已经答应了人家，对方是救急的钱，说好了今天下午会送过去。您如果能帮忙，便是舅舅的福气，大恩大德，感激不尽。"

起初提出借钱时，太太就表现得模棱两可，最后算是勉强答应了。阿峰心下觉得，难逢太太好心情，怕多说不易，反惹太太不开心，于是便强忍至今。约好的日子是今天，大年夜的中午，难不成是给忘了，竟然一字不提。可此事于己，是燃眉之急，再难开口也不得不说。岂料那太太听罢，竟一脸愕然："这是怎么个话说呀。你舅舅病倒的事，还有借钱的事，我倒是听说了。可并没有答应来替你垫钱的。一定是你听错了，我不记得有这档子事。"好一个翻脸无情，竟如此铁石心肠。

看着一袭春服，打扮得如花似玉般的女儿们，太太心下喜不自胜。“可惜那兄长分外碍眼，怎不赶紧走开。”嘴上不曾说，心下却早已忍耐不住。如有一位智者老僧在场，必定能识得她此刻已是七窍生烟，怒火中烧，心烦意乱得不知所从。话虽如此，可钱这东西，搞不好便是一剂毒药。她想起，确曾答应过此事，可就是不高兴给了去：“是你听错了吧。”吐出一个烟圈，摆出一副事不关己的架势。

“哎，又不是什么巨额款项，不过只是区区两元罢了，况且太太又亲口答应过，这才十天，何不成就老糊涂了。瞧，就在笔墨盒的抽屉里，不是放着一沓儿还没动过的钞票吗，十张还是二十张？又不全要，只要给我其中的两张，就可以让舅舅开心，舅母欢笑，三之助也可以尝到年糕了。”想要的是那两张票子，可恼的是这位太太！阿峰委屈得说不出话来，温顺的她，此时真是有口难辩，只得没精打采地回到厨房。正午的炮声轰然而鸣，响在耳畔，格外地震慑心神。

“母亲大人，请您快点儿来。一早阵痛就开始，分娩大概就在下午。因为是头一次生产，先生已经慌作了一团。家里又没个老人，简直六神无主。请您现在赶紧来，立刻马上就过来。”生死攸关的初次分娩，让嫁在西应寺的女儿早早就雇下车来接她过去。生孩子这等事体，才不管大年夜合不合时宜。可家里存放着钞票，浪荡公子又躺在那厢，太太心各两端，却分身无术。无奈爱女之情更重一筹，只得上了车去。直到此时，心中便不停地抱怨起那乐天派的丈夫："非挑今天这日子去钓鱼，真是派不上用场。"太太满腹牢骚地出了家门。

太太前脚刚走，三之助后脚便到。一路打听着，很快就找到了白金台町。自己一副寒酸相，怕给姐姐丢脸，便绕到厨房，从门口探头探脑地望进去。阿峰正伏在灶前抽泣："谁呀？"她赶紧收起泪眼，抬头一看，见是弟弟，但口里又不能说"你可来了"。哎，这该怎生是好。

"姐姐，进去的话，不会被骂吧。说好来拿的东西，可以取走了吗？爹爹说，要好好谢谢老爷和太太。"小孩子不知底细，竟是满脸欢喜。

"稍等一下，姐姐有点儿事，去去就来。"说着，快步出了房，四处张望了一番。小姐们都在院子里，羽子板打得好不起劲；听差的出去办事，依旧未归；做针线的还在二楼，耳聋不碍事；再看那少爷，仍是躺在被炉里，大梦正酣。

"上感天恩，大慈大悲的菩萨，我要去做坏人了。菩萨明鉴，这并非己之所欲，实乃不得已而为之，要罚只罚我一人，舅舅、舅母实是不知，还请饶恕了他们。对不起，这钱让我拿走吧。"于是拉开早已盯上的砚台匣，从里面抽出了两张纸币，攥在手里，神情恍惚，不辨虚实地交予三之助，遂打发他回家去了。自以为做得神不知鬼不觉，简直天真幼稚。

当天日落时分，有如惠比须神[1]赐顾，老爷心满意足地乘兴而归，太太随后也到。安产的喜悦，使她对车夫竟也和颜悦色："忙完今天，过后再去看她。你转告她，明天早上定会派她哪个妹妹去看望。今天辛苦你了。"说着塞给了他一些车马钱。

"哎呀，忙死了，谁闲着呢，真想借他身子一用。阿峰，油菜烫好了吗？鱼籽洗干净了吗？先生回来了吗？少爷呢？"最后这句，却是压低了声音，听回复说"还没有"，便又蹙起了眉头。

这一晚石之助甚是规矩。从早起睡到现在，直待父亲回来，为的只是一笔钱："明天就是新年。过年的头三天，本该待在家里贺岁拜年，可您也知道，本少爷向来落拓不羁，让我衣冠齐整地四处寒暄，简直是受活罪。那些个说教，已是老生常谈了。再说，亲戚里面，也没个漂亮脸蛋，根本勾不

[1] 惠比须神为日本古代传说中七福神之一的鱼神，其造型面带笑容，右手执鱼竿，左手揽红色加吉鱼。

起我任何兴致。我跟街上几个朋友已约好了今晚欢聚，先一步告退，压岁钱再为劳烦。大年夜之际，家中又添新丁，这是双喜临门，压岁钱会有多少呢？”

俗话说“三界枷锁，两劫缠绕”，碰上如此一个浪荡子，更是父母的不幸。可剪不断的血缘，即便他再如何胡闹，一旦落魄到日暮途穷，若要不理不睬，难免遭人非议。顾及家族的名誉、自己的脸面，为父的只得把心一横，打开了保险柜的门。

石之助见机又道：“有笔钱今晚到期，当初也是经人担保盖章过的，可真就是狂风飏落花，顷刻之间打了水漂。那些地痞什么事儿干不出来！一旦还不上钱，再想安抚怕是也难了。我倒无所谓，只恐您的名誉会受损。”言下之意，这笔钱也得“您”出。

那继母心下早已跟个明镜儿似的，一早起就想到了会有这一出，果不其然。“究竟想要多少钱？且看那个没用的家伙如何处置吧。”论口才，自己辩不过石之助，于是便收起早上那盛气凌人、气哭阿峰的架势，冷眼旁观老爷的态度。那眼神，是何等的犀利可怖。

为父的默默走进放着保险柜的房间，拿出一沓五十元的钞票。

“这钱不是给你的，是为你那几个尚未出阁的妹妹，还有你姐夫的颜面而拿的。我们山村家，世世代代都是仁人君子，安分守己，从没有人在背后说三道四。难道你是转世魔王，山村家竟出了你这么一个败类。手头稍稍紧一点儿，就去惦记别人的荷包，丢人现眼，岂是一代之辱。你要明白，为人之道，重于家财，不要再给你父母手足的脸上抹黑了。哎，说了也是徒费口舌，若在寻常，身为山村家的少东家，是不应叫人说长道短的，本该替我分担一下，代为父的去拜拜年。可你倒好，却叫我一个六十老朽为你操心，小心会遭报应的。你也是念过些书的人，怎么如此的道理反倒不懂。好了，你走吧，想去哪儿便去哪儿，别给这个家丢人了。”说罢，父亲走进了里间，钱便揣入了石之助的怀里。

“母亲大人，祝您新年快乐！再见，在下就此告辞了。”石之助故作姿态，毕恭毕敬地告辞而去。

“阿峰，把鞋备好。从这大门出去，我可不是离开这个家，只是出去转一圈。”

他厚颜无耻地甩着两只手，扬长而去。

究竟是去了何处？怕是父亲那一晚的泪，在他的觥筹交错中，已付之东流。万不该的是这个放浪儿，更不该的是那强人所难的继母。

虽不至于撒盐除晦，但清扫一番总是要得的。讨债鬼走了，总归是好事，可惜了那沓钞票。但转念一想，与其整天抬头不见低头见，还是眼不见的为好。“倒想见识一下，究竟是什么样的人，能生出这种不招人待见的家伙。”太太那副毒舌，依旧如故。

那边发生的事情，阿峰哪里管得了许多，自己犯下的罪过，心下可一直惴惴不安着。前一刻的行为，是自己所做，还是他人所为，竟有些迷迷糊糊。

“仔细想来，哪里有不被察觉的道理。万张取一，数数也就清楚了，何况与我提出的数额相符。近在咫尺的东西，不翼而飞，不怀疑我怀疑谁？如果问起我来，该如何是好，如何应对。支吾搪塞，更是罪加一等。直言坦白，又会连累舅舅。自己的行为固然罪不可恕，但如何能拖累了诚实正直的舅舅！人言可畏，只因贫穷穿湿衣，欲加之罪，何患无辞。哎，可悲呀，该是何去何从。有什么办法，能让舅舅不去蒙受不白之冤？看来唯有自己一死，便能一了百了啦。”眼神虽随着那太太，一波方动万波随，心却系在了砚台盒子上，飘飘摇摇。

大年夜这天，照例是年终决算日，要核算好所有的钱财账目，加以封印封存。太太忽然想起：“修房梁的太郎刚才把借去的钱还回来了，就在砚台盒下面的抽屉里，那里还有二十元。阿峰，阿峰，把那匣子拿过来。”

里屋传来太太的呼唤，阿峰一想："完了。不如当着老爷的面，把事情原原本本讲述清楚，太太的不近人情，也要和盘托出。到了这般地步，真是黔驴技穷，束手无策，唯有老老实实，本分作人，不逃避，不掖藏。要向老爷坦白自己偷拿了钱财，要告诉他此举实非贪婪所致，乃是生活所迫。而且还要强调，舅舅不是同谋。如若老爷不信，就咬断舌根，当场自尽。用自己的一条命来换，总能自证清白吧！"虽说已给自己壮足了勇气，可走进里屋时的心情，却像待宰的羔羊。

阿峰从抽屉里拿走了两张钱，理应剩下十八张才对，可怎么回事？一沓子钞票竟然全部凭空消失了。把那抽屉翻了个底儿掉，仍是连个影子都没有。奇怪的是，里面还掉出来一张纸片，一张不知何时写好的收条：

抽屉里的这份，一并照单全收。

石之助

竟是这个浪荡子！大家面面相觑。无人再去盘问阿峰。

是阿峰的孝德感天了？冥冥之中让石之助替她顶了罪名？哪里哪里，倒有可能是石之助知情后，做了一个顺水人情，替她顶下了罪名。若果真如此，石之助倒成了阿峰的庇护神。而后事如何，颇值玩味。

初刊于《文学界》

明治二十七年（1894年）

青梅竹马

たけくらべ

一

绕过前面的弯，便能看见大门[1]处的回盼柳[2]，翠色胜丝，娉婷婀娜。黑齿沟倒峙的辉煌灯火，把那三层之楼的人间百态，尽数敛收。路上车水马龙，络绎不绝，真叫人难以测度盛世的繁华。这里便是“大音寺前”，名字听似佛缘很重，可你哪知，这里是真正的红尘腹地，唯有住在这一带的人，方会如此告诉你。

拐过三岛神社，再不见什么像样的楼舍，尽是些破败的连檐屋，十间一排、二十间一排，歪在那里，惨淡经营。这些商户，门都大抵半掩着，上面糊着一张奇形怪状的纸，刷上一层白粉，里面插着竹签，真要笑死了人。如此一来，活像个酱烤串豆腐。晒这玩意儿的，并非只此一两家，早起拿

[1] 此处指著名风俗场吉原游廊的正门。

[2] 吉原大门外有杨柳一棵，游人们依依惜别时会在此顾盼回首，因得此名。

出来晾晒，日斜时收回屋里，通家上下，一齐动手。若问“此乃何物？”他便会道：“这都不知？冬月酉日[1]的大集上，善男信女人人扛的那个竹耙子，乃此物是也。”打从正月取下门松开始，一年到头辛苦劳作，真就同个生意人一样。别看是个副业，从一入夏，更是忙得满手涂彩，难道是新年的衣装就要靠了它？听他嘴里念着：“南无大鸟大明神，既能赐予请了福神竹耙的人大福大贵，也保佑我们这些手工小生意人盈利翻番吧！”话虽如此，可却从不曾听说，这里有哪家发了大财。

住这里的人，多与烟花巷子有着牵连。看那鞋牌班头，[2]总是不住地拨弄着手里的鞋牌，发出哗啷哗啷的声响。一到掌灯时分，就披了外衣出得门去，媳妇跟在身后击着燧石，[3]哀凄之态，竟似末日惜别，不知道的还以为他受了十人斩[4]

---

[1] 在日本，十一月的酉日，关东各地的大鸟神社会举办“酉市”，其中以下谷龙泉寺町大鸟神社的酉市最为著名。十一月的酉市按天干地支计算，有时为两次，有时有三次。酉市所卖的竹耙，为招福进宝之用。

[2] 江户时代戏楼、料理亭、书场等集会场所，寄存的衣物、鞋履为避免拿错，会发放鞋牌，类似现在的存衣牌，并由专人负责管理，班头便是这种管理者。

[3] 江户时代，消防员或泥瓦匠一类户外高危工作的人，出门时家人会击石取火，以保平安。当时的人们相信，火乃清净之物，可以祓魔除祟。

[4] 十人斩即河内十人斩，明治二十六年（1893年）发生在大阪府东南部金刚山麓赤阪村的一起杀人事件。

的牵连，或是即将要双双情死一般性命攸关。既做的是这种不讨好的危险生计，怎么说也是要脱皮掉肉的，可你看他，怎么就同出游一般，随意轻松。

瞧那姑娘，搞不清是头等妓楼里的雏妓，还是在七大茶楼里的哪间给人领客的主儿。看她提着灯笼，一路小碎步的修习作态，若问她满师后有何打算，答案大抵是想成为一个响当当的头牌花魁吧。你道可笑不可笑。

再看那三十出头的风韵徐娘，着一身清新利落的唐栈衣，脚上套着一双藏蓝色分趾袜，革履跟上的铁皮踏在地上咔啦咔啦，好不忙碌。她匆匆跑过茶楼后面的吊桥，嘴里喊着：“我就不绕远啦，你这儿接着吧。”从她怀里的包袱不难看出，她就是人们常说的女裁缝。

这一带的风俗，真个与众不同，没几个姑娘会规规矩矩地把腰带系好。她们把那花哨的宽腰带，随手往后一掖便就了事。上些年纪的还有情可原，最没规矩的便是那十五六岁的丫头片子，嘴里还含着酸浆果，竟也如此打扮，怎能不令人侧目，可你又能奈若何。

昨天河边青楼里，那位艺名什么“紫”[1]的姑娘，名字

[1] “紫”为《源氏物语》中的主角名字，艺伎喜用小说中五十四章人物名称为艺名，此处隐去若紫，代称某某紫。

还犹在耳畔，今天倒与那泼皮阿吉联手，开了间自己摆弄不来的烤鸡夜摊。你等她身家散尽，被榨干得只剩下一副骨头时，定会重操旧业，做回她的老本行。盖因她比那些良家妇女更会卖弄，便鲜有孩子不受习染的。

秋九月，仁和贺[1]大戏的街上，不过是七八岁的孩子，便能把那露八的扭捏和荣喜的作态，[2]模仿得惟妙惟肖，若让孟母看见，必定又要三迁其舍了。倘你要夸了他，他便会轻狂地丢下一句："今晚再给你露一手。"小小的年纪，竟学会着把手巾板往肩膀上一搭，鼻里哼着艳曲小调了。想必等他日后长到了十五岁，一定少年老成得令人可畏。学堂里大家唱歌时，他能打出流行小曲"咭锵锵、咭锵锵"的拍子，保不齐在运动会上也能领头唱起《滚木小调》。育人不易，难为了那些先生。

入谷附近，有间育英学堂，虽是私立，学生也有近千人。校舍局促，地窄人稠，先生的名望可见一斑。只消一提学校，不言而喻便是那里。读书的孩子里，有家里是做消防的。"俺爹在吊桥的门楼上呢。"那一行当，他无师自通，学着他爹，悄悄爬上了梯子。一转头，却被其他孩子告了状：

---

[1] 仁和贺即兴滑稽戏，为吉原三大活动之一。

[2] 露八与荣喜均为吉原有名的助兴艺人。

“某某把防盗板弄断了。”再一看，告状的是被称为“三百”的催收人之子。“你老爹是当马仔的吧。”小小的童心，竟也羞于听到通报上的名号，不觉面红耳赤。还有一个出入青楼的密藏之子，常年住在别馆里，以为自己是个养尊处优的公子哥，头戴簪缨，衣冠楚楚，好不飘逸。可跟在他身后“少爷，少爷”叫个不停的人，倒也真够滑稽。

众多孩子里，先来道一下龙华寺的信如。三千青丝，不知何时斩尽，他早晚是要换为一身缁衣的。可你道他是否出自本意呢。他继承了父亲的勤勉好学，温文尔雅，伙伴们甚为不齿，常以恶意戏之，用绳子绑缚了死猫丢给他：“小师父，还望超度亡灵。”不过这都是些从前的事，现在他可是校内第一，任谁还敢欺侮他呢。

他年纪十五，中等个头，剃光的脑袋，看着就不同凡俗。他名字本叫藤本信如，说不上是哪儿，颇有几分佛门弟子的味道。

二

八月二十日是千束神社的庙会。街上满是巡游花车，商摊林立，争奇斗艳。堤坝上人头攒动，皆望一睹游廓风光，年轻人的兴奋可见一斑。孩子们自是不能错过这千载难逢的机会，从大人的话里断章取义，相约着穿上了同款浴衣，一副神气活现的样子，叫嚣着要耍个痛快，若让旁人听到，可不得闻风破胆。

自诩为胡同帮的孩子里，霸道的孩子王，被称为“头儿”，年纪十六。自打仁和贺大戏替他爹执了铁棒，顿时就神气活现起来，衣带掖在腰下，答话也是鼻孔吭气，一副地道的街头混混架势。“要不看在他是咱头儿的儿子……”消防队的女人只能背地里指指点点。在这一带，他任意而为，横霸一方。

大街上有一个孩子，是田中屋家的正太郎，年龄比头儿小三岁，家里不乏钱财，又招人喜欢，不像他那样惹人生厌。里外里，两人自然成了死对头。

“咱是私立学校，他上的是公立，同一首歌唱出来，倒像他们是正宗的了。去年、前年的庙会上，他们那边都有大人撑腰，弄得花样百出，比咱这边热闹多了，想要教训他一顿，都没个借口。今年要再输了，‘你以为老子是谁？咱可是胡同帮里的长吉’等往日大言不惭吹下的牛皮，岂不都成了一纸空话啦。这么下去，以后弁天沟的游泳大赛，谁还会到咱们这头来。论力气，我绝对不输他，可田中屋那小子太会做人，学习又好，咱这头的太郎吉和三五郎，不是早就变节成他的人啦，真是可恶。后天就是庙会的正日子啦，这回再赢不了，真就豁出去了，就算我瞎只眼睛断条腿，也非把正太郎打个乌眼青不可。算算人手，咱这边有洋车行的阿丑，头绳店的阿文，玩具屋的弥助，这就差不多了。哦，对了，还有一个关键人物！藤本！他能当个军师。”

十八日的黄昏时分，长吉用手赶着飞到口眼间的蚊子，穿过龙华寺茂林修竹的前庭，磨磨蹭蹭来到了信如的房前，探头问道：“信如在吗？”

“大家都说我做事鲁莽，或许我就是那么个粗人吧，遇到可恶的事情谁不七窍生烟？去年的事儿你该听说了吧，我这边一个小弟，和正太郎那头儿的一个小跟班，为了提灯的事儿打了起来。没想到他们那伙儿的，不知打哪儿稀里哗啦冒出一堆人，把我小弟的提灯也给砸了，一帮人还把他给举了起来，有一个人还喊：‘活该，你们这帮胡同串子。’就连元宵店那个长得跟个大老爷们儿似的傻大个儿，都骂骂咧咧的：‘什么头儿不头儿的，大尾巴狼！大尾巴狼！天蓬元帅的猪尾巴！’那会儿我正在千束神社忙活呢，等我知道后想赶过去，却被俺爹一通劈头盖脸的臭骂。真咽不下那口气。前年那档子事，你是知道的，他们那边一帮人聚在文具店门口，不知道演滑稽戏还是干啥呢，我本想凑个热闹，结果遭他们一顿奚落：‘胡同也有胡同的乐子吧，要你们自己的去。’

结果只让正太一人瞧，你说我气不气。他家那几个臭钱，连当铺都开不起，不就一个末流放贷的吗，让这种人活在世上，还不如整死他，为民除害呢。这次的庙会，我打算闹出点儿动静来，一定得报仇。信如，咱们不是朋友吗。我知道你不乐意参与这事儿，可好歹帮兄弟一把，也算是给咱们胡同帮雪耻啦。他正太郎，连唱个歌都觉得自己是正统，还不得杀杀他的威风。他骂我是私立的糊涂虫，不跟骂你一样吗。拜托啦，帮个忙，你就挥个大灯笼助助威就行。我真咽不下这口气去。这次再输了，我长吉真就没脸见人了。”气得他浑身哆嗦。

“可我，没劲儿呀。”

“没劲儿怕什么！”

“我也不会舞灯笼呀。”

“不会也没关系。”

“就算我参加了，到时输了怎么办？”

“输就输了呗，那就只好认了。不用你去做什么，只要你是胡同帮的人，那就是给我们站脚助威了。这足以提高士气啦。我这人不学无术，可你学习好啊，他们要是用汉文骂人，正好你可以用汉文骂回去。这事儿想想就痛快。你要是一口答应了，我们可就是力敌千钧了。信如，谢谢啦！”脱口而出的话，竟是不曾有过的和气。

一个是腰系三尺带，脚趿草履的劳苦人之子，一个是身着棕色褂，紫色兵儿带缠裹的佛门后生，两人的想法自然相去甚远，说出的话也是驴唇不对马嘴。只是和尚夫妇觉得"长吉是我们从小看着长大的"，既然同在一所学校，总被人"私立、私立"地看不起，信如心里也不是个滋味。长吉生来就不讨人喜欢，向着他的人自然没几个，想想也是可怜。而对方的正太，在街面上很是混得开，总有一堆跟屁臭虫儿趋之若鹜。公平地讲，长吉之所以屡战屡败，田中屋脱不了干系。既然人家看得起自己，上门来请，于情于理也推脱不开。于是信如道：

"行，我加入。既然答应了，决不食言。俗话说不战而胜，能不打还是别打了。自然，对方要是挑衅，那就另当别论。真到那时候，田中正太郎，不过就是手到擒来，易如反掌。"

他竟忘了自己手无缚鸡之力。从抽屉里取出人送的一把京都小锻冶洋刀，拿给长吉看。

"挺锋利的嘛。"

好个危险！难不成真要用它来耀武扬威？

三

一头乌发散下，怕是要长及脚跟。发根处牢牢系紧，刘海蓬松，挽着个大发髻，大家管这叫“赭熊髻”。名字虽不甚美，可时下流行，大家闺秀也竞相效仿。

她皮肤白皙，虽不是樱桃小口，若见她抿着双唇，倒也不胜娇羞。看她模样，细品起来，算不得是美人，可那声音轻柔悦耳，眼神里默默传递的温情以及举手投足间散发出的活力，都叫人禁不住心存怜爱。一件橘色的大浴衣上，印着花鸟蝶虫，黑缎子腰带和混染昼夜带[1]，在胸前高高围紧，脚下一双漆面木屐，底跟的高度，在花街一带都为少见。晨浴归来，手执湿巾，领如蝤蛴，白皙丰润，引得一般花街散去的纨绔子弟啧啧称羡道：“三年后，不知会出落成怎生模样。”

大黑屋的美登利生于纪州，说话带点儿纪州腔，煞是可爱。关键是，她出手阔绰，很招人喜欢。她姐姐当昔全盛之时，是吉原的头牌花魁。想是沾了姐姐的光，她一个小丫头，竟也随身揣了一个沉甸甸的荷包。老鸨尽是想巴结她姐姐，常会给她点儿好处。“美姑娘，这个拿着去买个洋娃

[1] 昼夜带指两种不同料子拼织在一起的带子。

娃。”“这点儿钱去买个皮球。”既然人家施恩并不图报，她自然也不以为意，大手大脚如同散财。同样的皮球，送给班里女同学人手一个，也算不得什么。有间熟识的文具店，她竟把积压已久的玩具全部包了圆儿，让那老板娘乐得好不开心。她成日里挥金如土，你道她才几岁，又是什么身份，真不知将来会是何等模样！她双亲虽在，却不过多深究其故，也不曾以严词相加。更奇怪的是，连那青楼的主人，也对她荣宠万千！既不是养女，又不是姻亲，只不过当时姐姐卖身过来时，上门选秀之人便是那楼主，凭了那楼主的一厢说辞，全家三口便收拾行囊，随之而来。除此之外，并无过多内情。现在她一家代管着这所别院，母亲帮游女缝纫补衣，父亲在一处小妓馆里做文书，美登利则学些技艺和女红，学校倒也会去，但更多时间任其自己安排。有半天她会泡在姐姐房内，另外半天则跑去街上玩耍。耳濡目染的，是三弦大鼓之声；所闻所见的，是非红即紫的霓裳羽衣。遥想当年初来乍到时，把那藤色衣领套在夹衣的外面，引来不少无端的哂笑：“真是个土包子。”害她委屈地哭了三天三夜。现而今，反是轮到她嘲笑别人乡气了，别人家竟连回嘴的余地也没有。

眼瞅着二十号的庙会就要到了，小伙伴们都来找她：“有什么好玩儿的呢？咱们乐呵乐呵吧。”

“你们大家都想想，看有没有什么好玩儿的，花费多少都不用担心，包在我身上。”

美登利依旧大包大揽，简直就如同孩子中的女王。鲜有的恩惠，可比大人的承诺还要奏效。

“咱们开台戏吧！找间店面，包下来，让过往行人都能看见。”

“没意思。还不如做个神舆呢。就像蒲田屋店里头放的那种真的，再沉也不怕，大家嘿咻嘿咻抬着，保准抬得动。”男孩把毛巾拧了几圈，扎在头上。

一听这话，女孩子赶紧拦住：“那我们岂不无聊，只有看着的份儿了。再说，美登利也会觉得没意思，对吧？你自己有什么想玩的吗？”

另一伙女孩却觉得：“与其去看庙会，不如去常盘座看戏呢。”这话说的，倒真使人发笑。

众人说话的工夫，田中家的正太嘀哩咕噜转着他那灵动的眼珠，说：

“放幻灯片怎么样？放幻灯吧！我那里还有几张片儿，不够的让美登利买。咱们就可以在文具店放。我来当放映员，让后街的三五郎做解说。美登利，你觉得这怎么样？”

“啊，这个有意思！三儿的口才，不怕没人笑。顺带把他那张脸也映上去，那才好玩儿呢。”

商议已决，不够的东西交由正太去办。瞧那正太，汗流浃背，满大街的穿堂过户，奔走采买，好不热闹。庙会前一天，胡同里的孩子也风闻了消息。

四

这一带不缺大鼓声，更不少三弦的调，可庙会则全然不同。自然，酉日的大集另当别论，一年一度的热闹喧嚣，就指着这一天了。旁边的三岛神社、小野照神社，既同为邻里，又何须一争高下，各不相让，真是可笑。胡同和街上的两派，穿戴倒是不约而同，都在真冈棉的浴衣上印明了自己的旗号。却有人碎碎叨叨乱发闲言："没去年的气派。"

栀子染的麻绳当袖带，自然要越宽越好，待你看了那十四五的少年，便会欣然首肯。有人在上面别着达摩，有的系了个兔儿，还有的画了狗子，五花八门，花样繁多。其中自然还少不得以量取胜，七个、九个、十一个，这还不够，更有在身后背了个铃铛，大铃小铃叮叮当当，跑来跑去，热闹非凡。

田中家正太的打扮，却与众不同。他穿了一件印有字号的红色条纹褂，白净的脖子上套了条藏青色肚兜，真是鲜有的打扮。鹅黄色的腰带扭成一股紧紧系着，衣领上的字号印得也别样清晰，毛巾扎在脑后，竟还插了枝花车上摘来的花，木屐的指襻也包着皮边儿，那鞋踩在地上声声作响。可他却不掺和在众人堆里。

庙会的前夜祭平安度过，今日也已到了黄昏，十二个孩子聚在文具店里，唯独缺了美登利，涂脂抹粉实乃消耗时光。“怎么还没来！”门口的正太焦躁徘徊。

“三五郎，你去看看。你还没有去过大黑屋的别院吧，到了外院，喊一声美登利，她准能听见，快去，快去！”

“那我就去找她。灯笼放在这儿，蜡烛不会被人拿走吧。正太，你帮我看着点儿。”

“小气鬼！有说话这工夫，早就去了。”让个比自己年岁小的人呵斥一通，三五郎倒也不介意。

“佐野次郎左卫门[1]来也！”随着那声音渐远，人已一溜烟儿的不见了踪影，快得竟似那韦陀天尊[2]。

“你看他跑的那样儿，真是笑死了人。”姑娘们笑得是前

---

[1] 享保年间（1716—1736），佐野的农民次郎左卫门因爱恋吉原游女八桥，后被其抛弃而斩杀了八桥及其他近百人，该事件被称为吉原百人斩。评书及歌舞伎等多种艺术都有以此事为素材的剧目。

[2] 韦陀天尊为行走如飞的护法菩萨，因霎那间将捷疾鬼拦下夺回佛舍利，被尊为神行太保。

仰后合。

说起三五郎，人长得又矮又矬，脑袋像个棒槌，短粗的脖子配个大碑儿头，狮子鼻加上一口大龅牙，无怪人称他为“龅牙三五郎”。他长得黑不溜秋，好在那双眨巴眨巴的眼睛还算玲珑，颊上又配了一对儿酒窝，最是那副眉毛可笑得厉害，竟像粘了五官的笑福，真是个天真无邪的孩子。可怜他家境清贫，穿得还是阿波棉衣，还对那不知情的朋友说着：“我的衣服还没做好。”

他下面还有五个弟妹，父亲是拉洋车的。亏得他在那一带还有一些主顾，可也还是难以维持生计。三五郎到了十三岁，就帮他爹挑起了家里的重担。前年他在并木的一家印刷厂帮工，可自小懒散成性，不到十天就跑了回来，无论哪个活儿，他从没能干上一个月。从十一月一直到开春，就在家里做羽毛球，夏天又去了检疫所给人搬冰，因他吆喝声颇具特色，招徕客人倒是一把好手，还算受人待见。去年仁和贺大戏时，他去帮人拉彩车，伙伴们便尽数打诨，自此“万年町”[1]的称号便算是跟定了他。不过三五郎倒是大家公认的活宝，竟没有一人嫌弃他。

“田中屋是俺一家子的衣食父母，尽受了他的恩泽。他家

---

[1] 万年町为下谷区一处街名，是人尽皆知的贫民窟。

是放利的，利钱也着实可观，若是不依了他的意思，便是拂去了财神爷的好意。‘三儿，到我们大街上来玩玩儿吧。’正太的召唤，岂有推辞的道理。可俺毕竟是胡同里长大的人，傍着龙华寺，受着长吉他爹的关照，怎能堂而皇之地背弃于人。可就是私下里帮忙跑跑腿，也会遭到长吉的白眼，真是做人好难！”

坐在文具店门首的正太百无聊赖，低吟起了小调：“相思重上怕人知。”引得老板娘嘲笑了一句：“哎呀呀，真是人不可貌相。”害他脸红到了耳根，赶忙向大家支吾道：“咱们走吧！”

正待此时。“正太！怎么晚饭都不知道回家，玩疯了吧，喊了你半天没听见吗？”奶奶来接他回家了。

“你们过会儿再玩儿。打扰你啦。”奶奶跟老板娘打了个招呼。

因是奶奶亲自来接，正太自然不能推托，随着奶奶一道回去了。他这一走，尽管人数依旧，顿时便冷了场。

“那孩子不在，连咱大人都觉得没趣儿。你看他，也不胡闹，也不像三儿那样信口开河，真是讨人喜欢。有钱人家的孩子，难得这么招人稀罕。”

“你们看到没？田中屋那个寡妇多叫人恶心！六十四岁一大把年纪了，梳那么大一个圆髻子，我看就差涂脂抹粉了。

那副嗲声嗲气的语气，简直是逼死活人不偿命。估计到头来，不是死在钱上，就是得殉情陪葬。”

“关你什么事儿！谁还不是见了她都得低头嘛。游廓里那几家大户，不也是得跟她借钱。”

三两个女人站在街头，盘点着别人的万贯家财。

五

一曲短歌吟：“夜半不见空焦灼，为谁肠断待中宵。”道不尽的思恋。

夏日的黄昏，凉风习习。美登利洗去一身暑热，对镜梳妆。母亲为她拨去鬓角的乱发，看着自己的姑娘，横看竖看怎么都觉得美。“颈上的脂粉单薄了些。”美登利穿了件浅蓝色友禅单衣，腰上配条淡褐色绣金窄带，看上去清清爽爽。一切妆扮停当，在点景石上换好了木屐，不知已过几多时。

“好了没有？”三五郎绕着栅栏踱了七个来回，哈欠连天，驱不尽的是当地盛产的蚊子，脖颈、前额已让它尽悉饱餐。正等得不耐烦，美登利姗姗来迟。“走吧。”不由分说，三五郎捉住她袖子跑了起来。

“气都喘不上来了，我胸口疼。我不管，那么着急的话，你先走！”被她一喝，两人便各走各的路。来到文具店时，大概正太还在家里吃晚饭吧。

“啊，太无聊了，正太不在，怎么放幻灯呀。伯母，您这儿有七巧板吗？十六子跳棋也行，闲在这里不是个事儿。”美登利倍感无聊。

“来吧。”女孩们借来剪子，即刻裁剪起来。男孩子随着三五郎，唱起了仁和贺大戏的歌：

遥望北廓，
张灯结彩；
五丁街上，
软红香土。

众声齐喝，倒也热闹。到底是年轻，记性甚好，把那去年、前年的歌都一一回顾，手势、拍子竟同之前一样，纹丝不乱。十来个人手舞足蹈，引得门口围观的人群拥作一团。忽一人从中喊道：

“三五郎在吗？出来一下，有事儿找你。”

三五郎见是头绳店的文次，便没在意，答了一声“来啦”，正欲跨出门去，忽一击老拳砸在面门。

“你个叛徒，今天你死定了！丢尽了胡同人的脸！老子饶不了你！瞧瞧我是谁？我是长吉！看你干的好事儿，别给我后悔！”

惊得三五郎魂飞天外，正待逃走，被一帮胡同的扯住了脖领。

“揍扁那个三五郎！”

“把正太揪出来，一起收拾了！”

“胆小鬼！哪儿跑！”

“别把元宵店那个傻大个儿给放跑了！”

一伙人潮水一般打作一团。店头挂的灯笼不堪一击被打落在地，屋里的吊灯也岌岌可危。

“不许在店里打架！”老板娘的喊叫谁会在意。

十四五人，个个额上扎着毛巾挥舞着大灯笼，鞋也不脱踏在席上，旁若无人地横冲直闯。

“藏哪儿去了？”

“他逃到哪儿去了？说不说？”

“说！快说！饶不了你！”

见找不到正太，一帮人围住三五郎，拳打脚踢。

美登利气得浑身发抖，推开拦阻她的人吼道：

“住手！你们打他干什么？三儿怎么你啦！想打正太的话，有本事去找他呀！他又没跑又没躲的，没看见他人不在这儿吗！这块儿，是我们的地盘，还轮不上你动他一个指头！该死的长吉，你们打三儿干什么！怎么还打！有本事打我来！有帐找我算！伯母，您别拦着！”一面骂着，一面冲了上去。

“臭丫头片子！轮到你说话了吗！不就是你那花姐儿的跟屁虫吗！小婊子！对付你的就是这个！”人群里，长吉边骂边抓起泥草鞋扔了过去。不偏不倚正中美登利的额头。

美登利勃然大怒，腾地站起身。老板娘怕她受伤，死命抱住她。

“知道厉害了吧！我们这边有龙华寺的藤本撑腰，想报仇的话，随时恭候。蠢货！胆小鬼！窝囊废！回去我们就布下天罗地网，走胡同里当心点儿，小心有埋伏！”

说着，一帮人把三五郎整个扔出了屋。就在这时，听到一阵皮鞋声，该是谁报了警。

“快跑！”长吉一声令下，丑松、文次等十余人四散奔逃，有的跑进胡同躲了起来。

“混蛋！混蛋！混蛋！混蛋！长吉！文次！丑松！你们这帮混蛋为什么不杀了我！有本事杀了我呀！我三五郎可不是那么好死的！化成厉鬼也要宰了你们！长吉！你给我记住了！”

三五郎的眼泪大滴大滴滚落下来，接着就嚎啕大哭。他被打得浑身酸痛，袖子也扯破了，腰上背上到处是泥沙。

文具店的老板娘刚才被那阵势吓呆了，劝也不敢劝，此时才回过味来，赶忙过去扶住三五郎，安抚着他，帮他撣去背上的沙子。

“忍忍吧孩子！忍忍吧！不管怎么说，他们人多气盛，咱们势单力薄，连大人都不是他们的对手，更何况你。没伤着就算万幸了。回去的路上小心他们有埋伏，让警察送你回去吧，这样我们也好放心。”遂将事情的经过，一五一十地向警察作了说明。

“这本是分内之事。来，我送你回去。”警察伸手去拉三五郎。

“不用，不用，我自己能回去。”三五郎犹自惊惶。

“别怕！就送你回家，没什么可担心的。”警察微笑着，摸了摸三五郎的头。

三五郎倒更是退缩，垂头丧气地道：“要是我爹知道我和长吉打架，肯定要骂我的。长吉他爹是我家的房东。”

“那我就送你到门口，肯定不让你挨骂。”好歹总算拉起三五郎走了。

看热闹的人这才松了口气。谁知，刚拐进胡同，他就一把甩开警察的手，逃也似地不见了踪影。

六

“啊，真是少见，难不成这三伏天要下雪啦？我们美登利要是不想去上学，怕是真的不高兴了。早饭要是不想吃的话，给你叫一份寿司？要是说感冒了，这也没发烧呀。怕是昨天玩儿过了头吧。今早就别去太郎神社参拜了，娘替你去，你好好歇着吧。”美登利的娘絮叨了几句。

“不成，不成。为了姐姐生意兴隆，我自己许下的愿，我不去怎么成。您给我点儿香火钱，我这就去。”

说着跑了出去。来到田埂中央的神社，拉着麻绳，敲响了鳄嘴钟，双手合十，念念有词。

来去的路上，她都只是低着头，不知在想些什么。正太远远看见她，冲她喊着，赶了过来，拽住她的衣袖，连声道歉：

“美登利，昨晚真是对不住。”

“这事不该你道歉的。”

“那是因为他们恨我，想跟我打架来着。要不是奶奶来叫我，我也不会回去，三五郎也不至于被打成那样。早上我去看过三五郎，他气得眼泪直落，听了他的叙述，我都忍无可忍。听说那个该死的长吉，还把草鞋丢到你的脸上啦？王八蛋！简直欺人太甚！可是，美登利，请你原谅我，我真不是故意跑开的。回了家，我就草草扒拉了几口饭，刚要出门，奶奶说她要去洗澡，我只好留下来看家，谁知那时候，你们那边已经打了起来。我真的是没想到！”

就像是自己的过错一样，正太连声道歉。望着美登利的额头，问她还疼不疼，美登利含笑道：

“这点儿小事，没什么大不了的。不过阿正，以后不管谁问起，千万别说我被长吉丢草鞋的事儿。如果被娘知道了，少不得会挨骂。长这么大，爹娘都没碰过我的头，却被长吉那混蛋，把草鞋上的泥巴丢在了额头上，那不就如同践踏了我一样吗？”说罢，美登利背转过脸，那模样让人不胜怜爱。

“真对不起，一切都因我而起，我向你赔不是了。别生气了，看你这样儿，我都不知该如何是好了。”

不知不觉，走到了自家附近，赶紧拉了拉美登利的袖子道：“美登利，要不进来坐坐？家里没人，估计奶奶出去收钱了，我一个人回去好无聊。上次跟你说的浮世绘，我拿给你看看？好多好多呢。”美登利没言声，默默点了点头。

一扇幽寂的折扇门，引他们进到了庭院。院子并不大，摆放了不少花花草草，屋檐下垂吊着一棵蕨草，大概是正太从午日集市上买回来的。不明底细的人兴许会奇怪，那老太太是这条街上最有钱的人家，身上何须挂那么一大串冰肚皮的钥匙。你可知道，这屋里只有祖孙俩人，对面净是些大杂院，人多眼杂，有铁将军把门，即便外出不在家，也不用担心谁敢去砸了它。

正太率先进了屋，找了处凉快的地方。“坐这儿来吧。”他拿了把团扇，替美登利扇着风。难为他一个十三岁的孩子竟想得这么面面俱到。

他拿出一些家藏版画，一一展现给美登利，得到一番赞赏，自是心下欢喜。

“美登利，给你看看这副羽子板。这是早年间我娘在大宅门里做事时，人家赏给她的。你看多大呀，上面画的人，模样和现在长得也不太一样。唉，娘要是活着多好！我三岁的时候，娘就死了，虽说爹还在，可他回了乡下。现在就剩下我和奶奶两个人了，我多羡慕你呀。”

正太情不自禁地道出了心里话。美登利赶忙说：“别把画儿给弄湿了。男儿有泪不轻弹。”

“我真是太没用了。我总是有很多非分之想。现在这季节还好，一旦入了冬，我就受不了，尤其是在月夜。有时一个人去田町一带收利钱，走在那个堤坝上，不知道哭过多少回了。我不是给冻哭的，可到底是因为什么，自己也说不清，就是想起了许多许多的事。打从前年起，我就自己上门收钱去了。奶奶也上了年纪，晚上出门怕有危险，加上她眼睛又不好，盖印什么的也不方便了。听奶奶说，以前家里也雇过几个伙计，可欺负我们老的老小的小，不好好干活，也就不再用了。奶奶说等我再长大些，打算重新开起当铺来，当然不会像从前那么大，只要能挂上‘田中屋’的字号，就如愿以偿了。人家都骂奶奶是守财奴，可我知道，她这么做都是为了我，我真觉得对不住奶奶。我收钱的人家，有很多像通新町一带的可怜人，我知道大家都在背后戳奶奶的脊梁骨，一想到这些，我就不由得会掉眼泪。我真是太没用了。今天早晨去三公家收钱，看到三儿瞒着他爹，还在忍痛干活，我难过得怎么都开不了口。男孩子动不动就掉眼泪，太丢人了吧。也许正因如此，胡同那帮野孩子才瞧不起我吧。”

一席话说得他自己竟有些害臊起来。不经意间，与美登利眼神交汇在了一处，真是可爱。

“庙会那天，看你打扮得多帅。我要是男的，也要打扮成你那样。真的，那么些人里，就数你帅了。”

受到美登利的赞扬，正太郎又开心起来。

“哪儿呀，我那算什么，你才漂亮呢。大家都说你比花街里的大卷姐姐还要漂亮。你要是我姐姐，不知我该多神气呢。甭管你去哪儿，我都跟着你，我得好好炫耀炫耀。可惜我连个兄弟也没有，说也是白说。美登利，下次咱俩一起拍张照吧？我就打扮成庙会那天的模样，你穿那件粗条纹的亮纱和服，就去水道尻的‘加藤’那里去照相，气气龙华寺那家伙。真的，准能把他气死。反正肯定能把他脸气青。像他那种小肚鸡肠的人，绝不会脸红的。不过说不定人家会笑话咱们吧。咳，管他笑不笑的呢，咱们把照片放大，最好能摆在橱窗里。你不愿意吗？瞧你一脸不乐意的样子……”

“担心照片拍丑了，遭你嫌弃。”美登利噗嗤笑了出来。云开雾散，转愁为喜。

清晨的凉爽殆尽，日轮当午，暑热正浓。

“正太，咱们晚上见，你来我们那里玩吧。咱们可以在池塘里放灯，逮小鱼。上面的桥已经修好了，不用怕掉下去。”说罢，美登利就转身回去了。

正太满心欢喜，目送着她的背影，觉得她真是个绝世独立的美佳人。

七

“龙华寺”的信如，“大黑屋”的美登利，二人同在育英学堂学习。去岁的孟夏四月末，樱花花谢花飞、芳华绿叶掩映的紫藤花际，学校在水谷之原举行了春季运动会。所有人都沉浸在拔河、投球、跳绳等活动中，竟无人留意长日已暮。

该就是那天的事情吧？不知怎的，信如一反平日的从容，被池边一颗松根绊倒，手撑红土地面，把袖口都沾染上了泥污，好不狼狈。巧的是美登利恰在一旁，拿出自己的红绸手帕："用这个擦擦吧。"世上总有那么些拈酸的领袖，吃醋的班头，专就爱信口雌黄："身为佛门子弟，还跟女生说说笑笑，竟是喜滋滋地与人还礼，一何的可笑。如此看来，美登利是要嫁给他喽，和尚的老婆竟然是个'大黑娘'。"

信如本非好听是非之人，常会摆出一副与己无关的面孔把头别向一旁。可如今事关自身，又怎能等闲视之。自此以后，每当听到美登利的名字，信如便心下惶惶，担心别人会不会又要提及那天的事，心里有说不出的别扭。可他又不好凭空生气乱发火，只能摆出一副不闻不知的样子，平和心态，故作冷淡。有时美登利问他话时，他总以"不知"来搪塞，可别人何曾知道，他已是冷汗淋漓，心慌意乱。

美登利从没把此事放在心上，初时总是"藤本""藤本"亲切地叫着。放学回家的路上，她老是走在前面，看见道边盛开的一枝鲜花，她便会停下脚步等信如。

"你看，开得多好，可惜枝头太高，我够不着。阿信哥，你个子高，应该没问题吧？麻烦你能帮我折一枝吗？"

人群中，最属信如年纪长，如此相求，怎好意思拂袖而去，可依着她，又恐他人多想，真是让人进退两难。无奈只得拉来就近一枝，管它花开好坏，随手摘下，丢去给她，自己大步流星地离开是非之地。“好个没趣之人。”美登利不无惊讶。怎奈多次如此，她渐渐明白，信如是在刁难自己。

“对人和气，怎么只会对我冷淡。问他什么，总是爱答不理，去靠近他，他又会躲到一旁，跟他讲话，又恐惹他生气。真是搞不懂，怎么如此地阴阳怪气，讨好他也不是，真叫人束手无措。这种难伺候的人，就随他生气闹别扭好了。既然无法做朋友，自然也没有什么好搭理的了。”美登利也是暗气暗恼。

自此，如若没事，两人擦肩而过，也不搭腔，途中碰上，更不招唤。两人之间，犹似横亘了一条大河，舟船不渡，各走各的岸边路。

祭庆已过，次日起，美登利的身影便从学校绝迹。不消说，额上的羞耻，岂能洗去，身怀愤恨，让她烦愁无解。

“不管胡同也好，大街也罢，还不都是在一个学堂读书吗，不都是一般同学吗。有什么必要非把你我分得那么清。看我是个女孩子，知道不是他们的对手，才会在庙会那晚如此下手，真太过卑鄙。长吉不懂道理尽人皆知，可背后如果没有信如的指使，也不会跑到大街上来闹出那样的乱子。好你个信如，平素人前装出一副温文尔雅，没想却是幕后黑手，这事儿除他之外，还能有谁干得出来。就算他是高年级的好学生，又是龙华寺的少主，但我‘大黑屋’的美登利，可曾受过他点滴之恩，那又何来的侮辱，敢把我唤作‘小婊子’。不知你龙华寺有多少善行布施之人，可我姐姐三年下来，主顾当中也不乏银行家某川先生，兜町的某米先生。更有那小个子议员想替姐姐赎身，讨回家去做老婆，只是姐姐不喜欢他，没有答应而已。听说人家在官场上，可是颇有名望的人，不信你自可去打听。‘大黑屋’若是没有了大卷姐姐，便暗无天日了。正因如此，妓楼的老板对我爹娘还有我，哪儿敢有丁点儿的怠慢。有次我在客厅里打羽毛球，失手撞倒了花瓶，碰坏了供在神龛上他们心爱的陶制大黑神，碎片遗落满地。老板当时正在隔壁间喝酒，也只不过轻描淡写地说了一句：‘美登利，你太疯了。’除此之外，便无过多训斥。店里的其他姐姐说：‘若是换作他人，还不定得如何咆哮呢。’大家都不无羡慕，说到底，还不都是沾了姐姐的威光。别看我住在妓楼的别院，可姐姐乃是‘大黑屋’的大卷，还轮不到你长吉耍威风，更何须受你龙华寺小和尚的气。”自此，美登利再也不去学堂了。

原本就任性的她，受了此等窝囊气，便把那石笔折断，墨瓶扔掉，书本算盘更是毫无一用，只管和三五好友尽兴图欢笑去了。

八

与昨日的乘兴而来不同，清晨一别，坐在车里仍在梦回繁华，又是何等寂寥。兴许是怕被人瞧见，有人以帽遮面，有人以巾裹脸。可一想到分别时那女人在背后的重重一掌，虽痛在身上，却回味无穷，犹自暗中窃笑。

“过了坂本，可要当心点，小心别撞上千住回来的买菜车。”

人们说三岛神社那个拐弯儿处，叫作“花痴胡同”。任是哪个紧绷的脸，走到那里，都能疏朗下来。恕我直言，哪一个，不都是一副色迷迷的样儿吗。甭管你是多么了不起的大人物，在这地界，通通一文不值。我倒是尽说些风凉话，冒犯了。

不用去引《长恨歌》里那句“杨家有女初长成”，但凡是女儿家，漫漫人生长河中，谁会没有个片刻辉煌！只要看看那后街里层出的赫奕姬[1]，便不乏其例。

如今筑地某屋的台柱，那长袖善舞的阿雪，曾经也是贫贱出身，而今却傍在达官左右。她在席间惺惺作态，开口竟

[1] 赫奕姬为《竹取物语》的主人公。该故事讲述竹中诞生了绝世美女，由伐竹翁精心抚养，后拒绝了帝王贵族的求婚，于八月十五升天归月。

问：“米是长在什么树上？”真是好笑。殊不知，早年间她不过是胡同里的丫头片子，靠做点花纸牌谋个生计。别看她当时名噪一时，还不是“去者日以疏”[1]，终是要长江后浪推前浪的。而那取而代之的，便是一个染坊的姑娘。

这位名叫小吉的姑娘，现在千東町的新莺屋高高挂起了红灯笼，成为了公园一带又一个响当当的尤物。她也是胡同里土生土长的姑娘。她的身世，便成了人们早晚热议的话题。而这里的男孩子，便如同扒拉垃圾的斑点狗，实在无足轻重。

胡同的一班少年，到了十七八岁正值精力旺盛的时期，便五人一组、七人一堆凑在一起。他们虽不曾把洞箫别于腰间打扮成一副侠客模样，也均拜于某位名震一方的大哥名下，一式的毛巾缠头，手提长灯。还没学会掷骰子时，他们只能倚在格子门前贫几句嘴，打情骂俏还轮不上。要论正经的干活，也仅限于白天，一旦日暮，便会洗去身上的污垢，穿件俊俏后生的和服，趿拉着木屐，在街上游荡。

“某某屋新来的小妞儿见过没有？跟金杉绒线铺家的闺女长得很是相像，就是鼻梁太塌了。”满脑子净是些乌七八糟

[1] 引自《古诗十九首》中的一首汉代文人诗。原句为：“去者日以疏，来者日以亲。”

的想法。他们挨家挨户索要香烟、讨取手纸，和姑娘们打打闹闹，还将这引以为荣。那些本是好人家的孩子，也与他们沆瀣一气，取下一个响当当的诨名——“立地太岁”。

要想知道什么叫作女人天下，从五丁町无冬无夏的繁华一望便知。虽说现下已不流行提着灯笼字号去迎客，但听着茶坊上领客姑娘的木屐声，还有送入耳廓的鸾歌凤舞，不禁使人心醉神迷，踱入其中。若问他：“想寻个什么样的人儿？”那必是：“红装娇艳如花，风鬟雾鬓梳裹，长裾飘飘飞扬，还有那嫣然一笑的唇角眉梢，虽难形容那美貌如何，却必定是此间的勾栏花魁。”真是要在此谢过客官了。你道此番妙趣，怎是外人能知的。

朝夕相处在这种环境中，自然近朱者赤，近墨者黑。在美登利眼里，男人没什么可怕，妓女也没什么下贱。曾经在故乡，挥袖惜别姐姐的那一幕，她只依稀有个印象。现而今，她更羡慕那能孝养父母、处在巅峰时期的姐姐。可她哪里知道，高处不胜寒，身居“御职”[1]的姐姐，又有多少道不尽的心酸。等待情人时，学那鼠叫[2]的勾栏咒，送客别离时背后那一击的妙法秘术，在她听来，只觉得有趣好玩，竟

[1] 当时，御职为等级最高的妓女。

[2] 花街女子们呼唤客人时的口哨声被称为“鼠叫”。

在街上也使着青楼女子的行话，全不知耻，也真是让人感到悲哀。

论年纪她也只有十四岁，抱着娃娃百般爱抚的少女心和一般的贵族大小姐无异。至于涵养和家政，她只在学堂里修习过一些，平素里耳濡目染的，尽是些花街柳巷的哝哝细语，如四季的深衣、几重的合欢被、风靡茶坊间的秘话。在她看来，奢华便是至善至美，其他便没有什么可说的。是是非非，在她的年纪还无从判断，眼前只有一时的昙花盛现，更何况她天生好强，且又任达不拘，正如同空中的浮云一般，飘摇不定。

晨起，尽兴而归的各位大人一一走过花痴胡同、慵懒街道，沉睡的街区渐渐苏醒过来。家家门前都有笤帚划出的涟纹，洒过水的街道显出了清爽凉意。看那街巷的一头，远远走来一班人，他们大多栖身于万年町、山伏町、新谷町，大抵是些身负奇技的民间艺人。看那拍手拍脚笑着来的糖倌，抓缚衣袖练起来的把式匠，还有那提线弄木偶的偃师，又有跳着住吉舞、戴红抹额的狮舞，哪一个妆扮，不是争奇斗艳：有穿绫罗绸缎，打扮得风流倜傥的小生；有穿褪了色的萨摩粗衫，系了条窄绸带的青衣，无不是翩翩美男，婷婷倩女。有的五人、七人、十人群英荟萃；有的却孤单单一个瘦老儿，执把三弦形影相吊；更有那五六岁的女娃系着个红袖带，跳的不正是民谣歌舞么。他们的献艺，又何尝不是给花街的游客消遣，给勾栏的女子排忧。任谁不知，只一到此处，便可赚得盆满钵满，取之不尽。来吧，来吧！来得此处，你就不会再把那些小钱放在眼里。大门附近，你还曾看到些蓬头垢面的叫花子踯躅左右？

看那女太夫[1]，姣好的面庞遮在斗笠下，亮一副好嗓子，拉一手好三弦，从门前走过。文具店老板娘啧啧咂舌，言道："真是的，总不见她来咱街上唱一曲。"

美登利刚洗了澡，正坐到店里，看着眼前往来的路人，听罢，把额上垂下的一缕丝发用黄杨木梳往起拢了拢说："伯母，我去叫她来唱。"吧嗒吧嗒跑出去，拉了那人的衣袖，不知塞了件什么物什，只是笑而不言，那女太夫竟真是唱了一曲人人都喜欢的《明乌梦泡雪》，娇声道了句"承蒙关照"便离去了。此事哪有那么容易。"岂是个孩子能促成的？"聚在一旁的众人无不瞋目结舌，不去看那女太夫，却个个瞧向了美登利的脸。

美登利曾悄悄跟正太说过这样的话："我真想把路过的能人隐士都叫拢过来，弹三弦的、吹笛子的，还有那扬铃打鼓的，让他们唱唱跳跳，热闹热闹，给大家都开开眼。"这却

[1] 女太夫指当时头戴斗笠，手执三弦琴，走街串巷挨户演奏的女艺人。

让正太感到不胜惶恐，道："我可不喜欢。"

九

"如是我闻，佛说阿弥陀经……"

梵音袅袅，满耳松涛，本应洗尽铅华，拂去尘心，可本寺院香积厨飘出的，却是烤鱼的青烟，墓地里，遍地晒满了婴儿的尿布。宗门信仰本是无可厚非，若能明白空门释子亦非草木的道理，想必定会使你不屑一顾。

龙华寺的大和尚，身材与他的家产比翼共进，大腹便便，好不喜人。他红光满面，那番好气色，既非樱色，也非桃色，真让人才尽词穷，不知该如何形容。从他剃光的头顶到脸、脖颈，一色儿的古铜色皮肤，光溜溜的没有一粒斑点。倘若他扬起那粗浓的花白眉毛，朗声大笑起来，怕是本堂供奉的如来佛祖亦会大惊失色，从那莲花宝座上跌落下来。

而他太太是个刚过四十的人，皮肤很白，头发细软，脑后的发髻亦不很大，整体看上去不惹人厌。她对香客很是谦逊，从没听到门口花店的尖嘴婆娘背地里搬弄过何等是非，大概平日里旧衣、剩菜的舍与，已用一些小恩小惠把她们给笼络住了。

她本是寺中檀越之一，其夫早亡，无依无靠，便暂居寺院，做些缝补杂事，洗衣做饭更是不消一提，便是连清扫墓地之类本该男人干的活，也一并应承了下来。大和尚盘算了一番，这是个何等划算的买卖，遂有心纳她为妻。但两人年纪相差二十，女人虽知不大般配，可想到自己孤苦无依，此地也不失为后半生的好去处，便也不再避人耳目了。

此事虽说不大体面，但见此女心地不坏，众檀越也并不多加责难。到了怀上长女阿花的时候，檀越中一个热心之人——油坊的坂本居士便从中撮合，成就了他们这段美事。自此，两人便光明正大地过起了生活。

她生有一男一女两个孩子，信如便是其中的男儿。他简直有种天生的怪癖，成天只把自己关在屋里，看上去总是愁云惨淡。而他姐姐阿花，则细皮嫩肉，长着一副可爱的双下巴，虽算不得美人，可人在妙龄，后生们岂有不爱之理？把如此一个青春韶华白白关在家里，总有些可惜，但让个佛门姑娘改做风尘女子，且不论佛祖是否会通融，周遭的非议起码还是要顾及的。和尚只好在田町开了间雅致的品茗轩，让那姑娘应酬一下账房的事理。只凭姑娘那一脸的笑容可掬，根本不需使出什么千里眼的手段，那些不知贵贱的后生们便已蜂拥而至。不到十二点，休想打烊。

如此一来，可忙坏了大和尚。他有一应的差事要做：

催缴钱款、照顾店面，还有各种法事，再加上每月按例的几天传法日，忙得他又要查账，又得念经。这让他老大个年纪如何吃得消。只有到了黄昏，他才能坐到廊檐下，尽释疲顿。铺上一方花草席，袒了右肩，摇着把团扇，再咕咚咕咚满满吞下一大杯烧酒。这时，最好的佐酒菜便是街上“武藏屋”的烤鳗鱼，而且他老人家更有要求：“尽量要肥厚点儿的！”

跑腿的事儿，自然落到了信如身上。他对此深恶痛绝，走在路上都抬不起头来。听到对面文具店里孩子们的吵闹，他便疑心是在嘲笑他，装作没事人一般径直走过鳗鱼店，待看到四下没人，赶紧又跑回店里。心里暗暗发着狠：“我这辈子定不沾那荤腥！”

那为父的和尚，可以说是个相当务实的人，虽说大家都觉得他很是唯利是图，但他真不是个惧怕流言蜚语的胆小鬼。可惜他分身乏术，不然兴许真会去做那个福神竹耙，权当是个副业。冬月酉日的大集，他不管三七二十一，推了老婆，竟自在山门前的空地摆了一个摊位，卖起了发簪。他让太太包好了头，叫卖吆喝着：“求个平安，来一个吧！”你看，他还是颇费了一番心思。起初太太还羞于抛头露面，后听邻人说，就连最平常的手艺都能大赚一笔钱，她便动了心思，暗道：“这么热闹的地界，谁会想到我能出来摆摊子。况且天色昏暗，绝不会惹人注目的。”主意已定，白天让花店女人帮忙照料，入夜，便御驾亲征，站在当地叫卖起来。你道什么叫利欲熏心，她竟不自觉地跟在人后，大大方方扯起了嗓子：“贱卖喽！贱卖喽！”

拥在这一堆人山人海里，那买家也是被挤昏了头，竟忘了前天还在这寺庙里虔心祈求过来世今生。一个讨价：“三支七毛五分钱。”一个还价：“五支！再给便宜三分！”世道黑暗！竟还有人浑水摸鱼，干出此等投机倒把的营生，简直是天理难容。

看在眼里，信如感到芒刺在背。心想：“此事即便还没传到檀越耳里，可四方邻居该怎么想？怕是伙伴们又会传言：‘龙华寺支起摊子卖簪子啦。信如他娘吆喝起来，简直就跟歇斯底里发作一样。’”真是叫人难为情。他曾劝阻过父亲：“我觉得，这事儿咱们还是别干了。”哪知，大和尚爽声大笑：“你懂什么，小孩子少管！”全然没把他放在眼里，依旧我行我素，朝念佛来夕盘点，看他扒拉着算盘珠子喜笑颜开的脸，信如不禁暗道：“此人虽是我生父，却如此叫人反感。早知如此，当初又为何要削发为僧！”真个可悲可叹。

原本是血脉至亲，一家子和和睦睦，按理说，没什么理由可让这孩子变得如此内向。殊不知，他原本是个温柔敦厚的人，可自己的意见总得不到认可，日积月累便使他闷闷不乐起来。在他看来，父亲的所为，母亲的举止，姐姐的造就，简直大谬不然，可说了也是白费唇舌，没人会理，以致暗自愁伤，无以释怀。朋友们只道他乖僻邪谬，可你哪知，那沉入心底的是无端的脆弱。若是听到有人背地里对他说三道四，他从没有勇气站出来，更不消说去与人理会，他连那一点的勇气都没有。为此，只好躲在家里，尽量避免与人照面，他真是胆小至极。好在他成绩优异，出身又好，倒是没人认为他怯懦。但还是有人会说："龙华寺的藤本就是块煮不烂的年糕，外柔内刚。"真就是，恼人的家伙无所不在。

十

庙会那晚，信如被家里指使，去了田町姐姐那里，直到很晚才回。他做梦也没想到，文具店居然闹出了那么大的乱子。到了次日，从丑松、文次等一众孩子口里，才听到那般情形，对长吉的粗野大感震惊。然事已成此，亦无法责怪，只恼他狐假虎威，反倒给自己惹了一身麻烦，如此一来，虽说自己没有出头，可想到那些挨打的可怜人，自己也不得不背负起无妄的罪名来。

长吉也是心下暗悔，觉得行事过于莽撞，怕见到信如，遭他埋怨。过了三四天，想来信如也已气消，才跑过去道歉：

“信如，我知道你在生我的气，可当时的情形，真的是有些失控，请你原谅我吧。谁能想到那会儿正太不在呢？谁愿意和一个丫头片子过不去，把三五郎暴揍一顿呢！可是一伙人，提了大灯笼冲都冲进去了，也不能就那么灰头土脸地退出来吧，只是装了装样子，没成想却捅了那么大一个娄子。说到底，都是我的不是，怪我没听你的话。你现在生气，也是于事无补了。其实正因为有你做后盾，我才像有了靠山一样，要是你撒手不管了，让我可怎么办呢？我知道你不乐意，但算是我求你了，还是继续给咱当头儿吧，保准不再惹事了。”

看他一脸的真诚，信如也不好断然拒绝。遂道：“唉，没办法，只能走一步是一步了。恃强欺弱丢的是咱自己的脸！拿个三五郎和美登利出气，有什么用处！要是正太寻到帮手，找上门的话，到时再见机行事，但无论如何，咱们这边绝不能先动手了。”信如先自按下此事，并未过多责备长吉，可心下祈求：万不可再出什么乱子。

最冤枉的莫过于胡同里的三五郎。飞来横祸，那一通拳打脚踢，让他浑身酸痛，几日都行动不便。每天傍晚，他爹都要拉上空车，去五十轩那边的茶楼坐一坐，相识的大师傅见他便问："三儿这些天是怎么了？看上去无精打采的。"这才有了一番盘根究底。

他爹可是出了名儿的"磕头虫"，对长辈抬不起头也就罢了，见了花街的那些爷，哪儿还有个吭气的份儿。房东、地主之流找他些麻烦，不用说，更是要忍气吞声啦。待到听了三五郎一番哭诉，知道与长吉干了一架，反倒把儿子呵斥了一顿："那又怎么样！谁让他是东家的少爷呢！甭管咱们占理还是人家使坏，咱都不配和人打架！赶紧道歉去！废物！没用的东西！"

到头来，还是硬了头皮，给长吉赔了不是，三五郎一肚子的委屈，只能往肚里咽。就这样，小十天过去了，身上的痛楚日渐消散，满腔的怨恨也随之淡忘。东家要他看孩子，区区两毛钱的差钱，竟使他乐得合不拢嘴，背着个娃娃，嘴里唱着摇篮曲："睡吧，睡吧，小宝贝……"他也不想想自己多大的年纪，十六岁的壮小伙子，意气风发正当年。况他又五大三粗，抱了个娃娃，竟不知羞，居然还满不在乎地四处转悠。结果跑到大街上，与美登利和正太撞了个正着。这样难免被他们一番奚落："你到底有没有骨气呀！"话虽不中听，几人却依旧一处玩耍。

春来疏影横斜赏夜樱，夏日繁光远缀观玉菊。到了金秋，便是仁和贺大戏盛装登场。[1]见此路，用不了十分钟，就要跑过七十五辆洋车。不知不觉星霜斗转又是一年，田圃间红蜻蜓款款翩舞，壕沟里闻鹌鹑啾啾啼鸣。早晚秋风萧瑟，寒意渐浓，上清店的炭怀炉也取代了蚊香烟，石桥边田村屋传来的碓臼舂米声，声声寂寥，角海老[2]的时钟，嘀嗒嘀嗒如泣如诉。“那可是焚化炉的烟吗？”日暮里经年不熄的火头，让人不胜唏嘘。走在茶坊后巷堤坝旁细窄的小径上，楼上传来的三弦琴音凄婉悱恻，是仲之町艺伎在一展她炉火纯青的工夫，但听那词：

感君情深，抱衾与裯。

寻常一节，却也无限哀愁。一位从良女子说，这时节出入的客人已不同那沾花惹草的风流公子，多是些情深浓厚的痴情汉。

如此诸般，一一细说，不免啰嗦。不过大音寺前大街，倒是出了件稀罕事。一个二十来岁给人按摩的盲女，因那无法实现的爱情，恨自己残缺不全之身，在水之谷投身自尽

---

[1] 春赏仲之町花街夜樱，夏观玉菊彩灯，秋舞仁和贺大戏，此为吉原三大庆典。

[2] 吉原有名的店铺之一，木制三层结构的建筑物顶层，挂有大钟一枚。

了。这便成了件新鲜事，交口之间，传得沸沸扬扬。有人问卖菜的吉五郎："这阵子，怎么好久都不见了木匠太吉？"他把指头冲上指了指："就为这事儿，进去啦。"此后，便无人再去问津。路上，三五个天真烂漫的孩子手牵手嬉戏玩要，嘴里唱着："开吧，开吧，什么花在开……"真一副天下太平、万物安宁之景象。只有来往花街的洋车，仍车轮不息，铿锵有力。

秋雨霏霏，时缓时急。小雨淅沥的夜晚，文具店老板娘见没什么过路客人，掌灯时分，便早早地关门上了板。店里照旧只有美登利、正太和另外两三个孩子，幼稚地弹着玻璃球。忽然，美登利侧耳听了一下，说："你听，是不是有人来买东西，我听到沟板响了。"

"是吗？我怎么什么都没听见。"正太停下数弹球，也听了听。

"说不定是咱们一伙儿的。"说着，有些小兴奋。

脚步声来到门口，突然没了动静，再之后便寂然无声了。

十一

正太拉开旁边的耳门，"喂"，探头喊了一声，来人已走到前面两三间的屋檐下，只能望见一个背影。

“我说，进来吧。”喊了一嗓子，便不顾外面下雨，欲趿拉上美登利的木屐跑出去。

“啊，是那家伙！”一待看清，便忙转回头。

“美登利，别喊了，叫也不会来的。是那家伙。”遂在自己头上画了个圈，示意给她。

“阿信哥吗？”美登利立即明白了。随口又道：“讨厌的和尚，估计是来买笔什么的，听咱们在这儿，只能回去了。没良心的东西，阴阳怪气、怪癖、结巴、豁牙、讨厌鬼！他要是进来，看我怎么寒碜他，可惜让他溜掉了。喂，把木屐给我，让我瞧瞧。”遂不管正太，自己把脸探了出去。屋檐上掉落的雨滴，正好打在刘海儿上。“啊，好凉。”赶紧缩了缩头。只见往前四五家的煤气灯下，那人撑着一把大大的黑伞，低垂着头怏怏而去，那不正是信如的背影。她望了又望，望了又望……

“美登利，怎么了？”正太不明就里，在背后捅了她一下。

“没怎么。”美登利无精打采地回了一句，回到屋里，接着数弹球。

“真没见过这么讨厌的小和尚！表面上不吭不哈的，连架也不会吵，可骨子里却不怀好意，太可恶了！我娘就说过，那种大大咧咧的人心眼儿才好呢。像阿信那种磨磨唧唧的家伙，最难对付。是吧正太？”对信如的一番评价，真是极尽口舌之能事。

“其实不然，龙华寺那小子还是懂得点儿事理的。关键是长吉，那家伙才叫……”正太学着大人的口吻。

“得了吧你！小孩子学什么大人讲话！一点儿正经都没有，”美登利戳了戳正太的脸，又忍俊不禁道，“瞧你那副样儿。”

“有什么好笑的，过不了多久，我也会长大的。到时候我要打扮成蒲田屋老板那样，穿件大袖袍的外衣，跟奶奶要来帮我收藏的金表，戴上戒指，叼着烟卷，只是……穿什么鞋呢？我不喜欢木屐，还是革履的好，再垫上三层皮子，趾襻要拿缎子包上，怎么样，好看吧？”

美登利噗嗤一声笑了出来，“小矬个儿套上大袍子，脚下趿拉双革履鞋，你自己不觉得滑稽吗？那不就是一个矮墩墩的眼药水瓶，在路上晃荡吗？”好一番奚落。

“胡说！到那时候，我早就长大了，怎么还会这么点儿个儿！”正太摆出一副趾高气扬的样子。

“喔，那还真是不知要等到猴年马月呢。你瞅，屋顶上的老鼠都笑话你了。”美登利指了指房顶，老板娘和在座的一众人哄然大笑。

只有正太，一本正经地瞪着那咕噜咕噜转的眼睛说：“美登利，你以为我在说笑吗？谁都会长大的。我这么讲有啥可笑的？到时候，我要娶个漂亮媳妇，让她成天守着我。我就喜欢漂亮的，像烤饼铺阿福那种麻子脸，或是劈柴铺那种大碑儿头，我二话不说就得给她们轰出门去。我最讨厌长麻子或一脸癞皮呢！”正太狠狠地强调了一句。

老板娘连忙接茬儿，笑着道：“哎哟，正太，那你还上我店里来干吗？没见我老太婆一脸的痘子吗？”

“那不一样，您上年纪了。我说的是娶媳妇的事儿。上年纪的人不关此事。”

“算我白说。”老板娘打趣地接着调侃道：“要说这街上的漂亮姑娘，也就花店的六姑娘，水果铺的阿喜了。不过，这最最好看的，还要数你旁边那位喽。正太，你挑哪个呢？是六姑娘那一双如水的秋波好，还是阿喜的一曲清元曲迷人呢？哪个更让你中意？”

被这一问，正太涨红了脸。“您说什么呢？六姑娘、阿喜她们有什么好看的呀？”说罢往后靠了靠，退到吊灯的阴影后，靠着墙根坐了下去。

“这么说来是喜欢美登利啦？哦，闹了半天，你早都想好啦？”

被老板娘一语道破，正太忙道：“以后的事情谁知道呀。说这些干嘛！”转身面壁，抠着墙腰上的糊纸，嘴里哼着：

"转吧，转吧，小水车……"

美登利收起众人的弹球道："再来一把。"

这位，倒真是气定神闲，连个脸都不曾红一下。

十二

每次去田町，信如不走这条道儿也成，但他就喜欢抄近路，非得走在这条土堤上。走这条路，便可看到那扇小小的格子门。往里张望，只见好一处清幽之所，鞍马石灯笼点缀于内，萩竹作矮篱，屋檐暖帘垂挂。再看那正中的玻璃纸门，不禁使人暗想当年恍若坐于庵室的老尼手捻串珠的样子，立于一侧的莫不正是清秀稚嫩的若紫。[1]这一处，便是大黑屋的别院了。

昨日今日，秋雨霏霏，绵绵不停。田町的姐姐托母亲赶制的棉衣做好了。当娘的自是希望让她早点儿穿上，吩咐信如："上学之前，先把这个给你姐姐送去吧，她一定盼着呢。"当娘的一句话，温顺的信如怎敢违拗，诺诺应着，抱了包袱，

[1] 《源氏物语》的《若紫帖》中，若紫的外祖母北山尼君成了剃发入佛门的老尼。

穿上那双小仓青灰布包襻的木屐，打上把伞就出了门。

他拐过黑齿沟，顺着常走的那条小径一路下去。怎奈时运不佳，刚来到大黑屋前，一阵狂风平地而起，像是吸住了大黑伞一般，竟要带他腾空飞去。那可如何使得，信如脚下使劲，正待要稳住身形，可千想万想，独没想到木屐的趾襻儿，竟这么不堪地断了，比起那欲飞的大黑伞，这不更是要命。

信如急得像热锅上蚂蚁，但毫无办法。他把伞靠在大黑屋的门上，躲在房檐下好整理鞋带。像他这种佛门少爷，怎做得惯此等差事，只有心里干着急，两手却如何都不听使唤，鼓捣半天仍是无济于事。他又气又急，从袖里掏出草稿纸，噌噌撕开，捻成一条条的纸绳。一阵狂风，好似故意与他作难，把那伞吹得团团转，眼见着就要乘风而去。“可恶！”他骂了一句，伸手想勾回来，不料，腿上的包裹却掉落下去，包袱上沾满了泥点，竟连衣袖也被弄脏了。

万般不幸的便是下雨没伞，更无情的则要数横生枝节，途中断了趾襻。美登利在屋中，透过玻璃瞧见外面的情形，对娘说：“娘，你看，不知是谁鞋襻断了，给我点儿碎布条好吗？”言罢，忙从针线盒里翻出友禅碎料，来到院里，不及打伞，便套上木屐，踏着庭石匆匆赶了出去。

一见那人，美登利顿时红了脸，犹若遇到什么不寻常的大事，心跳加速。她怕被人瞧见，看看身后，羞怯怯倚在了门旁。信如正巧回头来看，虽是口上无言，却是汗涔涔已下，恨不得光了双脚立刻跑开。

若是放在平常，看了信如如此狼狈，美登利定会指着他，笑得直不起腰来："哎呀呀，真是活现眼！"之后又会尽数斥责他一番："太卑鄙了，庙会那晚，你借着与正太寻仇，故意来与我们挑事儿，把个无辜的三儿打得鼻青脸肿，自己倒是躲在后面指挥若定。来，你道歉吧！还有什么可说的？长吉左一句'婊子'，右一句'婊子'地羞辱我，也是你教的吧？婊子又如何，跟你也没有丁点儿关系。我有爹有娘，还有大黑屋的老板和姐姐，用得着你个酒肉和尚来管吗？用得着你来骂我是'婊子'吗？有什么话，别背地厮说，放在明面儿里摊开来讲，本小姐尽数招架。来吧。"看那架势必定要撸起袖子，一副咄咄逼人之态。可现在，她怎就是一声不发了呢。躲在格子门后半遮半掩，又不曾离去，只是任那颗心扑通通乱跳。这哪里还是平日的美登利。

十三

一想到这是大黑屋，信如就有种说不出的心慌，哪里敢左顾右盼，巴不得赶紧离开这是非之地。可恨这雨下得不是时候，更恼这风刮得不是地方，偏又在这节骨眼儿上踩断了趾襻，只得在人家门前搓起了纸绳，你道是何其的惨！更有甚者，那踏在庭石上的脚步声，犹如一瓢冷水当头浇下，不用看他也知道，是那个人来了。他不由得浑身颤抖，脸上没了些血色。更不敢回头，佯装全神贯注地修理趾襻，其实早已六神无主，任他再怎么鼓捣，怕是那木屐，终是穿不成了。

站在当院的美登利见此情景，心下着急。“唉，真是够笨的。你以为这么弄就能有用吗？瞧那纸绳，像个老婆婆一样弱不禁风。就算你用稻草绑得一时，也非长久之计。看那衣摆，拖在地下沾上了泥，你也不曾察觉吗？喂，伞又要给吹走了，收起来立在一旁，不就省心啦。”信如的一举一动，都让她急不可耐，可又不好说出那句话：“我这儿有布条，拿去用。”这让她如何开得了口，只是站在原地，任风吹雨淋，掩袖拭泪，顾影自怜。她就那么半掩着身子，一直望着。

女儿的心思，当娘的又哪里知晓，远远地喊着：“火熨斗热好啦。美登利，你这孩子干嘛呢？大雨天的，还在外面胡闹，当心又像之前似的感冒了。”听了娘的催促，只好回道：“知道啦，这就来。”她好不担心会被信如听到，心下突突跳个不停，面红耳赤只是站在门旁。可那扇门，又怎能打开！视而不见，却又心下不忍，绞尽脑汁也不知该如何是好。最后，只得默不作声，从格子间隙，把手里的布条丢了出去。

可那信如却是头也不抬，愣是装作没有看见。“唉，一点儿都没变，跟原来一个样。”美登利怅然若失，不禁一阵难过，莹莹几滴泪，暗思愁：“你何至于如此恨我，一副冷冰冰的样子。你可知道我有多少委屈。心太狠。”一阵心酸涌上心头，怎奈母亲的声音，一声高过一声，更让她无限凄惶，由不得己身，只得一步、两步迈开了那双脚。“哎，怎么这么没出息，好不难看。”想到此处，毅然反身。

只听那庭石，传来了咔哒咔哒的声响。此时的信如，才怅然回首，那条红艳艳的友禅，已被细雨打湿，散落在脚旁，如一片红叶，让他一股莫名的哀愁涌上心头。望虚空，独伤愁，终是没有伸手去拾那片红绸。

自己真是没用，最后只得把外褂上的长带解下，胡乱捆作一气，凑合一下。抬脚试了试，举步艰难自是不用说，想要这么走到田町，也终非易事。可如今一筹莫展，只好站起了身，把包袱挟上，迈出了脚。他要离开这扇门，可友禅上那片红叶似在召唤，他怎舍得把它留下，依恋不舍地望着那片红绸。

“信哥，怎么啦？趾襻断了吗？瞧你，怎么那么狼狈。”

是哪个在招呼，让他如梦初醒。只见来人，乃是小霸王长吉，看样子大概是刚从花街回来吧：浴衣外，套了件讲究的唐栈和服，虽是系了条橙色腰带，可照例掖在了胯下，那崭新的绸衫和短襟，真有锦衣华服的气派，手上的洋伞也印了字号，高齿木屐上的防雨罩，看样子也是今早新上的漆，好不亮眼，真个就是趾高气扬。

“趾襻断了，正不知如何是好，心下犯愁呢。”信如感到无比颓丧。

“我就猜到了。你哪儿会修理那个呢，穿我的吧，我这双结实。”

“那怎么成，我穿了，你怎么办？”

“我嘛，早就习惯了。你看，就这么……”说着提起和服下摆，别在腰上，脱下木屐，说：“这比那绑来绑去的穿在脚上要舒服多了。”

“你光着脚走吗？那怎么行！”信如过意不去。

“怕啥！我走惯了。信哥脚底板太嫩，在这种石子路上，光着脚自然走不成。别磨叽啦，穿上吧。”说完，把自己一双鞋亲自放在了他的眼前。别人见他避之不及，如遇瘟神，可在信如面前，他却动一动那卧蚕眉，好言好语地温柔相劝，你道好笑不好笑。

“你那双鞋我带走，扔到厨房就成了吧。好啦，快穿上，把那双给我。”真是好不周到。拿了那双断了襻的鞋拎在手上，又道：“好啦，信哥，走吧。回头咱们学校见。”

信如去了田町姐姐家，长吉去了自己家，二人相约而别。那片红绸，两相思，两不知，空寂地落于门前，悄然成愁。

十四

今年冬月有三个酉日。[1]三酉的中间一天，阴雨连绵，前后两天倒是极好的天气，使得大鸟神社附近热闹喧天。年轻人不顾一切地从检疫所涌入，人声鼎沸，震耳欲聋。仲之町更是被挤得水泄不通，进去便让人晕头转向。角町、京町等吊桥上，也人潮不断，还有人“嘿咻嘿咻”地喊着拉纤号子，分开众人，一窝蜂似的往前涌。河岸小店的群雌粥粥，红粉青楼上的舞衫歌扇，哪一个不是鼎沸喧腾，大抵见过此番阵仗的人，该是一辈子脑海里都会欣欣然，挥之不去。

这天，正太不用去收利钱，讨得一天假，去三五郎的烤红薯摊转了一圈，又跑去元宵店傻大个那儿，看看他红豆汤卖得如何。

“怎么样，卖得好吗？”

[1] 冬月的酉日每十二天办一次大集，有些年份会有一酉、二酉、三酉，举行三次。

“阿正，来得正是时候。这豆馅都卖光了，没啥好卖的啦。这又重新煮上了，可再来客人，也不能让人干等着呀。怎么办？”

“笨蛋！没看锅边上还粘着好多豆馅吗！拿开水冲一下，多加点儿糖，怎么也够十人、二十人的份儿了。家家都这么干，不光只你一家是这样。这闹哄哄的时候，谁还会挑你的理儿呀。卖吧，卖吧。”边说，边把糖罐子拖了过来。

瞎了一只眼的傻大个儿他娘，一脸惊骇，不住嘴地赞着：“真是个地道的商人，小脑袋瓜子转得还挺快。”

“这哪儿是我想的！刚才经过胡同那边的‘潮吹’店，他们也没了豆馅，看他们就是这么做的，哪儿是我发明的呀。”

说完，又问大个儿：“看见美登利了吗？我一大早就在找她，文具店也问过了，说是没去过，是不是在花街里呀？”

“嗯，美登利呀，刚打我门前过去，从扬屋町那边吊桥往花街去了。阿正，可不得了啦，她今天梳了这——么大一个岛田髻。”说着，怪模怪样比划了一下，又擦了一下鼻涕说：“那丫头，可真漂亮呀。”

“是呀，比她大卷姐姐还要漂亮。可惜早晚是要做花魁的，何其不幸。”正太垂下了眼。

“那不更好吗。明年我就卖些季节商品，等我赚了钱，就去找她！”他还真能冒出点儿傻气。

“别臭美啦！你要敢，有你好瞧的！”

“为啥？为啥？”

“不为啥，反正我告诉你了，”正太微微泛红了脸，“那我再去转转，回头再来找你。”丢下一句话，转头便出去了。

姑娘二八，破瓜年华。
人生如蝶，岁月似花。

他声音颤抖地哼着流行小曲儿。

可恨此身，竟与青楼。
梦断黄粱，此恨难消。

他反复吟唱着。脚下革履声混入纷乱的人群，小小的身影，没一会儿就隐没在了其中。

挨挨挤挤，正太好不容易挤到了花街拐角。看对面，青楼里的丫头阿妻，正与一人边说边走了过来。没错，那不就是大黑屋的美登利吗！真让那傻大个儿说着了，美登利今天梳了一个清清纯纯的大髻子，上面松松垂着条扎染绸带，发髻上插着根玳瑁花簪，步摇款摆，珠玉晶莹，较往日更为俏丽，真堪比京都人形，让正太看得是目瞪口呆，也忘记像以往那样过去拉她袖子。直等到对方走过来，叫他一声“正太？”才惊醒。

“阿妻姐，你不是要去买东西吗，咱们就此别过，我和他一道回去，再见了。”说罢，鞠礼道别。

“呵，美姑娘，好现实哦。真不要我送啦？那我就去京町买东西啦。”

见阿妻迈着小碎步，走进长屋小径，正太才拉住美登利的袖子道：“好漂亮！什么时候梳的？今天早上还是昨天？怎么不早点儿给我看看。”他半嗔半喜啰嗦着。

美登利心事重重，半天才开了口，道：“今早在姐姐那儿梳的。我真的一点儿都不喜欢。“

她深深垂了头，像是羞于让路人瞧见。

十五

美登利有了难以启齿的心事，这让她又羞又恼。别人的夸赞，在她听来像是讽刺，有人回头看她的岛田髻，她也觉得是对自己的不屑。

“正太，我回家了。”

“啊？今天不玩儿了吗？是挨骂啦？还是跟大卷姐姐吵架

了？”问得何其幼稚，反叫她不知如何作答，先红了一张脸。

经过傻子的摊儿前，只听他在里面傻头傻脑的喊着：“好般配的一对儿哟。”这一来，美登利更是哭丧了脸说：“正太，你别跟着我！”说完，独自一人快步走开。

本来说好了酉日大集两人一起逛的，现在却如何往家里跑。

“不去了吗？干吗回家？太过分啦！”正太依旧如前，任性般嗔怪着。美登利却理都不理，这让正太摸不着头脑。紧追几步，拉住她袖子问她是怎么了。美登利红着脸说：“没什么。”可那声音，分明是有缘由。

到了别院，正太因是常来常往，就跟到了自己家一样，并不客气，跟在美登利身后，上了廊檐。

美登利的娘一见到他，便高兴地说：“哎呀，正太，你来得正是时候。打一早起，美登利就开始闹脾气，大家伙都伤透了脑筋。正好，你来陪陪她。”

正太摆出一副大人的模样，不苟言笑地问：“是哪儿不舒服吗？”

她娘却笑了笑，那笑容真叫人揣摩不透。“哪里，过两天就好啦。这孩子就是任性，是不是常和你们吵架？这大小姐，真是拿她没办法。”

再一回头，不知何时，美登利已抱了被褥放到小房间，宽衣解带，趴在褥子上，不发一言。

正太小心翼翼地靠近枕边。

“美登利，你怎么了？生病了吗？还是哪里不舒服？到底怎么回事？”

他终是不敢太过靠近，只把两手置于膝上，闷声不吭胡乱揣测着。美登利更是不答，掩着脸的衣袖间，传来间或的啜泣声，沾湿了尚未习惯梳理的发髻刘海。此情此景，必有隐情。可正太毕竟是个孩子，哪说得出什么慰藉之词，只有坐在那里愁眉不展。

“到底怎么回事呀？我没做错什么让你生气的事儿吧？你干嘛生那么大的气呢？”美登利见他一副丈二和尚摸不着头脑的样子，便拭了泪道：“正太，我没有生你的气。”

那到底是为了什么？被此一问，惹人的愁思尽到心头，可女孩儿家的心事，又是怎能开得了口。不曾言语，竟先红了脸。说又说不出，心中的孤寂，只能任其飘摇。昨日的美登利竟不复知，还有如此让人羞于启齿的事情，使人不堪。“真不如让我躲在一间幽暗的屋里，不去和人言语，任谁也不要理我，让我独自一人随心所欲。这样的话，若再有如此的尴尬，也不愁与人避而不见，更不会使自己为难。唉，多希望能够永远、始终，和洋娃娃、纸娃娃相伴，多想能够一辈子玩过家家呀，那是多么快活的时光。哎，讨厌！讨厌！

我不要做大人！人怎么会长大呢，多想回到七个月、十个月，或是一年以前呀！”竟自己先颓丧了志气。

她也不顾正太就在近旁，随手抓起身边的东西，不管不顾地丢了出去。“你走吧！正太，求你了！你回去吧！你在这里，就是逼我去死。一听你说话我就头疼，一和你讲话我就眼晕。我谁都不想见！你快回去吧！”美登利再没了往日的温柔。

正太不解其故，一头雾水。“你这是怎么了？怎么能说出这种话来！你这个人太奇怪了。”他好不委屈，强自镇定说完了此话，可不争气的泪水仍涌了上来。尽管他知道，应该把那泪水藏进肚里。

“你回去！快回去！再待在这里，咱们就做不成朋友了，你就是最讨厌的正太了！”美登利依旧是毫不留情。

“那我就走了。打扰你了。”正太忽地站起身，也不同在浴室里试水温的美登利她娘打声招呼便夺门而出。

十六

正太郎挤过人群，一口气冲到了文具店。三五郎已卖完货收拾好摊子，在弟弟妹妹面前，摆出一副大哥的架势，弄得肚兜里的铜板叮当直响，告诉他们："喜欢的东西随便挑。"好不愉快。正太突然冲到眼前。

"哟，阿正，正打算找你呢。我今天赚了一大笔，想吃什么我请。"

"胡说什么呢？什么时候轮到你请啦。闭嘴吧，别神气啦！"正太郎一反常态，竟是粗声粗气地骂了出来。随后又闷闷不乐地小声嘀咕着："我哪儿有那心思呀。"

"怎么了？怎么了？和人打架了吗？"三五郎把啃了一半的豆沙包揣进怀里。又问："对方是谁？龙华寺的人？长吉？在哪儿打的？花街吗？还是在神社前面？这回可不比庙会那次，要不是被偷袭了，我才不会输呢。放心！有我在，我给你打头阵。阿正，壮起胆来，咱们好好跟他们比试一下。"看他一副跃跃欲试的样子。

"一边儿去！哪儿来的打架呀！"终是不好开口道出缘由。

"哦，看你刚才火急火燎地冲进来，以为你跟人打架了呢。不过阿正，今晚再不动手的话，恐怕就没机会了。长吉那家伙马上就要失去左膀右臂了。"

"此话怎讲？"

"你还不知到呐？我也是刚听我爹和龙华寺太太说起的。说是阿信马上就要到什么佛学院上学去了。你想，等他一穿上袈裟，怎么还能跟咱动手呢。长袖飘飘，可就没那么容易再卷起来啦。也就是说，明年起，无论胡同里的，还是大街上的，可就全都是你的手下啦。”三五郎倒是唯恐天下不乱。

“得了吧。赚了俩臭钱，就不知道天高地厚啦！你想回去跟长吉一伙儿了吗？你这种人，多出一百个，我也没什么可高兴的。你想跟谁一头儿，就跟谁一头儿吧！我正太从不求人，就想凭了自己的本事和龙华寺那家伙单打独斗，比个高低。可他要真是走了的话，倒还真就没辙了。藤本不是说等明年毕了业再去吗？怎么提早了？真是的！“

他咂了咂舌，对此并没往心里去。倒是今天美登利的举止，更让他左思右想，琢磨了再三。他连歌也不唱了，路上人来人往，热闹非凡，可在他却心下落寞，提不起一丝兴趣。从掌灯时分，他便待在文具店里，心道：“今年的酉市，真个一塌糊涂，到处咄咄怪事。”

从那日起，美登利好似换了一个人。除了有事去花街找姐姐，街上再也看不到她的影子。伙伴们觉得无聊来约她，她总是说来，却从不见个人影。就连之前那么要好的正太，也不再有任何亲近。见了人总是羞答答的，很腼腆，以前文具店里那个手舞足蹈的活泼小姑娘，再也见不到了。

大家都觉得此事蹊跷，担心她生病了，独是她娘颇含意味地笑了：“要不了多久就本相毕露啦，现在不过是养精蓄锐罢了。”不明底细的，都百思不得其解，而有人却赞：“真是大姑娘了，温顺多了。”也有人不无惋惜：“挺活泼的一个姑娘，怎么一下就蔫儿了。”

街上竟像是灰飞烟灭一样，忽然冷清了许多。再也听不到正太的歌喉，只有夜幕降临时，人们才会看到那盏弓形提灯，形单影只地“走”在堤坝上。那是正太去收利钱了。偶尔倒还能听到三五郎的声音，依旧是那般插科打诨，不改本色。

龙华寺的信如，要回归本根、潜心修行的消息，并未传到美登利的耳朵里。她把往日的气恼暂且封存起来，连日来愁人的事，她始终不明所以，只是觉得好不羞赧。

一个天霜降寒的清晨，不知谁人把一只水仙纸花插在了格子门上。

虽说不知何人所为，却令美登利黯然神伤。她将那花插于多宝阁的小花瓶里，独自欣赏着它散发出的空静与清幽。日后她无意间听说，就是在她拾到那朵花的次日，信如心无挂碍，披上了袈裟。

初刊于《文学界》
明治二十九年（1896年）完结

行云

ゆく雲

上

酒折宫、山梨冈、盐山、裂石，[1]这些名字，便是给京城人听起来，都会觉得拗口。翻过重岩叠嶂的小佛岭、笹子岭，跨过令人头晕目眩的猿桥，眼前的鹤濑、驹饲，便是再平凡不过的小村庄了。[2]就连胜沼，也不过像是东京的偏远郊区。好在到了甲府，总算有了几幢高楼，虽说尚有踯躅崎馆[3]的城迹，但不知要等到何年何月火车才能开通。如今该是没有人会专程乘坐马车、人力车，连夜奔波，跑去惠林寺[4]赏樱了。

---

[1] 皆为地名。酒折宫为山梨县甲府市酒折的神社。裂石为山梨县甲州市的一处温泉。

[2] 本句中的地名皆为甲州街道上的重要交通要道、关卡或驿站。

[3] 踯躅崎馆位于山梨县甲府市。乃日本战国时期甲斐国的守卫者武田氏的根据地。永正十七年（1520年）由武田信虎建造完成。

[4] 惠林寺位于山梨县甲州市，为甲斐武田氏的家庙。昭和十九年（1944年）被指定为日本名胜庭园。

若非是故乡，他也不会年年暑假在人们都去箱根、伊香保度假时，只身一人穿行在甲府的山峦间。行看群峰白雾罩，独在云间。那滋味，真乃不得已而为之。可像今年这般，离开京城走向八王子的那番愁闷，却是不曾有的。

早就听说养父清左卫门的身体，自打去年起便左右不舒服，三好两歉地坐卧不宁。可是他一向以为养父很是健康，遂只传达了医嘱，告诉他若无大碍自己也正好可以最后享受一下云中飞鸟般自去自来的学生生涯。没承想，前些日子，老家送来一封家书，其文如下：

老爷近来身体无恙，只是性情愈发急躁，固执己见，想必因年之老矣。下人们更是难以应对，让人很是担忧。我因常在左右，已见怪不怪，一日两日尚能对付。可有时老爷仍会提出些不近情理的非分之请，央人马不停蹄立刻去办，为此我也感到不胜其烦。

日来，他时常提起想召你回来，早日继承家业，自己便好安享晚年。这自是情理之中，三亲六眷亦无反对。其实当初对你上京求学，我就表示不以为然，这么说兴许不妥，可在我看来“百无一用是书生”，就像赤尾家的阿彦少爷，还不是精神失了常，不得不重归故土。但你聪慧伶俐，该不会让人有此忧虑，只是万万不可沦为浪荡公子，否则悔之晚矣。依现在情形看，也到了该和小姐成亲、继承家业的时候了，最快不过就在年底吧。对此，我自然大加赞成。

想必你在东京还有一些未了之宜，还望一切安排妥当，善始善终，万不能给人留下话柄。“大藤财主家的少爷野泽桂次，可不是个言而有信的人，欠债不还，逃之夭夭，害得多少人受他连累。”诸如此类，切忌，切忌。

随信附上汇票，如不够，请先从上杉家借取，诸等事宜，务必处理妥当方可回家。钱财上一旦出了问题，惹出了麻烦，我等管账的下人，可就失了光彩。

正如前述，大老爷脾气暴躁，已望眼欲穿，还望一切收拾停当，即刻起身，火速回家。

信是由总管六藏执笔写的。收到此信，桂次只感觉不置可否。

但凡桂次是这家的亲生儿子，即便收到十封，哪怕十五封信，他都大可以说“上京只为潜心攻读，学无所成之前，势不能回，请恕不孝之罪”，以此为由，加以搪塞。想必家人也会随其所宜，未必不相通融。但遗憾的是，身为养子，桂次唯有羡慕别人的自由了。想到不久的将来，自己便会犹池鱼笼鸟般备受束缚，他只感到万般无奈。

七岁那年，桂次总算摆脱了贫困。如果跟着父母，白天他只能光着脚，罩着一件盖不上屁股的短褂，拿着便当下地干活。到了晚上，只能就着松油灯照明，哼着马夫小调打草鞋。不知自己眉眼什么地方，与出生无日便夭折的那家大少爷有些相像，倍受已故地主太太的恩宠。起初让他尊那人为“财主老爷”，待到后来，便改口称“父亲大人”。对他来说，可谓喜从天降，岂知祸福相依，世事难料。

养父家有个姑娘叫阿作，今年十七，比桂次小六岁，是个地道的乡下丫头，也是桂次非娶不可的人。离家之前，桂次倒并没觉得这段姻缘有何不可，而现在，寄来的相片，他都不屑瞟上一眼。一想到要娶她为妻，从此蜗居在山梨县东郡乡那个穷乡僻壤里，他便连人人羡慕的那酒厂身家都嗤之以鼻了。何况待他继承了家产，宗门姻戚都会跑出来横加干涉，他连一个铜板都休想随意花掉。这样说吧，不过是换他替人看守一辈子的钱库而已。这样一想，那个不称意之人，无形中更成了他的不堪重负。

世间若没“义理”这道枷锁，桂次定会义无反顾地把钱财退回去，肩上的重担自可卸与他人。自己在东京，哪怕再住上十年、二十年都行。他与这里已是片刻都难舍难分。如有人问起是何缘故，他自有理直气壮的理由。其实，那无关痛痒的真正理由就是，在这个地方，有一个他舍不得也不愿意离开的人。一想到分别之后就再也见不到那张脸，就别是一番滋味在心头。那郁郁之情，更添了许多愁。

桂次现在寄居在养父的亲戚家，按辈分应称他们为“伯父、伯母”。初来时，是十八岁的春天，穿着乡下人的条纹衫，肩袖处还缝着褶裥[1]，很是惹人嘲笑。之后，这家人替他缝上了八口[2]，就此改为成人打扮了。从那时起，到现在的二十二岁，有一半时间他都住在公寓里，而在这个家出出进进受他们的关照，算起来也有三年时间，因而他逐渐了解了这家人的性情。伯父生性乖张，难以相处，唯独对老婆唯唯诺诺，言听计从。伯母那人，嘴上甚是刁钻，与人相处则冷若冰霜，若是于己无利，那嘴角的笑容也会收敛起来，现出一副咄咄逼人的拜金嘴脸。屡次经验总结出，但凡想在这个家落脚，首先必得出手大方，钱上不能让他们吃了亏。表面上还得扮作特为投奔他们而来的乡下穷书生，需要他们的照顾。否则，伯母大人的脸色，可就不那么好瞧了。

她贪恋虚荣，利用上杉的姓氏大做文章，扮作王公贵族的后裔掩人耳目，让下人们称她为“夫人”。没事儿时拖着

---

[1] 褶裥指旧时衣服为了让孩子多穿几年，做衣时在肩袖处打的褶，以便孩子长大时好放长继续穿。

[2] 八口指妇女和儿童的和服袖口下方，即腋下部分的开口处。

一条长长的裙裾，稍事活动便喊着腰酸背痛。一个月俸三十元工薪阶层的妻子，却能里里外外把家里操持得井然有序，犹见城府之深，丈夫的脸上也贴金不少。可对不住的就是这位有名有姓的野泽桂次了，本来一个堂堂正正的男子汉，让她背地里说成是吃白食的书生，俨然形同看门护院的无用之材，简直无法理喻。仅凭这一点，便不值得与之交往。可说来奇怪，他就是离不开这里。虽说心下不悦，总想着待找到了住处，便不再来往，可过不到半月，他还是乖乖地上门来拜访，好不悲哀。

伯父十年前死去的前妻，留下一个叫阿缝的姑娘，成了现任太太的继女。桂次初见她时，她尚在十三四岁，头上梳着唐人髻[1]，结了条红发带。虽是豆蔻年华，但可能因为没有娘亲的呵护，眉宇间总透出一种寡淡的宁静，楚楚可怜。桂次想到两人同是寄人篱下，不免同病相怜，对她多了一分恻隐之心。因那姑娘处处看着继母的脸色过日子，对亲生父亲慢慢也敬而远之了。她平素话就不多，乍看上去温和柔顺，却并未显出多么聪慧伶俐。

父母双全、不经风雨的女孩子，虽是人前装得像个“大家闺秀”，在外却很是轻佻。因她娇生惯养给宠坏了，常会

[1] 唐人髻为明治末期流行的少女发髻。

落得个言行不谨、举止傲慢的名声来。阿缝对此颇有忌惮，行事处处小心，正所谓月盈则亏，水满则溢，凡事须留三分。和家乡的阿作相比，桂次对阿缝更是多了一层怜惜。虽不愿意去瞧继母那盛气凌人的架势，可阿缝却假作没事一般，用她的温顺小心伺候着那份傲慢。那般辛苦，哪怕自己只能在精神上慰藉她一下，都不应离她左右。他自作聪明地认为，倘若别人知道了他的心思，兴许会对他冷嘲热讽。但阿缝的事，于己休戚相关，同喜同悲，同甘共苦，怎能现在就舍她而去，独自回家，留下的阿缝势必会无依无靠，孤苦伶仃。

可怜的是伴着继母的阿缝，不中用的是身为养子的自己。慨叹尘世繁凉。

中

常言道，继母带大的孩子，尤是女孩，大抵生性乖张，遭人排挤。但凡有哪个性子宽厚又倔强，便会遭人嫌弃。大多如此，再无出其左右。如果这女孩子又多些伶俐，便更会说她刁钻奸诈，不可捉摸，日后必成大患。若她天生丽质，心地善良，襟怀坦白，便又认为她离经叛道。但凡被打上此等标签，便永无翻身之日了。

桂次为上杉家的阿缝姑娘神魂颠倒，不仅是她相貌超群出众，还因她进过小学堂，念了几年书，读书、写字、打算盘，样样拿得起。那姑娘正如她的名字一般，飞针走线做个裙裤自不在话下。在她十岁前，还是相当顽皮的，常因衣服绽了线，惹得她故去的娘亲皱起眉头，嗔怪她："女孩子家家，成何体统。"

现在的继母，原是父亲上司的情妇——也有说是姨太太的——总之众说纷纭。唯有一点众口铄金，那就是，她不是一个省油的灯。父亲是碍于情面娶了她，还是真就相中了她，那便不得而知了。但自从娶她进门，惧内之实便已盖棺定论。有了这么一个后娘，哪里还有阿缝的立足之地。她若开口便要遭白眼，她若开心便会遭责骂，她若机灵点又说她卖弄聪明，若是小心翼翼呢，便又要骂她蠢笨。正如那抽芽的新叶凝了层霜，奈她如何伸展？强权压迫自可忍耐，但要想在这种环境下自然成长，凭了谁都无法实现。哭过了，泪干了，想要说与父亲听，可那铁石般冰凉的心，竟然那般无情，给不了女儿些许温暖。至于外人，她还能向谁诉说。唯一的寄托，便是每月十日去谷中的寺里给母亲上坟。还未等那信香燃尽，便已搂住墓碑簌簌落泪："娘，你带我走吧。"若娘亲泉下有知，恐怕顽石都会点头。多少次，她扒着井沿往下看，心里想："虽说父亲无情，但毕竟是亲爹。自己如果就这样死了，传到别人耳朵里肯定不好听，丢了父亲的脸，那便是对他老人家大大的不敬。"她心里默默向父亲道着歉。可转念一想，既然死不了，不如明明白白地活着，去承受常人难以忍受的心酸与艰辛。五十年，不过眨眼的工夫，也没什么了不起。这样的话，只需讨得继母欢心，令父亲欢喜，小心行事，不要得意忘形，家中便会风平浪静。屋檐下的松，又怎会没了仙鹤来筑巢。可世人会怎么看？管他呢，把那继母哄开心了，既不得罪人，又让她尝到了甜头，反正自己已是一无所有了，与其在苦海里受着煎熬，不如跨出一步，别人又有什么好说的呢。

桂次的热情，对于年纪尚幼的阿缝来说，并非不能接受。连父母对她都如此冷漠，却有人能发自真心地对她百般怜爱，的确让她心存感激。不过，阿缝的态度却远不及桂次，表现得更加沉稳和理智。

某次，桂次禁不住开口问：

"阿缝，要是哪天我真的回家了，你会怎么想？少了我这么一个早晚给你徒添麻烦的人，省事不少，心下欢喜呢？还是想起少了那个滔滔不绝、爱说爱闹的人，多少有些寂寞呢？能告诉我吗？"

"那还需我多言？你不在了，家里必然很冷清。想想你在东京，住在公寓里的时候，一个月不来家，我都盼星星盼月亮似的等着礼拜天。大清早一开门，我就望眼欲穿地巴望着听到你的脚步声。等你真的回了家，恐怕上京就没那么方便了吧？再见到你，不知要等多久。若是日后火车开通了，你便能常来常往了吧？如果这样，该不知道多让人高兴呢。”

“并非是我想回那个家，若是能留于此地，如何想回去？哎，先看看情形，若是能脱身，便尽快回来，像之前一样再蒙你关照。真希望我能速去速回。”桂次轻描淡写地吐露了心事。

“可你回去不是要主持家业，成为一家之主吗？从前那种轻松自在的日子该是一去不复返了。”阿缝强调了一句。

“那可真就是祸从天降了。

“养父家在大藤村一个叫中荻原的地方。举目四望，天目山、大菩萨岭，群山环绕，屏障数叠。西南虽有皑皑白雪耸立的富士，但却羞颜未尝开，不肯示人。到了冬天，则是朔风吹雪透身寒，更无奈。要想吃鱼，便要跑到四十里外的甲府才能吃到新鲜的金枪鱼刺身。恐怕这些你都未曾听说过。不过问问你父亲，就知道，那地方又偏僻又落后。每到夏天回去时，我都忍无可忍，想到自己要被困在那片土地上，在那里生活一辈子，日复一日地干着那种无聊的活儿，想见的人见不到，想去的地方又望尘莫及，只能低头追逐着流逝的岁月，便让人心灰意冷。至少你能给我一些安慰吧，不然我岂不太过可怜了。”

“看你说的，母亲他们还很是羡慕你呢。”

“这种身份有什么好羡慕的？要说什么叫幸福，最好是在我到家之前，阿作就突然暴毙身亡。因为阿作是独生女，想必她父亲也会慌作一团。家产继承的事情也会暂罢处置。她家多少有些家底，财产分割起来更是千头万绪。但也不能眼睁睁地看着自家财产让个外姓人拿去，亲戚里再有几个财迷心窍的主儿，哪里能容得下就此善罢甘休呢，必定会使出些手段来。待到那时，我稍事露出些纰漏，便能成功摆脱这段婚姻。那时，在下便是傲立于荒原的一棵杉，可以享受自由的愉悦了。到那个时候，再羡慕我不迟。”

一番话，直惊得阿缝目瞪口呆。

“你这话可是当真？平日里，我以为你是个心地善良的人，没想到背地里，竟盼着阿作姑娘暴毙身亡。这未免太过分了。阿作姑娘着实的太可怜了。”说完掉下两行泪来，一味袒护起了阿作。

“那是因为你没见到过本人才会觉得她可怜。不过你更应该同情的反倒是我。我就好像被一根无形的绳子牵着，对此你却视而不见，一副事不关己的样子，根本就不体谅我的苦衷。刚才你说我若走了，家里就会冷清，那话不过是敷衍吧。其实心里想的是这种人还是趁早赶紧走掉的好。说不定我一走，还会撒盐驱邪呢。我居然那么不识相，叨扰了这么长时间。长久以来，承蒙关照，真是对不住了。不管多么不情愿，也还是得回乡下呀！一直以为你对我有情有意，却还是被你抛弃了。叹那尘世无味，毫无乐趣。顺其自然吧。”说着，桂次板起了面孔，故作生气的样子。

“野泽先生，你这是怎么了，难不成我说了什么得罪你的话？”阿缝秀眉紧蹙，一脸大惑不解。

“当然，在你们正常人来看，我一定是疯了，连我自己都觉得有些不正常。可你想想，如果没缘由，人怎么会白白地精神失常呢？那必定是种种事情积压于心，重重郁结无法纾解，致使头脑混乱才引起的。真搞不懂自己是疯了还是有病，我总想一些你们正常人根本不会去想的事，常常背着人暗自落泪暗自笑。讨来一张不知何人的儿时照片，早晚拿出来端详，看着相片上那人天真无邪的脸诉说着心里的苦闷，然后又小心翼翼地收回抽屉里。一会儿胡言乱语，一会又做着白日梦，照这样下去，别人自然会以为我是个疯子。可即便这样，仍是无法让我们心意相连。如果我们注定今世无缘，至少你也该有些贴心话，不至于让我抱憾终生吧。可你竟摆出一脸的懵懂，任凭冷语伤人。嘴上说我不在会觉得寂寞，却又说出那种话来，难道你不觉得太残忍了吗。我不懂你那正常人的思维，但疯狂的我，只恨你心太狠。女人不是应该更加善解人意的吗？”

桂次一口气说了出来，停了一歇。阿缝无言以对。

“我该怎么说呢？我太笨了，不知道这时候该如何回答，只是觉得心里堵得难受。”阿缝有些慌张，向后退了两步。

此时的桂次，已哑口无言，心下更觉怅然。

上杉家的隔壁是某宗派的寺院。境内宽广，种着许多桃树、樱树。从这边二楼看去，宛如云游天界，观音下凡。缤纷落英，飘飘洒洒落在那身着法衣的佛像肩头、膝上，堆积在供奉于像前的芥子堆里。下面走过一个扎着头巾哄孩子的人，嘴里唱着："今日花开又一年，欲劝春光住。"轻扬而去。霭霭红霞月朦胧，那脸已微茫，暖风拂过，花散落。

桂次从大前年起，多是住在这里，在境内闲庭信步，至今已不觉稀奇。可一想到来春就再难踏上这片净土，便对那露天的观音，也有了依依不舍之情。吃罢晚饭，每每出到门外，便会往那寺里双手合掌，虔诚参拜。“大慈大悲观世音菩萨，请保佑我那心上的人。”唯有那颗虔诚的心，持守一念。

下

好像只有桂次一人着急上火，耳鸣目眩，阿缝却似个木头人，无动于衷。就此，上杉家总算风平浪静了，大藤村的阿作姑娘，便也高枕无忧矣。

归乡的日子定在了四月十五日，礼物备下了许多，按时下的流行，带上了日清战争[1]的画、胜利大礼包、短褂系带、香粉、簪子、樱花牌头油等。加之亲戚众多，又买了些香水、香皂之类的时髦货。阿缝把一件印有白牡丹图案、淡紫色的衬领放在了礼物里，说是送给桂次的未婚妻阿作。用后来女佣阿竹的话说，“看着那件东西，桂次脸色难看得简直惨不忍睹”。

桂次收到过一张阿作的照片，不知是让他秘藏起来了，还是为掩人耳目一把火给烧了，恐怕除了桂次，外人都不得而知。前些日子，老家寄来一封明信片，是一封普通家书。从措辞上看，像是男人的口吻，署名也是六藏，可仍是没逃过夫人那双法眼，瞧破了其中端倪。“看这句：‘父亲夸我说笔法大有进步，看着舒服多了。’由此可见，这信必是那姑娘写的无疑。”

---

[1] 即中日甲午战争。

正所谓字如其人，就如同从名字可以判断其人的善恶一般。当代擅长书法者，能有几人像业平[1]一样飘逸风雅。可但凡是个有心人，即便一副张牙舞爪的涂鸦，也能写出一番韵味。相反，如果非装出驾轻就熟的样子，字迹潦草，没了骨架，让人难以辨认，那倒真的没了说法。虽不知阿作的字迹到底如何，可浮现在太太眼前的，俨然是张宽宽的脸庞，眉眼虽说长得不赖，可五官却挤作一堆，头发稀疏，脖颈短，腿比上身还要长。伯母不屑地说："看这字尾竟拖得那样长，又难看又可笑。论桂次的长相，放在东京，也算不错的了，若是回到了大藤村，那岂不是光君[2]归故里，不知那些个纺织女工官粉要抹得几层厚嘞。"伯父接口道："娶个丑媳妇也得忍着！一个农村的穷小子，摇身一变当上了财主，还待怎的。"连桂次的草莽出身都不放过，好一张尖酸刻薄的嘴。两人简直如一丘之貉，极尽讽刺挖苦。幸好此话不曾传到桂次的耳里，唯有阿缝为他哀怜为他伤。

桂次把行李先都托给脚行搬运，这样一来，自己便一身轻松。临行前，今天见见这个，明天拜访那个，互道珍重，好不忙碌。总算抽得个空，见四下没人，能和阿缝独自相

[1] 在原业平（825—880）：平安时代贵族、歌人，六歌仙之一。

[2] 指《源氏物语》的主角光源氏，相传为绝世美男。

处，便拉了她袖子说：

“尽管一再惹你生烦，可是我要走了，你放心，对你的恨，我绝不会有。你有美好的未来，现在的岛田髻，终有一天会改为圆发髻，用你美丽的乳房去哺育可爱的孩子。我穷极一生，会为你祝福，愿你福寿康宁。希望你能好好孝顺父母，对你母亲大人的种种刁难，想必你也不会妄加违抗，但还是要处处提防。那道不尽的千言万语，我会用我的一生来写给你，我索求无多，但求十封信里，你能回给我一封，便已知足。难眠的秋夜，唯有这样追忆着你的姿容。”

就这样，一腔话语，一朝倾诉，桂次怆然泪下。蓦然仰头，用手帕拭去了泪。任谁到了脆弱无助时，恐怕都是如此。他忘记了就要回去的故乡，忘记了要去拜见的养父，忘记了自己还有阿作的事情，所有那一切，他全都抛在了脑后。仿若此身天地间，唯有那一个心心念念的阿缝。此情此景，怎不让那姑娘意惹情牵。有些惆怅，终将一生难忘。那冷若冰霜的阿缝姑娘，却是如何？但看那双泪，扑簌簌地掉落下来，一言不发。

“春夜梦醒梦浮桥。”[1]

桂次离开了东京。此去一路破费周折。先乘洋车到了新宿，再换火车坐到八王子，下车之后，又在马车上颠簸一程，翻过小佛岭，走过上野原、鹤川、野田尻、犬目、鸟泽，当夜在猿桥附近歇宿。离愁别绪虽已渐远，笛吹川水声滔滔，扰得人无法安眠，听得人肝肠寸断。上杉家收到一封从胜沼寄来的明信片，四日后又收到两封盖有七里印章的信，其中一封长长的书信是写给阿缝的。就这样，桂次成了大藤村的人。

世上最靠不住的，便是那男人的心。就像秋日里的夕阳，忽一阵乌云遮盖，斜风横雨袭卷了原野，淋湿了那路上行人，终难挨。但也不能一概而论，有时物极必反，就如那“末松山之盟”[2]，并非是永不言变的。桂次当然不是风月场中的老手，空弹一腔泪又有何用。昨日的痛，终归要留在昨日，今天还要为家业奔忙，该放下的仍是要放下，真是人生

[1] 引自《新古今和歌集·春歌上》，作者藤原定家。原句为：“春夜梦醒梦浮桥，云屏遮蔽浮云邈，终难聚，已天晓。”大意为：春夜里，从虚幻的梦境中醒来，忽觉梦境如同梦浮桥（意指不可靠的）一般虚无缥缈，才发现，浮云被横亘的山峰分开，越离越远，窗外已是拂晓。

[2] 引自《小仓百人一首》，作者清原元辅。原句为：“此心相契泪春袖，浪吞末松山。”形容两人坚定的爱情，再大的浪涛也无法吞没末松山。

如梦。“尘世如朝露，一切本无常，奈何奈何。”[1]多哀愁。

桂次是有婚约在身的人。躲也躲不开，逃也逃不了，让他违拗世间情理，他是断断做不出的。他平静地听完了婚礼祝词，和阿作俨然成了一对新婚夫妇，估计不久也要被人喊作父亲了。诸缘相攀，羁绊不断，已是司空见惯，不单只见于野泽桂次。倘使他运气好，可把万贯家财翻个十倍，也可在山梨县纳税大户的榜单占它一席之地。海誓山盟已是过眼云烟，船是随波逐流，人是与世沉浮，越来越远，一千里、两千里、一万里……此去二百四十里，若不是两人心意相通，便好比那掩映了春霞的万重山，只能望洋兴叹了。

秋去春来，从花落到叶繁，阿缝共收到三封悉诉情丝的信。待到细雨绵绵，梅雨纷纷时节，也收到过一封倾诉相思的信。此后，便是一月只有一两封了。想当初，阿缝还抱怨只有三四封信，到后来能收到一封已是庆幸。到了养秋蚕的季节，借忙碌为由，从两月一封，改为三月一封，到如今已是每隔半年、一年寄一张贺年片或敬颂夏祉的慰问了。与其繁言蔓词，反不如明信片来得省事。

檐下的樱花煞是轻慢地又绽开了花，对人的可笑之举不

[1] 此为小林一茶所作俳句。文政一年（1818年），一茶五十六岁得子，翌年爱女亡故，因写此俳句悼念。大意为：尘世如朝露，亦知世无常，虽然如此，亦无可奈何。

屑一顾。邻寺那尊观音像，仍是持着自在坐，面含微笑，仿若洞悉了世间那般的少年轻狂。我们认识的那个冷若冰霜的阿缝姑娘，是否还有笑靥如花、拨云见日的好时光？

她依然如故，伺候着父亲，奉承着后娘，无我无他，一心只求着上杉家的平安。岂知，破镜终难圆。

初刊于《太阳》

明治二十八年（1895年）

浊流

にごりえ

一

“喂，木村先生，阿信哥，进来坐坐吧。人家在招呼你呢，进来坐一下嘛。这么个马不停蹄，又是要去‘二叶屋’吧。小心一会儿我过去，把你们揪回来。真是去洗澡的话，回头一定要过来啊。满嘴的谎话，谁知道哪句是真，哪句是假。”

女人站在门口，但凡见到一个趿拉着木屐的老相识，便半带娇嗔地上前搭腔。对方也不生气，一面推说“回头就来”，一面匆匆走过。

望着那背影，她悻悻地咂着舌：

“嘴上说得好听，回头就来，其实根本就没那个诚意。真是的，男人一娶了媳妇，就无可救药了。”

嘴里嘀咕着，转身回店，一脚跨过了门槛。

“高姑娘，又发牢骚呢。有什么好急的，没听说过‘死灰复燃’吗。时候一到，自然会回来的。别担心，不如念个咒，慢慢等着。”姐妹们安慰着。

“咱自然比不得你力姑娘，没你那两手本事，放走一个都舍不得呢。我这种人，向来时运不济，念咒都不显灵。看来今晚又要独守空门啦。真是的，太无聊了。”

说罢，一赌气便坐在了门首，使着木屐的后跟，“咚、咚”地踹着地。看她年纪应该是二十七、不到三十的样子，引眉重画至发际，浓涂白粉方知厚，血盆大口如恶犬，怎道朱红也惹人厌。

被称作“力姑娘”的，中等个头，身材匀称。刚洗过的头发，挽了一个大大的岛田髻[1]，用稻穗束起来，看上去清清爽爽。颈项间的白粉，着得恰到好处，更衬得肤如凝脂，白润冰清。衣领四敞大开，袒胸露乳，肆无忌惮。手上端着根长烟管，一条腿盘着，一条腿就那么大喇喇地支在那里，只管吸着那管烟，这般地放肆，竟是没人敢指责。她穿了一件夸张的大浴衣，腰间松松垮垮系着条带子，那材料不知是黑缎子还是什么仿制品。背后打成结的地方，露出了绯红色的衬里。不消说，是这一带标准的窑姐儿打扮。

那个叫阿高的，用银簪子搔了搔天神髻下的头皮，突然

[1] 岛田髻及后文的天神髻都为日本近代女子发型。岛田髻多为年轻女性或花柳界女性所结，天神髻多为艺伎或年轻妇女所结。

想起了什么，问："阿力，刚才的信寄出去了吗？"

阿力有气无力地"嗯"了一声，又笑着道："反正也不会来，不过客气一下罢了。"

"哟，还说呢，洋洋洒洒那么长一封信，邮票都贴了两张，这叫客气？那人不是你在赤坂时候的老相好吗，怎得为点儿口角，还就闹掰了不成。其实一切都取决于你的态度，但凡稍微活泛点儿，不怕他不回头，你可别身在福中不知福啊。"

"劳烦你费心啦。你的意思我明白，可我就是讨厌那家伙，只当是我们缘分未到吧。"

那话说的，倒像是在调侃别人的事情。

"有气魄！你自是可以我行我素啦，换做是我，可就没那么潇洒喽。"

说着，拿起团扇，一面扇着脚边，一面油腔滑调地哼着"昔日青春今何在。"见到门口路过的男人，便招呼着："进来坐坐吧。"黄昏的店门前，好不热闹。

这家店，面宽也就四米多，是个二层小楼。屋檐下神灯高挂，门口摆放的堆盐，为的只是讨一个好彩头。架子上一排排的铭酒坛子，不知是空是满，一看便知那里是账房。厨房里不时传来"忽扇忽扇"的扇炉子声，但凡客人点的是些什锦锅或蒸蛋羹之类，老板娘便会亲自上阵。门口虽煞有介事地挂着“饭店”的招牌，可倘若真有人点个外卖，不知要拿出何等借口来，难道说“可巧今天都卖完了”？若不是女客呢，难不成还请人移步旁店吗？有道是，处世之道，不就是要打开方便之门吗。做的什么买卖，其实各自都心知肚明，倒还真不曾有过乡巴佬，跑去点什么小菜、烤鱼之类的东西。

阿力可谓是这家店的当家花旦，别看她年纪最小，招呼客人却很有一手。这并非说她靠撒娇作态讨好客人，相反，她至情至性。姐妹们私下里交头接耳：“仗着自己长得水灵，就这么目空一切呀。”可实际接触起来，倒觉得她很是温柔体贴，别说男人了，便是连女人都舍不得离开她。正所谓相由心生，看她相貌清净圆明，正是本心之流露。

凡是来新开地花街寻欢的，无人不晓“菊之井”阿力的大名。到底是菊之井的阿力呢，还是阿力的菊之井呢，她倒真是百年不遇的一宝。托她的福，给新开地的花街增色不少，那家老板真该给她好好供起来。左邻右舍，无不羡慕。

阿高看看四周没人，便说：“阿力，你的事情，本来我也不该多嘴。可一想起我自己，总免不了想到源七。你看他现在，落魄到如此境地，虽说算不上什么大方的主儿，可既然你有情他有意，也该不会计较这些吧。别看你们年龄相差悬殊，他还带个孩子，可就算他有老婆，又怎么样？你们岂能说分就分？把他给叫出来，怕什么。我的那位相好，就另当别论啦，那是打根儿上就变心了，看到我就逃，拿他一点儿办法都没有。罢了，只有另寻新欢啦。可你就不同了，只要你表明态度，他立马就能把老婆给休了。你心气儿那么高，应该也不会想嫁给他吧。那样的话，更没什么大不了的了，把他叫过来。给他写封信！等三河屋跑腿的伙计来了，让他把信捎去不就得了。又不是大姑娘了，有什么抹不开面子的。像你这样，太过放得下，也未必是好事。不管怎样，写封信吧！源七也怪可怜的。”

说完，看着阿力。只见她全神贯注地擦着烟袋锅，头也不抬，一声不吭。

没一会儿，烟袋已经擦得干干净净，吸了一口烟，砰地磕一磕，又吸了一口，看那烟着了，递给阿高。

“说话小心点儿！站在门口说这种话，让别人听到，成何体统。以为我菊之井的阿力找了个小工当姘头，让人想歪了还得了。那都是些从前的陈芝麻烂谷子，现如今早就给忘得干干净净了。什么阿源阿七的，我才不记得谁是谁呢。好了，到此为止，别再跟我提他了。”

说着站起身。刚好门前走过一群年轻人，阿力连忙招呼：“哟，这不是石川先生、村冈先生吗。难不成忘了阿力的店啦？”

“哈哈，又让那女中豪杰拦住了去路。不打声招呼，怕是过不了这一关了。”

几人鱼贯而入。

不多时，走廊里传来吧嗒吧嗒的脚步声。只听有人喊：“姐姐，来壶酒。”

“要什么下酒菜？”里面问。

三弦琴，繁弦急管好不热闹。载歌载舞，尽情欢笑。

二

一个百无聊赖的阴雨天，门口走过一个头戴礼帽、三十岁左右的男人。阿力心想：“不如把他拉进来。这种鬼天，怕也不会有别的客人了。”跑过去，扯住那人衣袖，娇滴滴地说：“别走啦，还往哪儿走。”人长得漂亮，就是好办事，竟把这么一个难得的贵客给请进了店。上了二楼的六叠房间，阿力并没去弹三弦琴，两人只是安静地坐在那里说话。那人问了她的年岁和姓名，接着便探听起了身世。

“是士族吗？”

“不告诉你。”

“那，是平民？”

“你猜呢。”

“那就是贵族啦。”那人笑着问。

“你这么想也可以吧。贵族的千金大小姐，亲自给您斟酒酌菜。能有此等殊荣，自当觉得不胜荣幸才是。”

说着，满满地斟上一杯。

“这就未免太有失恭敬了。哪有斟酒手不端杯的道理。这算是小笠原流[1]，还是什么流？”

“这算作阿力流。乃‘菊之井’本家礼法。此法，有酒杯置于席上的斟酒法，也有用大碗盖一口闷的豪饮法，末了就是不给讨厌的人斟酒法。”

阿力面不改色从容应对着。这倒更勾起客人的兴致。

“来吧，说说你自己。必定有番轰轰烈烈的故事吧。看你也不像个寻常女子。”

“瞧你说的，我又没头上生角，还没修炼成气候呢。”阿力呵呵笑着。

“别打岔，说正经的。身世不想说的话，起码讲讲怎么会来这儿的。”那人催问起来。

“这倒让我犯难了。真要我说出来，必定使你目瞪口

[1] 小笠原流为日本武士社会中知名度较高的一种礼仪流派。

呆。那志在千里的大伴黑主，[1]乃小女子是也。”她笑得愈发厉害。

“真拿你没办法，净说些玩笑。讲些正经的。虽然你身处这种环境，周围充满了虚情假意，可人总是还有点真诚吧。是因为你丈夫吗？还是因为父母的缘故？”

被这么认真一问，阿力不由得心下凄然。

“别看我现在这个样子，我也和大家一样，心里的苦，多少也是有的。从小父母早亡，现在只剩我形单影只的一个人。我这种女人，并非没人想娶，只是到了现在，还没有丈夫。出身卑微低贱，大概也只能在烟花巷子里了此一生。”

看她，言辞间，无限感慨无限哀。妩媚中，多少倔强多少刚。正襟危坐。

“那也没有出身不好就嫁不了人的道理。何况像你这种天生丽质的女子，无端嫁得金龟婿，也不是全无可能。抑或是你根本就不稀罕过那种衣食无忧的日子，专喜欢腰系三尺带行侠仗义的江湖侠客？”

“算是说到点儿上了。我喜欢的人，对方不见得看得上我；整天围着我转的人，我又不满意。像我这种水性杨花的

[1] 原文的“志在千里”为歌舞伎常盘津曲《积恋雪关扉》中的台词。此剧影射平安六歌仙之一的大伴黑主卷入争夺皇位继承权的故事。这句是扮成守兵的关兵卫，在逢坂山关口亮明身份时的著名台词。

女人，大概就只能这么混一天是一天了。”

“这话我可就不信了，你会一个相好都没有？刚才门口那个女伴，不是还给你捎了口信，说是谁向你问候来着？其中必有讲究吧？到底怎么回事儿？”

“你呀，真是爱刨根问底。我认识的男人有一箩筐，说是书信往来，不过就是交换个破纸片儿。要我回信，那就回呗，管它什么证文、誓词的，只要你高兴，让咱海誓山盟也照说不误。但只怕到头来毁约的不是我，而是对方先没了耐性，退下阵来。有东家的怕东家，有父母的顺从父母。他既变了心，咱也犯不着上赶着追他。你说断，那就这么算了呗。所以相好的，大有人在，但能托付终生的，却是一个都没有。”

此时的阿力，便纵有千种风情，更与何人道来。

“好啦，不说这些了。高兴点儿，我最讨厌这么阴沉沉。来，热闹热闹。”

说罢，阿力拍了拍掌，叫来了姐妹。

“哟，阿力，蛮有情调的嘛。”进来一个三十多少浓妆艳抹的半老徐娘。

“喂，这姑娘的相好是谁？”

被他如此唐突一问，阿高有些措手不及。

“哟，还没请教您贵姓高名呢？”

“要是不说实话，盂兰盆节的时候，小心阎王爷拔了你的舌头。”那人笑道。

“这怎么话说呢。今儿个和您初次见面，还想请教您大名呢。”

“这是打的什么主意？”

“想知道阁下的大名嘛。”

“再胡扯，力姑娘的脸可就兜不住啦。”

真是好不热闹。两人你来我往地调侃着。阿高趁机问：“我来猜猜官人在哪里高就吧。”

“请吧。”来人说着伸开手掌。

“何须如此劳烦，只消观一下面相，便能略知一二。”阿高一本正经地端详起来。

“好啦好啦，这么盯着人瞧，还不都被你看穿底细啦。再怎么说，我也是一方官员呀。”

“骗人。哪儿有官员当差的时候，出来逍遥的呢。阿力，你说他是做什么的？”

“反正不是什么怪物，”那人哼了一句，从怀中掏出钱包，“猜中的有赏。”

阿力面露笑容道：“阿高，不得失礼。这位可是望门贵族的公子哥儿呢。今儿个是微服出游，哪需要为讨个生计四处奔波呀，根本就不是你能想象的。”

说罢，拾起坐垫上的钱包，对阿高说："把这个拿去，只道是游女高尾[1]给大家的喜钱，让大伙儿都乐呵乐呵。"

不及对方做出反应，她已蹭蹭抽出了几张。

客人兀自倚在柱旁，坐视不管，并无分毫责怪。

"悉听尊便。"心胸真乃宽怀大度。

阿高看得是瞋目结舌。

"阿力，差不多就得了。"

"没关系的。喏，这个你拿着，这个给姐姐，这份多的拿去给账房，剩下的大伙分分。还不快谢了客人。"

这便是小妮子的拿手好戏。阿高也习以为常，不再客气。

"真的可以吗？"还是追问了一句，"那就谢谢您啦。"

阿高收拾起散落的钱，离去。

那人笑道："说是十九岁，哪儿来得这么老练。"

"这可就是含沙射影了。"

阿力起身开了窗，凭栏倚靠，敲着头痛的脑袋。

"你拿什么？不想要钱吗？"

"我自然有想要的东西。有了这个，比什么都强。"遂从他腰带间取出名片，作势接受的样子。

"什么时候拿走的？拿你的照片来交换。"

---

[1] 游女高尾为东京吉原地区的名妓，深受仙台侯的宠幸。

“下礼拜六，您要是能够赏光的话，就一起去拍。”

竟也不去阻拦欲要离去的客人，转到身后，帮他罩上了外衣。

“今天有失礼节，敢等下次光临。”

“这事可是不能拿来戏耍的，开空头支票，可就别怪我不客气了。”那人笑着，昂首阔步走下了楼梯。阿力急忙拿起帽子，从后面追上。

“真也好，假也罢，待你等了九十九夜，[1]岂不一切水落石出。菊之井的阿力，实非墨守成规的女辈，小心哪天我变卦哦。”

听闻客人要走，老板娘偕众姐妹纷纷出来相送，一同拜谢。叫来的车，已等在门外，姐妹们恭敬道别，实是殷勤备至。钱可通神，端的不假。客人一走，大伙儿便把阿力供为财神爷般，敬谢不已。

---

[1] 九十九夜出自世阿弥等创作的能剧《百夜踏访》。故事讲平安时期小野小町因受深草少将的爱意所困，提出若能一百个夜晚来相会，便接受对方。深草少将恪守诺言，夜夜探访，岂知天不随人愿，在最后一个雪夜身亡。

三

此位客人，叫作“结城朝之助”，自诩为纨绔公子，本质却不乏真诚善良。他无业无家室，又血气方刚，正值留恋声色之年。自打上次来过后，一周便要光顾两三次。阿力不觉地也慢慢对他情有独钟，三日不见，便写信相邀。以致姐妹们不无妒意：“阿力呀，你算是有出头之日啦。看人家风流倜傥，出手阔绰，若有朝一日一举成名，你可就是名副其实的夫人啦。所以从现在开始，你就得处处收敛，要学会行必矩布，慢条斯理才成，否则会惹人生厌的。”——有这般揶揄的。

“源七要是知道了，不定会怎样发癫呢。”——有这般讥讽的。

“啊，对了。你瞧这破路，下水道的井盖吱嘎作响，人都不好走，更别说马车了，车都没法停。拜托你们，先把路修好。还有，各位从现在起，也得扳一扳规矩，不然怎么上得了台面。方方面面都得注意才行。”她倒愣是不客气地顶撞了回去。

“哎呀，这话太让人着恼了。你这语气要是不改，怎么做得了夫人。等回头结城来了，瞧我不参你一本，有人能收拾你。”

待见到了朝之助，还真是不客气。“像她这样，我们简直拿她没办法，但您得管教管教了。最起码，看她大碗一端，豪迈痛饮的那个喝法，也有碍于身体呀。”果真告了状去。

结城一听，认真起来，告诫道：“阿力，喝酒可要节制点儿。”

“吼吼，这话可真不像你说的。我阿力之所以能撑到现在，还不都仗着它。若是没了这点儿酒气，宴席间岂不死气沉沉成了一般佛堂。您倒是体谅我一下吧。”

“倒是不无道理。”自此，结城便三缄其口了。

一个月夜，楼下来了一群工人，敲着碗碟随性吼叫，闹闹哄哄。店里大多数姑娘都在那边作陪。照例还是二楼那个小房间，只有结城和阿力两人。

朝之助斜倚在床上，饶有兴致地和阿力说着话，阿力却满腹心事，只是随声附和着。

“怎么了，又头疼啦。”

“没有，头不疼。只是老毛病又犯了。”

“你所谓的老毛病，就是要小脾气？”

“不是。”

“血脉不畅？”

“也不是。”

“那到底是什么？”

“哎，我也有我的难言之隐呀。”

“我又不是外人，有什么不能对我说的。到底生了什么病？”

“并不是生病。只不过就这样，自己老是在胡思乱想。”

“真让人头疼，你好像藏着很多秘密。是你父亲的事？”

“不能说。”

“你母亲的事？”见不答，又问，“还是过去的什么事？”

“没法儿跟你讲。”

“说谎也成，哪怕编个故事都可以。大抵，女人不是都爱诉说自己的各种不幸吗。况且你我二人，又不只泛泛之交，这点事情，说说无妨。就算你不说，心里那点事儿，闭着眼睛想想，都能猜出个八九不离十。可我就是想听你亲口说出来，反正都一样嘛。你先说说，老毛病到底是什么？”

“好啦！那种无聊的事，你听了又有什么用。”阿力愈发不予理会。

恰在此时，伺候楼下客人的一个姐妹端着杯盘过来，凑近阿力耳语道：“好歹下来打声招呼吧。”

“不行，今晚我不想去。你替我挡挡，说我陪客人，喝得酩酊大醉，见着他也说不成话。哎，真烦人。”阿力说着蹙起了眉头。

“就这么给推啦？不好吧。”

“嗨，没什么大不了的。”遂拨弄起了膝上三弦琴的拨片。那女人满脸困惑，离开了屋子。

听脚步声远去，结城笑道：“无需客气，去见见无妨，跟我还如此见外？就这么让心上人徒劳而返，未免太不仁慈了吧。追上去见一面，不然叫他上来，我躲在角落里，绝不打扰。”

“说正经的。结城先生，我觉得总这么遮遮掩掩，也没什么意思。实不相瞒，这人叫源七，以前在街上开了家被褥店，生意还挺红火，很快我们便熟络了起来。可谁承想，如今他一贫如洗，全家大小蜗居在菜店后身的一间小破屋里。他有老婆有孩子，按说也过了寻花问柳的年岁，不知是缘分未尽还是怎的，仍会不时地过来转转，现在就在楼下坐着呢。并非是我现而今突发奇想要甩掉他，只是见了面也是徒增烦恼，不如与他若即若离，让他趁早死了这条心的好。我知道，他肯定会对我恨之入骨，可就算他骂我蛇蝎心肠，也只得随他去了。”

阿力把拨片放在铺席上，稍挺起身，朝街上看了看。

“看到啦？”结城戏弄道。

“哎，好像走了。”阿力不无惆怅。

“你所谓的‘老毛病’，就是这回事呀。”结城不失时机地插了一句。

“嗯，差不多吧。不管是神医或是草津温泉[1]，都爱莫能助。”笑意里夹杂着淡淡的凄惶。

“我倒很想见识一下庐山真面目呢。他像哪个演员？”

“要是见着了，保准吓你一跳。他长得又黑又高，简直就是不动明王本尊驾到。”

“就这样，还能让你动情？”

“但凡能在这种地方散尽家财的人，除了心眼儿好，还能有什么？他这人，既没情趣，也不幽默。”

“那你为什么还上赶着喜欢他呢？这倒很想听听。”结城半支起身子。

“可能我这人太过多情了吧。我对你不也是一样吗？这阵子，没有一晚不梦见你的。有时梦见你有了夫人，有时梦见你再也不来了，还有很多更伤情的梦，醒来枕巾已经泪湿了一片。晚上睡觉，阿高她们倒头便能呼呼大睡，睡得如此之香，好叫人羡慕。可我呢，不管累成什么样，一旦上床，便就清醒了，躺在那里开始胡思乱想。你能察觉出我心事重重，已经实属不易。可我到底在想什么，你又能知道多少！正因为想了也没用，所以在人前，我总装出一副快活开心的模样，以致有客人说：‘菊之井的阿力，也太没心没肺了，简

[1] 相传草津温泉“除相思病外，包治百病”。

直不知什么叫人间愁苦。’或许这便是因果历然吧，其实还有谁比我更惨呢？”言罢，潸然泪下。

“很少见你情绪如此低落。想要安慰你几句，可又不知来龙去脉，倒让人无从是好。要是你真的做梦都会想到我，本该讲给我听，让我娶了你才是，可你却只字未提，这又是怎么回事？老话说‘今生的相遇，皆为前世的缘’，你若是厌弃了这种生活，自是可以与我开诚布公的。我还以为你只是贪恋这种浮华的生活呢。如此说来，你是有不得已的苦衷呀。没必要作何顾虑，尽管说出来。”

“前些日子，想跟你讲的，可今晚怕是算了吧。为什么呢？其实不为什么。我就是这么一个任性的人，自己不想讲，就怎么都不会说的。”

说着，忽地起身，来到了廊檐下。

夜空里，纤云不染，疏星淡月，透出依稀凄凉。看那街上，木屐声起伏回荡，路上行人，看得分明。

“结城。”阿力叫道。

“怎么了？”结城走到她身旁。

“来，你坐到这里来。”伸手去拉他。

“看到水果店前，那个买桃子的小孩了吧。可爱吧，才四岁。是刚才那个人的孩子。别看他年纪还那么小，已是恨得我咬牙切齿了，见到我就‘鬼姐姐鬼姐姐’地叫。你说我有那么坏吗？”

阿力仰望夜空，无奈地叹息一声，声音里的情绪，似是无法压抑，一派愁云惨淡。

四

新开地的尽头，有两家铺子，菜店与理发店几乎屋檐相连。细窄的巷子，如若逢上雨天，撑开伞恐怕都不容错身。还得小心着脚下，不要陷进阴沟盖板的洞眼里。夹道两旁，尽是些老旧的杂院。紧里头的垃圾堆旁，有两间九尺宽的破屋子，玄关处的横框已腐朽不堪，门窗总是关闭不牢。索性这片区域不止一个出口，地势又相对较高，三尺宽的廊子前，尚有片杂草丛生的空地，圈起来，种了些紫苏、翠菊，四季豆枝蔓缠绕，在竹篱上牵丝攀藤。此地，便是阿力的相好，那个源七的家。

源七的老婆叫阿初，年纪在二十八九，穷困所致，看上去更似还要老上七岁。染黑的牙齿颜色已经脱落，眉毛也不作修饰，任其滋长。洗得掉色的鸣海[1]浴衣，亦是颠倒了前

[1] 鸣海为名古屋地区的一种染花布料。

襟后片，翻过来再穿。膝盖处的破绽，则针脚细密地缝了起来，让人不易察觉。她腰上麻利地缠了条细带，正在忙着编织鞋面，以补贴家用。每到盂兰盆节的暑热时分，这东西都是热销货品，她也顾不得大汗淋漓，加班加点儿地赶制着。为了节省每一刻时间，她索性把备好的藤条从顶棚上垂吊下来，只盼着能多做一双鞋。她全神贯注地盯着手里的活计，可怜哀哉。

"这么晚了，太吉怎么还没回来？源七又跑去了哪儿？"

她独自低喃着，停下手上的活，吸了口烟，眨了眨酸胀的眼睛。又低下身子，拨弄了一下茶壶底下的炭灰，取出块炭，放进熏蚊虫的火盆里，再把火盆移到了三尺宽的廊子上。她拾来一些杉树叶子，覆在上面，呼呼吹了两下。很快，盆里冒起了白烟。瞬时，成群的蚊子飞窜向檐前，嗡嗡声惨烈欲绝。

恰在此时，太吉咔哒咔哒踩着沟板回来了。

"娘，我回来了。我把爹爹也带回来了。"孩子的声音从门口传来。

"怎么这么晚。以为你去寺庙山了，知道娘有多担心吗。赶紧进屋。"太吉走在前面，源七无精打采地跟在后面也进了屋。

"哎呀，他爹也回来啦。今天太热了吧，就猜到今天你能早回来，老早就把洗澡水烧好了，赶紧去冲个凉吧。太吉，你也去洗一下。”

“嗯。”孩子应了一声，解开腰带。

“等等，娘先试一下水热不热。”

阿初把盆放到水池边，从锅里舀出些热水，在里面搅了搅，放下毛巾：“好啦。你跟孩子一起洗吧。怎么这么没精打采，不是中暑了吧？没事儿的话，就先洗个澡，再喝上一杯，舒舒服服地吃晚饭。太吉还在那里等着呢。”

“哦，知道了。”

被一提醒，他才像猛然惊觉般解开腰带，准备去洗澡。往日的记忆并未走远，他做梦也不曾想到，自己竟会站在这只有两间的九尺破屋里，居然还要在厨房里洗澡，而且得做小工，给人推板车。父母生养自己，可不是来过这种日子的。哎，竟在那里做什么白日梦呀。想得出了神，居然忘记了洗澡。

“爹，帮我擦擦背吧。”天真的太吉催促着。

“他爹，小心让蚊子叮了，赶紧洗完出来。”阿初从旁提醒着。

“知道了。”

源七给太吉洗好，自己也冲洗了一番。待一出来，阿初已拿来一件洗干净的浴衣，让他换上。

他系好腰带，坐到通风凉快的地方。阿初摆上了一个桌脚松动、掉了漆的旧饭桌。

“今天有你爱吃的凉拌豆腐。”

碗里盛着豆腐，紫苏飘香。不知何时，太吉已把饭锅从灶台上搬了下来，嘿呦嘿呦地端过来。

“小东西。过来，坐爹这儿来。”源七爱抚着太吉的头，拿起了筷子。可他心事重重，食之无味，难以下咽。

“不吃了。”遂放下了碗。

“那怎么成，干体力活的，三餐不吃怎撑得住。哪里不舒服吗？还是累过头了？”

“没什么。哪儿都没问题，就是吃不下去。”

听他如此一说，阿初神色黯然道：

“不会是又犯老毛病了吧？菊之井的饭菜虽香，可你现在的处境，去想那些，又有何奈。人家做的是买卖，只要你拿得出银子，依旧会像从前那样招呼你。你往街上走走，看了便知，瞅她们一个个擦脂抹粉、穿红带绿的，专是为了勾引男人的。管他张三李四是谁，只要能把人迷得团团转，这便是人家的营生。你只消想想‘我成了穷光蛋，她们便对我爱答不理了’，心里不就豁然啦。但凡你要心存怨恨，就说明还是与那里藕断丝连。后街那个卖酒的小伙子，你该知道吧？被二叶屋的阿角迷得神魂颠倒，把收来的钱全用在了那个女人身上，为了堵上亏空，跑到雷神虎的赌局上，不仅名声扫地，还染上了坏毛病，最后竟跑去仓库偷东西，被关进了监狱，在里面吃上了牢饭。可人家阿角呢，却安然无事，依然开开心心地过她的好日子，也没人去指责她，生意反倒愈发兴隆了。仔细想来，那就是她们惯用的伎俩。被骗上当，到头来还不都是自己的过。竟想那些个没用的。与其在那儿胡思乱想，不如振作起来，好好干活，多挣点儿钱。你要是这么消沉下去，我和孩子还有什么指望，说不定哪天要上街讨饭去了。拿出个男子汉的样儿来，当断则断，什么时候待你发了迹，别说阿力了，什么小紫、扬卷，[1]想要金屋藏娇，还不都是随着你的意。别再胡思乱想啦，好好吃饭！看，连孩子都愁眉苦脸的。”

再瞧那孩子，果是把碗筷搁在一旁，来回打量着父母，一副摸不着头脑的样子。有这么一个宝贝儿子，还忘不了那个狐狸精，真是造孽呀。阿初想到此处，不觉心头一紧，暗自咒骂了一句：“懦夫！”

“你以为我真那么傻吗？别再跟我提阿力了。一提起她，就让我想起以前做下的那些蠢事，头都抬不起来。到了现在

[1] 两人皆为吉原的名妓。小紫因与白井权八的艳闻而出名，扬卷因歌舞伎剧目《助六》为世人所知。

这地步，你以为我还在乎那些吗。不想吃饭，只不过是身子有些不得劲儿。别操心啦，赶紧忙乎孩子吧。”

说罢，倒头躺下，那扇子在胸口吧嗒吧嗒扇个不停。蚊香的烟，虽是没呛到他，倒是那烦忧惹得他燥热难耐。

五

“白鬼”这名字，拜何人所赐？她们是无间地狱里一道难以形容的景致。虽看不出哪里设了陷阱，可你就是不知不觉跌入了血池，被追债者逼上了铁刺林，这便是她们的手段。“进来坐坐吧。”那娇声细语，堪比吞蛇的野鸡雏鸣，使人不寒而栗。[1]

然而，她们也是怀胎十月被产下的，同样吸吮过母亲的奶水，也有过咿咿呀呀的可爱童年。若给她钞票和点心，让她来抓阄，她定会伸出小手向你要那点心。虽说现在干着卖笑的生意，说不上有多么真诚，可百中一人，总会流下真诚的泪。

“你听我念叨念叨吧。染坊的阿辰，昨天居然又跑到川

---

[1] 此处引用松尾芭蕉的俳句“食蛇闻雉鸣，使人陡然惊”。

田屋，跟阿六那个小贱货调情去了，简直太不像话啦。大庭广众之下，两人打情骂俏的，你说像他这样整天只会在外面沾花惹草，我俩还能有什么希望？自己也不想想是什么年纪了，前年都三十岁了。每次见到他，我都提醒他：‘该收收心了，是该成家立业的时候了。’他就只是嗯嗯地嘴上答应你，根本没往心里去。他爹年纪大了，娘又眼睛瞎，按说早该安下心来才是。别看我是现在这种身份，可一样还是会给他洗衣缝补的，而他却总是安定不下来，这是要等到什么时候，才能把我领进门呢？一想到这些，我就不胜其烦，连招呼客人的心情都没有了。啊，烦死了。”

平日里占尽口舌之辩，却也有常人的心酸。强忍住头疼，苦思冥想。

“啊，今天是盂兰盆的送魂日[1]呀。瞧那些孩子，身着盛装，拿着零钱，兴高采烈去寺院祭祀，准是父母双全，有出息人家的孩子。可我儿子与太郎呢，即便今天主人家准了他的假，随他去哪儿都行，他也不论怎么玩，都只有羡慕别人的份儿。他爹嗜酒如命，居无定所，他娘又沦为烟花女子，浓妆艳抹，即便他知我身在何处，也断然不会前来相见。去年与人结伴同游，在向岛赏樱，自己梳着大圆髻，打扮得像

[1] 即七月十六日，盂兰盆节的最后一天为传统的送魂日。

个小媳妇一样乖巧。在堤上的茶室里，与那孩子不期而遇，我连忙招呼，可他见到眼前半老徐娘却故作俏丽的我，却是惊呆了。‘是娘吗？’吞吞吐吐半天才醒过味来。更别说，倘若再让他看见那大髻子上插个炫俏的花簪，拉着男人在那里打情骂俏的我，不知得伤心成什么样子。去年碰到他时，他跟我说：‘我在驹形的一家蜡烛店里找了个差使，再怎么苦，我都会忍下去，等到什么时候能独当一面了，一定要让爹娘过上好日子。在这之前，请您务必找个正经活儿，清心寡欲，千万不可随意嫁人。’可怜我一个女人，靠糊些火柴盒，也过不了日子呀，去给人帮佣吧，身子又羸弱，使不上劲儿来。一样的苦日子，不如挑个省力的差事，就这么浑浑噩噩地过吧。说到根本，我也并非与生俱来的轻浮，可有我这么一个丢人现眼的娘，那孩子准是万般无奈吧。平日里习以为常的岛田髻，今儿个看起来，却让人无地自容。”

夕阳下，那人独坐镜前，涕泪交零。

菊之井的阿力，也并非恶魔转世，种种缘由交集于身，才不得已流落至烟花巷里，凭着花言巧语，靠着卖笑来讨生活。有道是情薄如纸，但有时也会像萤光一般，偶露光华。她自来有泪从不轻弹，即便看到有人因己而死，也只是撇过头去，吞声忍泪地说一句“请节哀”。纵然如此，人也总有难过、恐惧的时候，想要宣泄，又羞于在人前落泪，只会独自躲到二楼小房间的神龛后，低声哀泣。即便心里再难受，她也不愿与姐妹倾诉苦衷。人们只道她生性坚强，却哪里知道，那蛛丝般的神经，脆弱得不堪一击。

七月十六日夜晚，家家都客满为患，艳曲小调不绝于耳。菊之井楼下的房间里，五六个领班模样的人聚在一起，五音不全地哼着《纪伊之国》的江户小调，更有人扯开破锣嗓子，拿腔拿调地唱起了“霞之衣，衣纹坂”[1]。

“力姑娘，今儿个是怎么啦？把心事说出来给大伙儿听听。来一个，来一个。”

被那一逼，只得念了一段：“莫看奴家不点名道姓，他却是那坐中一人。”

引得大家哄堂大笑，一片喝彩。接着唱道：“奴家的相思，好比那细谷川的独木桥，想要过吧心慌慌，若是不过……”

没等唱完，忽地像想起了什么。

“哎呀，奴家这厢失陪了，多有得罪。”放下三弦琴，起身离去。

“去哪儿呀，别走呀。”众人一阵骚乱。

---

[1] 此句出自《北州千岁寿》。曲中描写吉原地区四季的风物人情。衣纹坂，乃江户新吉原从日本堤至大门之间的一条坡道。因新吉原盛名在外，所来嫖客多在此处修补和服的衣襟（衣纹），因而被称为衣纹坂。

“照姑娘，高姑娘，替我照看一下，我去去就回。”说罢，匆匆来到走廊，头也不曾回一下，在门口趿拉上木屐，径直消失在对面巷子的黑暗里。

阿力一溜烟儿地跑出了家门。心想：

“如果可能，我真想这么一直跑下去，跑到天涯海角去。啊，烦死了，烦死了。到哪儿才能找到一个没有声音的地方呢？安安静静，放空自己，一念清净。我何时才能摆脱这无聊、枯燥、乏味、可悲、不安的人生呢。这就是我的一生吗？我的一生就是这样的吗？啊，不行！不能这么过！”

她倚在路边的树上，发了会儿呆。刚才自己的歌声，恍若从何处飘来。

“想要过吧心慌慌，若是不过……”

“有什么办法，看来这独木桥是非走不可啦。爹是过桥时一脚踏空掉下去的，听说爷爷也是如此。背负了几代人的怨恨，正所谓父债子还，欠的债终是要还的，否则想死都死不掉。一味的怨天尤人，又有谁会同情你。但凡露出些凄惨，人家只道你是厌弃了这行生意。罢了罢了，管它如何，听天由命吧。冥冥之中，自有安排，想得再多也没用，还是做回那原先的菊之井阿力吧。去计较那些人情世故有什么用，想都不要去想，再怎么想，都是无济于事。看看我这残败的前世今生，凭你怎么挣扎，也无法与常人相比，比来比去，最后只是落得一个徒增烦恼。啊，太丧气了！我站在这里干嘛呢？我怎么会跑到这里来？笨蛋！又在抽风！真搞不懂是怎么回事。好啦好啦，回去啦。”

走出阴暗的巷子，便是摊位林立的夜市，阿力一时兴起，在喧腾的街道上闲逛起来。纷纷籍籍错杂中，路人愈加渺小，擦肩而过的脸，亦愈发遥远，脚下的地面，仿佛升高了丈尺，嘈杂的人声虽然可闻，却如井底回音，模糊不清。人声归人声，我念归我念，互不相干。这一刻的心念，不再被任何所左右。即便走过围观夫妇吵架的屋前，亦如广步于草木摇落而变衰的原野上，心如止水，万事皆空，万物皆无。何不成是丢了神智，要发狂不成。遂站定在路旁。

“阿力，这是要去哪儿？”忽觉有人拍了一下她的肩。

六

“十六号那天一定要过来。”自己说过的话，竟忘得一干二净。

与朝之助的不期而遇，让阿力颇感意外，失了往常的淡定。见她狼狈之态，结城不禁哈哈大笑，引得她满面娇羞。

“一路走，一路想着心事，无意间让你撞见，有点儿慌了神。谢谢你今晚来看我。”

“都约得那么死了，你还不等我，太没诚意了。”结城责怪道。

“随你怎么说，稍后再解释。”遂挽住了他的手。

“当心叫人起哄。”结城提醒她。

“管他别人怎么说，咱们走咱们的。”拉着结城穿过人群。

楼下的客人还没走，依旧是闹闹哄哄。对于阿力的中途离席，大伙正议论纷纷，颇觉扫兴。忽闻门口有人嚷了一句：“哎呀，回来啦。”

“哪儿有把客人晾在那里不管的。既然回来了，就到这儿来。不来的话，我可不答应。”

要哪门子威风，阿力可不吃这一套，充耳不闻，拉着结城，径直走上了二楼。

“今天晚上还是有些头疼，没法儿陪大家。扎在人堆里，恐怕被酒味熏着，不定会做出什么出格的事来。容我休息一下，稍后再说。今晚就对不住了。”她托人稍了个话去。

“这样合适吗？人家不会生气吗？闹起来可就麻烦了。”结城不无担心。

“怕什么。都是些生瓜蛋子，能闹出什么花儿来。要闹随他们闹去。”

吩咐丫头备好酒菜，不等置齐，便迫不及待地说：“结城先生，今晚我碰到些不愉快的事，心里有些不痛快，你陪陪我，咱们一醉方休。求你，千万别劝我，让我喝个痛快。要是我醉了，多少还要劳烦你了。”

“还真没见你喝醉过。你尽管放开了喝，到时不会又头疼吧？谁敢在太岁头上动土，说来听听。”

“正想跟你聊聊呢。不过醉了才能说，到时候你可别见怪哦。”言罢，嫣然一笑，拿起大杯，一饮而尽，连干下两三杯。

那结城的风采，往日里并不曾留意，今夜看上去，却如此与众不同。高大俊朗的外形，沉稳有力的声调，还有那炯炯有神的目光，仿佛能洞穿对方一样，给人以威严之感，又使人意乱情迷。浓密的短发，修剪得干净利落，发际处轮廓分明。阿力仿佛头次见到一般，痴痴地看着。

“发什么呆呢？”

“看你呢。”

“你这家伙。”

被他一瞪，阿力笑道：

“哎呀，好可怕。”

“你还有闲心开玩笑。今晚怎么搞的，状态有些不对啊。也许我不该问，可到底发生了什么事？”

“哪儿有什么特别的事情。跟人闹个别扭，那不是家常便饭吗，我才不把它当回事儿呢，更何谈那些鸡毛蒜皮的小事。我这人，动不动就会喜怒无常，跟别人没关系，实在是因为自己心里太过沉重。我出身卑贱，你来自名门，我说的话，到底你能理解多少，就不得而知了。不过无所谓，如果你觉得可笑，就当作笑话听吧。今晚我会毫不保留地把所有心里话都讲给你。不过该从哪里说起呢？心里烦乱，害得嘴巴都不利落了。”说着，又大口大口地痛饮起来。

“首先，我承认自己是个自甘堕落的女人，本来就不是什么娇生惯养的千金大小姐，想必这点你自是清楚。说好听了，是出淤泥而不染，可干这行的女人，你若是洁身自好，别说生意昌盛了，恐怕都没个人来光顾。而你却是与众不同。来这里的客人，大抵都是为了找乐子。有时候我也会想象一下那些平凡人的生活，那种生活，不会让你当众出丑，也没有什么苦中作乐，更不至于让你焦头烂额。这么想来，不如干脆嫁个好人，相依为伴，身居陋室，让自己安定下来。可是想归想，终究是做不出来。虽说如此，对来客，又不能不理不睬，满口竟是些好可爱呀、想你啦、爱上你啦之类的，整天就是这么信口胡诌。其中真有些人会当真，居然还有想娶我这种人做老婆的。真嫁给他，就能开心了？一起过日子，就能了了心愿啦？这些我自己也搞不明白。说起来，打从一开始，我就喜欢上了你，一日不见，竟叫人牵肠挂肚。如若你开口说要娶我，又会怎样呢？自己既不喜欢被束缚，不在一起又会想念，归根结底，我就是那种水性杨花的人。这一切究竟是谁造成的呢？我们家，累世三代家道不济，爹也是受了一辈子的苦。”

说着，眼里转着泪花。

“你父亲是做什么的？”

“爹爹是个手艺人。很小的时候，我就常听爹讲起爷爷的事情，每每都是唉声叹气。爷爷是个识文断字的人，跟我一样，有些痴狂。他写过一些无关痛痒的文章，却被当局明令禁止出版，使得他郁郁寡欢，绝食而亡。他出身寒门，十六岁开始只身笃学，可终是到了六十岁，仍旧一无所成，到了儿，还成了旁人的笑柄，如今连个名字都没人记得。爹呢，三岁时从房上摔下来，跛了一双脚。他羞于在人前露面，便躲在家里摆弄些五金件。他是个心高气傲的人，不喜与人打交道，自然也不会有什么主顾上赶着来关照。记得我七岁那年冬天，寒冬腊月里，我们一家三口还都穿着薄旧衫。爹像是不知冷暖一样，依旧靠着柱子，忙着他手里的活。娘在缺了一只脚的炉灶上支了口破锅，让我去买米。我拿上篮子，手里攥着钱，兴冲冲地赶到了米店。回家的路上，冻得浑身发抖，手脚冰凉。眼看再有五六间屋子就到家了，不想一脚踩到沟板上的冰，脚底滑了一跤，摔倒了，手里的东西也掉了出去。有道是无巧不成书，恰好那里缺了一块沟板，只有眼睁睁地看着哗啦啦撒下去的米。下面的水沟里，淤满了泥污，我看了又看，可该怎么捡起来呢。虽说那时候我只有七岁，可家里的状况、父母的心情，又怎能不懂。自然不能拎着空篮子回家，说半路上把米给撒啦？我站在当地，不知所措地哭了起来。期间，没有人过来问问是怎么回事，更何谈有谁过来替我买米了。倘若附近有条河或是池塘，恐怕我早就跳进去了。回想起当时的情形，简直不堪言状。也就是从那时开始，我变得喜怒无常了。看我久久不归，娘便出来寻我，把我带回了家。娘一句话不说，爹更是不开口，没有一个人训斥我，整个屋子都死一般沉寂，间或传来的那一声叹息，简直让人难受得如坐针毡。'今天都饿一顿吧，没饭吃。'直到爹说出这句话，我才终于喘上了一口气。"

说到此处，阿力终于忍不住泪流满面，拿出一方艳红的手帕，掩住了面，嘴里咬住一端，半晌没有开口。屋里玉液香飘，寂然无声，唯有趋香而来的蚊虫，嗡嗡作响。

再抬头，泪痕如故，咽泪装欢。

"我就是这么一个穷家女，祖辈传下来的疯癫，时不常会跳出来发作一下。今晚跟你说了这么多莫名其妙的话，扰你耳根清净了。好了，就此打住，若是惹你不开心了，还望包涵。叫个人过来热闹热闹吧。"

“跟我客气，可就见外了。你父亲是很早便故去了吗？”

“是呀。娘得了肺结核，饱受折磨，不治而终，没过一年，爹也跟着去了。要是活着，现在也不过五十。其实并非自夸，我爹那手艺，才叫鬼斧神工呢。可惜啦，纵使他名声再大、技艺再精湛，又有什么用，我们这样家境的人，是没有出头之日的。我不就是摆在眼前的例子吗。”愁闷悲思，别是一番风情。

“你想出人头地？”

这话问得出其不意，阿力倒是一愣。

“我这种人能指望什么，顶多是粗茶淡饭围着灶台转，哪儿能指望飞上枝头做凤凰呢。”

“撒谎也得分人吧。我早就看穿你了，再遮掩的话，可不够意思了。我觉得你大可放开手脚，任意而为。”

“哎呀，竟说些风凉话。我这种人，还能怎么着。”

阿力复又颓然，再次沉默。

幽夜苍茫，楼下的客人不知何时已散去，街上下门板之声隐约传来。朝之助猛然惊觉，急欲离开，可阿力却不放他走：“今晚就别回去了。”偷偷藏起了他的鞋。脚下没鞋，自是不能像幽灵般从门缝里飘出去。这夜只得留宿于此。

关门上锁，一阵骚乱。少顷，门缝里透出的烛火光影渐渐淡去。唯闻屋檐下，回荡着巡警的脚步声，步履铿锵。

七

“事到如今，总想这些还有什么意义。忘了吧。彻底死心吧。”

尽管心下已打定主意，可又是一年盂兰盆节，想到去年此时节，两人还穿着同款浴衣，到藏前参拜，便提不起了半点精神，无力出去谋事。

“我说，你老是这样子不行呀。”老婆的警告，让人不胜其烦。

“好了，闭嘴吧，能不能安静点。”说着，躺了下去。

“我闭嘴？那日子还过不过啦。要是不舒服，就吃点儿药，再不然，就去看大夫。可我知道，你这病跟那些都没关系，你这是心病。提起点而精神来，我看你还能有什么病。你就清醒清醒吧，该干点儿正经事儿啦。”

“翻来覆去就是这几句话，耳朵都快磨出茧子了。哪有治心病的药！给我打酒去，一醉方休，才可消愁。”

“要是买得起酒，还用得着我在这里苦口婆心求你去干活吗？我能接到点零活已实属不易，从早忙活到晚，充其量也就挣个一毛五分钱，一家三口连碗粥都喝不饱，哪儿有钱给你买酒，适可而止吧。这都盂兰盆节了，昨天连个糯米团子都没能给孩子吃上一口，祭祖的贡品也摆不出来，只有点盏心灯，慰藉先祖道个歉罢了。你以为这些都是怎么造成的？还不都是因为你自己干的那些蠢事，被个阿力迷惑得五迷三道！说句不该说的，你呀，就是不慈不孝。你也替那孩子想想，好好做人吧！借酒浇愁，图的只是一时之快，不从根儿上解决，心里依旧是无法平静的。”

老婆那厢费尽口舌，源七却是一声不吭，偶尔无奈地长叹一声。他仰面朝天躺在那里，一怀愁绪，黯自神伤。

“到了这般地步，还忘不了那个阿力吗。我跟了你十年，孩子也替你生下了，你给我的却只有无尽的操劳。孩子穿得破衣烂衫，家里住得像狗窝，处处遭人白眼，被人另眼相看，这也就罢了。每到春分、秋分，东邻西舍无不互赠牡丹饼和萩饼，许是别人的好心吧，都说：‘我看源七家就算了吧，让他们还礼，太难为人家了。’可这一排十家的连檐房，就只有咱们一家，被人区别对待。你一个男人成天在外，区区琐事，自不挂怀，可我是女人，这种愁闷无从消解，只觉得心下难过，感到无尽的悲哀，脸都没处搁。邻里人家，每天抬头不见低头见的，我处处夹着小心，看人脸色，这些你都替我想过吗？可你呢，满脑子只有那个女人，人家对你翻脸无情，你却仍是念念不忘，日夜梦牵魂萦地念叨着她的名字，老婆孩子都忘得一干二净了吗？难道你活着，就是为了她一个人吗？真是可怜可悲又可恨！”

阿初哽咽无语。怨恨的眼里闪着泪花。

二人均是闭口不言，逼仄的屋里，显得格外清冷寂静。天色昏暗下来，把本就残败的陋室，营造得愈发阴气森森。阿初点上灯，又燃起了蚊香，惴惴不安地望了望门外，正看到太吉蹦蹦跳跳地从外面回来，手里还抱了一个诺大的袋子。

“娘，你看，人家给的。”

见他欢天喜地地跑进门，一看才知，是新开业的“日出”糕饼店的点心。

“哟，这么好的点心，谁给你的？好好谢过人家了吗？”

“嗯，我好好谢了才收下的。这是菊之井的鬼姐姐送的。”

听罢，那当娘的脸色立刻拉了下来。

“太不要脸啦！把人祸害成这样，还觉得不够吗！现在反倒在孩子身上打主意，想用孩子让他爹回心转意吗。她怎么跟你说的？”

“我正在街上热闹的地方玩呢，她和一个不认识的叔叔过来，说给我买点心，让我跟他们走。我说不要，她就抱了我去买。这点心不能吃吗？”

孩子当然不懂为娘的心，瞅着娘的脸，有些迟疑。

“虽说你年纪还小，可好坏总该分了吧！那个姐姐不是鬼吗！把你爹变成了一个大懒虫，你没衣服穿，没家住，不都是那个鬼姐姐干的吗。那是个贪得无厌的魔鬼！你竟然还问这点心能不能吃？太没出息了！这么脏的东西，放在家里都让人作呕，扔出去！赶紧给扔出去！你舍不得扔是吗？小混蛋！”

嘴里骂着，抓起袋子，一把扔到了屋后的空地上。点心从破了口的纸袋里掉了出来，滚过了竹篱，掉进了水沟。

源七忽地起身，大喝一声：“阿初！”

“有何贵干？”

阿初头也不回，斜睨着他。

“太过分了吧！不理你，你倒还来劲了！竟在那儿满嘴的胡说八道！人家知道那是我的孩子，买些点心有什么大不了的，孩子收了又有什么问题！居然敢骂孩子混蛋！你这是指桑骂槐吧！当着孩子面诽谤他爹，谁教你这么当老婆的！阿力要是鬼，你就是恶魔。生意人撒谎，那是尽人皆知的，可没听说过哪个做老婆的，能随随便便赌气甩脸子！别管我是做小工的，还是推板车的，老子是你男人，自然有做你男人的权利，看不惯的话就滚蛋！爱去哪儿去哪儿，滚！臭婆娘，不识好歹的玩意儿！”

源七劈头盖脸一顿恶骂，阿初哭了起来。

“这样说太不讲理了。你太敏感了。怎么就影射你了？本来我就看阿力不顺眼，加上这孩子又不懂事，训斥他两句，你就赶我走，太过分了吧。说那么几句过头的话，还不都是为了这个家。真想走的话，这种苦日子，谁还会忍到现在。”

“受不了这种穷日子，随便你爱去哪儿去哪儿。这个家没有你，我照样不会去讨饭，太吉也不见得就没好日子过。一天到晚除了数落我，就是吃阿力的醋，老子听够了，真他妈烦透了。你要不走，我带孩子走，反正都一样，就这么两间破房子，谁稀罕。这样不正合你意，想怎么骂就怎么骂。说吧，是你走？还是我走？”源七狠巴巴地甩下一通话。

“这么说，你真想休了我吗？”

“这不是明摆着吗！”今天的源七，与往日判若两人。

阿初心里好生委屈，一阵心寒，只感觉眼前的男人太过无情。强自忍住了泪水，一时间竟说不出话来。

“是我不好，请原谅我吧。千不该万不该，不应该把阿力好心相送的东西扔出去。就像你说的，如果阿力是鬼，我就是恶魔。这种话，以后我绝不再说了，我发誓。从今往后，我再也不说阿力了，也绝不在背地里说她坏话，求你千万别把我休了。倒不是说又重提旧话，可你知道，我举目无亲，还是老管家做媒，把我嫁给了你。如果就这样把我休了，我便真就无处安身了。请你原谅我，让我留下来吧。即便你恨我，可看在孩子的份上，也让我留下来吧。求你了。”

阿初两手置地，哭倒拜伏。

“不行！留下你，没那么容易！”

说罢，转向墙壁，对阿初的恳求无动于衷，不发一语。

他原本不是这种寡情薄意的人，这使得阿初大感讶异。难道给女人勾了魂，竟就能变得如此无情啦。既然让老婆伤心都无所谓，恐怕孩子饿死了，他也不在乎呢。看来自己再怎么道歉，都是无济于事了。遂把太吉叫了过来：“你是想跟着爹，还是跟着娘，说实话。”

“我不喜欢爹。爹从不给我买东西。”真就是童言无忌。

“那娘去哪儿，你就去哪儿吗？”

“嗯，我跟着娘。”孩子满不在乎地应声道。

“听到啦？太吉说他跟我走。想必因为是男孩，你也舍不得，可说什么我都不能把他留给你，我要带他一起走。听到了吗？他跟我一起走！”

“随你便。孩子我不要了，爱带哪儿带哪儿去。这个家，还有这些家具都不要了。想怎么着，随便。”

源七依旧躺在那里不动，头都不曾回一下。

“什么家呀、家具的随我拿，说得倒好听。从今往后，你就光杆儿一个了，爱怎么折腾就怎么折腾吧，逛窑子也好，干什么都行，尽管放开手脚。唯独这儿子你休想再要回去。我绝对不会给你的。”

保险起见，阿初再次强调了一遍，遂打开壁橱，拿出一个小包袱。

“这是孩子的睡衣、肚兜和腰带，我只带走这些。刚才那番话，又不是酒后戏言，自然也不指望你清醒的时候再反悔。不过我还是劝你一句，日子再怎么穷，父母双全，有一个完整的家，才是子女最大的福气。你就不曾为太吉想想吗？我们一旦分手，那孩子便就只有单亲了，可怜的是儿子。哎，像你这种六亲不认的人，怎么懂得孩子的可爱。好啦，我们走了。”阿初挎起包袱，走出了家门。

“滚！给老子滚得越远越好。”

竟连一个挽留也不曾有。

八

盂兰盆节过去没几日，盆灯影影绰绰，摇着寂寞的光。

新开街里抬出了两口棺材。一具放在轿舆上，一具由脚夫扛着。轿舆是从菊之井后院悄悄抬出去的。路上行人议论纷纷。

“真想不到，那孩子命太苦了。让那种家伙看上，真是可怜。”

“哪里。听说是两厢情愿的。那天傍晚，有人在寺庙山上看到他二人说话呢，有人为证。女的也动了感情，给男的一逼，再怎么着于情于理也没法拒绝吧。”

“那种女人懂什么感情。洗澡回来，正撞上男的，想必也走不脱了，只好和他走在一处说话。那一刀是从背后砍的，脸上也有伤，脖子上也被刺了一刀，到处是伤呀。准是想逃走时被砍的。不过话说回来，那男的给自己来的剖腹，手法倒是干净利落。他开被褥店的时候，还真没觉得他这么有男子汉气概，死得倒是挺有气节，让我刮目相看。”

“不过这下菊之井可损失惨重了。听说那孩子的靠山很不简单呢，放走了一条大鱼，怪可惜的。”有人幸灾乐祸。

诸般纷纭，无休无止。对于死者来说，此恨难平。

相传，偶尔有人会在寺庙山的小丘上，看到一道光弧破空划过。不知那是鬼火，还是别的什么？

初刊于《文艺俱乐部》

明治二十八年（1895年）

十三夜

上

平日里，阿关总是坐着那辆威风凛凛的黑漆包车回娘家。“听，门口有车停下来了，怕是闺女回来了吧？”二老慌忙迎出门。而今晚，她连街上的洋车都没拦一辆，独自悄然回了家，站在了格子门外。屋里传来父亲洪亮的嗓门：“我真是个有福之人呀。孩子们孝顺听话，不使人操心，街坊邻里更是人见人夸。说白了，没有期望，便不会失望。真是谢天谢地。”

“一定是在和母亲说话呢。哎，二老现在一无所知，还能那么喜笑颜开，叫我有何颜面开口请他们替我要休书呢。一顿责骂总是免不了的。如今有了太郎这孩子，虽说已经考虑再三思想清楚了，才能连孩子都不顾，就跑了出来。可想到此事要惊动二老，让他们的欢喜化为泡影，却让我如何是好。不如作罢，现在回去。回去，依然是太郎的母亲，依然是原田家的夫人。有个奏任官[1]的女婿，二老还能以他为荣，得意一番。自己再省省，也能给他们买些合口的东西，时不常又能给他们些零花钱，岂不很好。可相反，如果离了婚，不仅太郎要尝尽继母的苦头，二老恐怕也会颜面扫地，在人面前抬不起头来。何况人言可畏，兴许就是自己的一念之差，断送了弟弟的前程。回去吗？回去吗？回到那个恶毒的丈夫身边吗？回到那个卑鄙、恶毒的丈夫身边？哦，不，不能回去。”

想到此处，她浑身战栗，虚弱地靠在了格子门上，发出咣当一声响。

“谁呀？”父亲一声大喝，想必以为是路边哪个捣蛋鬼在恶作剧。

外面传来吃吃一笑，甜甜地答道：“爹，是我。”

“啊，谁呀？”随即拉开了纸门。

“哎哟，是阿关呀，傻站着干吗？怎么这么晚才来？车呢？女佣没跟来？好了好了，赶紧进屋说话。来得这么突然，真让爹有些措手不及。别管那个门，我来关。快进屋，坐到有月光的地方去。来，坐在垫子上，到垫子上来。榻

---

[1] 旧官制时，相较于天皇敕任，奏任官是由总理大臣任命的三等以下高级官爵。

榻米太脏了，早跟房东说要换新的，可总推说工人不得空。自家人别客气，不要脏了衣服才是真的，把这个垫在下面。哎，怎么这么晚才来？家里一切都好吧？”

父亲仍是一如从前，把她当作夫人，亲切地嘘寒问暖，这让阿关如坐针毡，不觉强忍了泪说：

“托您的福，全家大小一切安好。好久没来看您了，您和娘都好吧？”

听女儿一问，父亲哈哈大笑着道：“我嘛，连个喷嚏都不曾打过。你娘有时候气血不畅，会闹个小毛病，盖上被子，躺上半天也就好了，没什么大不了的。”

“怎么不见亥之？今晚他去哪儿了？这孩子还努力吧？”阿关问道。

母亲端上茶，满脸喜色地道：“亥之去夜校了。托你的福，前些日子还给他加了薪，科长也器重他，让我们大大松了口气。用你爹的话说，咱们能过上现在的好日子，还不都是因为有了原田这么个好女婿。你也是个懂事的孩子，今后还要好好照顾原田先生才是。亥之这孩子你是知道的，从来就是个拙嘴笨腮的人，见了面，除了几句寒暄话，多的说不出来，只能劳烦你从中撮合，传达一下我们的心意，亥之的前程就靠他了。现在正是换季的时候，容易生病，太郎还是那么活蹦乱跳的吗？今晚怎么没带他来，外公天天念叨着他呢，带回来让我们见见。”

听罢，阿关更是心下凄然。

“本想带他来的，可那孩子习惯早睡，老早就睡下了，只能作罢。他呀，整天就知道调皮捣蛋，从不听话。一出了门，就跑得无影无踪，回到家里，又成天黏着我，简直拿他没办法。你说这孩子怎么那么让人操心呢。”

说到这里，不由得想起了儿子，差点儿落下泪来。心想：“刚才狠下心来，才把他留在家里，现在恐怕已经醒了，四处喊娘呢，一番哭闹在所难免，害得下人们必定又是一阵手忙脚乱，拿着糖果、饼干不停地逗弄。哄不住了，怕还是要拿喂小鬼的话来吓唬他的。唉，可怜的孩子。”

她真想放声大哭，可看到二老那满脸的喜色，却又不忍说出口，赶忙猛吸了两口烟，强装干咳，偷偷用袖口拭去了泪。

“今天是旧历十三夜[1]，虽说是个旧风俗，娘也照着中秋赏月的习惯，做了些糯米团子来祭月。知道你爱吃，想让亥之给你带点儿去，可这孩子脸皮薄，说什么‘这种东西拿不出手’。再一想，中秋也没送什么，这一来不成了双，怕又不吉利。所以心里虽是惦记，却是不能给你送过去。这倒

[1] 指农历每月十三日的夜晚，尤指九月十三日。这一天的月亮，在十五夜中秋后的一个月，也称“后月”。十五夜在平安时代由中国传往日本，而十三夜是日本独有的风俗。

好，简直是心有灵犀，你自己来了。你在家里，山珍海味想吃便吃，可娘亲手做的，味道就大不相同了。今晚不用端着夫人的架子，只当又回到从前的阿关。不用拘束，豆子、栗子敞开了吃。

“常常和你爹聊起来，虽说你现在是出息了，看上去也像模像样了，可与那些身份显赫的达官贵妇结交，想不失了原田夫人的派头，怕很是要煞费苦心的。女佣的差遣啦，来往的应酬啦，咳，想作人上人，必要吃得苦中苦呀。尤其娘家又不够体面，更得处处提防，别被人瞧不起。尽管爹娘很想见见自己的外孙和闺女，可想到你的种种难处，常去串门，怕惹人嫌弃，便尽量不去打扰。有时从你门前经过，想到自己一身棉衣，打着粗布伞，只得望一眼二楼的竹帘，匆匆离去。心想：‘阿关不知道在做什么呢？’但凡娘家体面点儿，你也能有所仰仗，却偏偏这么不堪。想给你送去一块赏月的糕点，可家里的点心盒子，都寒碜得拿不出手。想想这些，娘心下总是挂记不安。”

一番言语中，喜半参忧，可叹贫贱无情。

“女儿不孝。身着罗裳薄衣，乘坐包车，人前看起来风光无限，可是想对爹娘尽个孝，却终是不能。说到底，还不都是徒有其表。不如守在爹娘身边，揽些个针线活，来得轻松自在。”

听及此话，父亲赶忙道：

“说什么傻话。这种话怎么可以乱讲。嫁出去女儿，哪里有回来赡养娘家的道理。没出阁时，你是斋藤家的闺女，嫁出去了，就是原田的夫人，难道不是吗？你现在只管照顾好阿勇，里里外外收拾停当便所求无他。虽说是要付出不少辛苦，可你是命中注定，福从中来，有什么不能忍的。妇道人家，就是爱唠叨，都怪你娘口无遮拦，惹出这番事来。就因为没法让你吃些团子，别别扭扭不痛快一天了。来，多吃点儿，让你娘开心开心，这可是她费了不少心思做的。怎么样，很甜吧。”

父亲的几句玩笑话，让阿关欲言又止。心怀感激地吃起了栗子和毛豆。

嫁出去七年了，阿关从没有大半夜回来过。今天既没带礼物，又是独自一人步行回来，还真是史无前例。父亲这才注意到那身衣服，也非平日的雍容华贵。起初，久别重逢的喜悦，让二老并未察觉出丝毫端倪，现下回过味来，才注意到连女婿的问候，也未曾带来一句。别看她表面上强颜欢笑，私底下的委屈和压抑，却隐约可见，其中必有蹊跷。父亲看了一眼桌上的钟，试探地问：“哟，都快十点啦。阿关今晚能住下吗？要是回去的话，现在可时候不早了。”

父亲狐疑的目光，让女儿猛然惊觉，抬起头来。

“爹，今晚过来，女儿有事求您，请您听一下我的心里话。”

遂将两手叠放于铺席上，一滴泪水盈盈而出，几多忧愁倾泻其间。

父亲敛起神色，往前挪了挪身子：“出什么事了？”

“女儿已经想好了，从今往后，再也不回原田家了。今晚回来，我没有和阿勇打招呼。我把那孩子哄睡了，把太郎给哄睡着了！我下定决心，再也不看他的脸，就走出了那个家。那孩子，除了我以外，谁的话都不听，可我却骗了他！哄他睡下，趁他还在睡梦中，就鬼鬼祟祟地离开了他。爹、娘，您能体会到女儿的苦衷吗。我和原田之间的事情，在这之前，从没跟您二老说过，也从没和旁人提起过。可我左思右想，这两三年来，自己是泡在泪水里过来的。今天我抱定了决心，一定要离开他。恳请您，替我讨回一封休书吧。从此以后，我尽可能做一些力所能及的事，助亥之一臂之力，您就让我留下来吧。”说罢，放声大哭。

她压抑着情绪，强忍着，紧紧咬住了袖口。衣袖上的墨竹，被泪水打湿，缥缈间，斑斑点点竟似幻化为紫竹。好不悲哀。

“究竟是怎么回事？”爹、娘急忙凑近了追问。

“我们的关系，迄今为止我从未提起过。可只要您看到我们夫妇二人相处的光景，大抵要不了半日，就能体察分明了。他没事，从不和我说话，但凡开口，便是蛮横又刻薄。早起给他问安，他却扭过头去，顾左右而言他赞起了院中的花草。我虽说心下不快，可既是自己的丈夫，只得忍耐，从不和他顶撞。早饭起，他便开始数落个不停，而且是当着下人的面，尽数地指责我，什么笨手笨脚，不懂规矩之类。这我也便忍了，可他常挂在嘴边的口头禅，就是'没教养'。一个劲儿地说我没教养。本来嘛，我是没有进过贵族女子学校，受到的教育自是不同，而且也不像他那些同僚太太，学过什么插花、茶道、和歌、绘画，当然不能相提并论。既然这样，他本可以私下请人来教我，何必开口闭口，把我的身世挂在嘴边，公诸于众呢，害得我在下人面前，也无颜抬头。

“刚嫁过去的头半年，还整天'阿关，阿关'地极尽宠爱，可自从有了那孩子，他就忽然性情大变，想想就让人心有余悸。我仿佛跌入了深渊，再也感受不到丁点儿的温暖。起初，我以为他是在开玩笑，故意闹着玩，后来才渐渐明白，他是对我厌倦了。在他想来，这么做可能我会走，那么做兴许我会提出离婚，他不停地折磨我，而且是变本加厉。爹、娘，您二老应该知道女儿的性子，即便他在外面沾花惹草，或是娶房小妾，我都不会争风吃醋的。这些事，我是从下人那里听到些风声的。可仔细想想，他是那么个精明强干的人，男人嘛，有点儿花心，都是情理之中的事，便也不曾在意。他出门时的衣着打扮，我也更加用心，事事尽量不惹他心烦。

“然而他对我的一举一动，却是一概瞧不上眼，动辄便出言不逊：‘家里的气氛，都被你搞坏了。’话既然如此，就该明明白白地告诉我哪里不对，哪里不好才是。可他只会一味谩骂，‘无聊’‘笨蛋’‘什么都没法和你商量’。进而还冷嘲热讽地说：‘你听好了，把你留在这个家，是让你给太郎当奶妈的。’这哪里是丈夫，简直就是个魔鬼。他从不曾开口说让我滚出去的话，可正因为看到太郎，我才不惜忍气吞声，唯唯诺诺地恭顺听从，于是他更加肆无忌惮，张口便是‘废物！摆出这副蠢德性，让人讨厌’。但凡我中了计，负气地回他一句‘你这是什么意思’，必然会让他抓到把柄，借此为由，把我赶出家门。娘，从那个家里出来，我毫不在乎，和那个徒有虚名的原田勇离婚，我也毫无惋惜。只是想到那天真无邪的太郎，从此要失去了娘，我便没了志气，只得委曲求全，一再和他道歉、讨他欢心，微不足道的小事，我都谨小慎微，如履薄冰。一直忍，忍到了今天。爹、娘，女儿的命何其苦哇！”

积郁已久的委屈和悲哀，如决堤之水倾泻而出，让二老始料不及，面面相觑，大为愕然。一时竟然语塞，说不出话来。

当娘的自是心疼女儿。那说出的每一句话，都直戳心底，让人莫名的心疼。

“不知他爹是怎么想的。这事儿说起来，本就不是我们去求他来娶女儿的，现在却嚷嚷什么门第悬殊、教养不好，亏他有脸说得出口。他可能是贵人多忘事，可我这儿，明明白白一本账，日子都记得清呢。阿关十七岁那年的正月，应该是初七的早上，门上的装饰松枝还没拿掉呢。就在早先住的猿乐町那边，阿关和隔壁的小女孩，在家门口玩羽子板，那孩子一拍子击中了羽球，正好飞落到路过的原田先生车里，我们阿关过去讨球，没承想，一眼便让他相中了，托人说媒，非娶不成。照理说，咱们两家，本来就门不当户不对，何况阿关到底还是个孩子，女红才艺都不曾习得，嫁妆就更不用提了。以此为由，咱们不知婉拒了多少次。可对方却说：‘公婆的态度不用理会，我喜欢的人，自是要娶，身份地位不需多虑。至于素养才艺方面，过了门再学也不迟，不必担心。您就放心吧，娶过门来，我会好好宠着她的。’火急火燎一个劲儿地催。再说，又不是我们强求，倒是他自己，上赶着替我们置备好了嫁妆。阿关再怎么着，也是他的结发妻子呀。我和你爹已经够识相的了，平日里尽量不去打扰。其实并不是畏惧阿勇的身份，我们姑娘又不是给人做二房，是你百般央求娶上门的，那可是明媒正娶，我们理当可以名正言顺，大摇大摆地往来走动。你过你的风光日子，我们也有我们的贫贱生活。但是人言可畏，我们是不想让人看成巴结女婿，靠他救济过活的人。并非我们自不量力，但礼尚往来，总要把握好一个度。因而平日里，尽量克制自己想见女儿的冲动。可你看看，他竟说些什么混账话，好像我女儿没个娘家人似的，大言不惭地说什么，这也不成、那也不会的，他好意思说得出口！不去理他，他倒还得寸进尺了。给他养成了毛病不成！关键是你身为夫人，他就不该在下人面前尽扫你的威风，这样一来，以后还有谁听你的使唤。况且对太郎的教育也有影响，孩子看不起自己的娘，还成何体统！该说的话，必须要说明白！他要是口出不逊，你蛮好回他一句‘我也是有娘家的人！’。大不了离开那个家。真是岂有此理！你居然还能忍受到今天，只怪你太过老实，让他愈发的气焰嚣张，听来要把人气死。不能再退缩了！虽说我们出身贫寒，可也是有爹有娘的人，亥之尽管年纪尚幼，但也是你的弟弟，没必要在苦海里受此煎熬。我说他爹，你去找阿勇讨个说法，好好教训教训他才是。”

那为娘的忿忿不平，已是气昏了头脑。

父亲从一开始就环抱双臂，闭目倾听。此时平静地开口道："我说他娘，别竟扯那些没用的。听了这事儿，我也在一直琢磨。阿关这孩子，如不是遇到了过不去的难关，是不会说出这些话的。看来是忍无可忍，才离家出走的。今晚阿勇是不在家吗？还是发生了什么事情？或是说他终于忍不住，开口提出了离婚？"

"他已经两天没有回家了。平日里五六天不回，早已是稀疏平常，不足为奇。那天出门前，他嫌我衣服准备得不够得体，便对我恶声恶语，我一再赔理，他却脱了衣服甩到我脸上，自己换了身西服，骂骂咧咧地说：'找你这么个白痴，我算是倒了八辈子霉了。'然后就拂袖而去。你说我过的是什么日子！一年三百六十五天，他向来是金口不开，可一开口就是这样冷语冰人。既然如此，我还有什么好留恋的？还想让人称我是原田夫人吗？还要凭着自己是'太郎的亲娘'，死皮赖脸地待在那里吗？我都不知道自己还有什么理由可以忍下去。算了，算了，就当我没有丈夫，没有孩子，还是从前那个没嫁人的自己吧。看着太郎天真无邪的睡脸，一想到连这可爱的儿子都舍得抛下，离开阿勇又有什么不可能的！俗话说，没娘的孩子，一样会长大。与其跟着我这个背运的亲娘，不如由继母或是姨娘来抚养，起码还能得到一些父亲的宠爱，说不定对孩子反而更好。今晚起，我再也不回那个家了。"

嘴上虽是逞强，可毕竟母子连心，那声音，已掩饰不住地颤抖了起来。

当爹的听罢，叹息一声："也不无道理，只是难为你了。不过这下反倒难办了。"说着，端详起了阿关的脸。

拢起的大圆髻上，发根处用金属发圈精致地盘在一起，身上披了件黑色绉绸外套，一派落落大方。虽是自家的姑娘，可早已是飞上枝头变凤凰，有了大家夫人的风姿。如若让她把头发随随便便扎起来，套上一件棉质短褂，挽起袖子洗洗涮涮，却又于心何忍。何况现在还有个太郎，因一时之怒，毁了百年之福，岂不成了旁人的笑柄。一旦恢复成斋藤会计之女的身份，哭也罢，笑也罢，谁还会称你为原田太郎的母亲。即便对丈夫再无留恋之情，可母子之爱，岂是说断便断的。一旦分离，倒会愈加思子心切，说不定反会觉得眼前这点儿辛苦算不得什么了。可叹红颜薄命，这桩门庭悬殊的婚姻，害她饱受了万千磨难呀。

"哎，阿关。也许你觉得爹是铁石心肠，不理会你的苦衷。其实，我这话并不是怪你。出身不同的两个人，想法自然不在一个层面。就算你费尽心思去讨好他，人家兴许也并不以为意。阿勇是个深明大义、知书达理的人，不会无缘由地无理取闹。可常言道，越是那些聪明才杰，反倒越恃才傲物。别看他在外面八面玲珑，一旦回到家里，便把胸中淤积的不快，统统发泄在妻子身上，你便成了他的出气筒。哎，想想那心里的滋味，定是五味杂陈。可你嫁的这个人，自然不可和那些只知在家生生火、腰上别个便当，又要赶去区役所的小吏相提并论。这话说得容易，做起来不易，可伺候好丈夫，本不是为妻之道吗？外人虽是看不出，但世上那些与人为妻的，你道有几个过得幸福美满？光一味的怨天尤人，是行不通的。你可知，万般事体皆有道。何况咱们身份又相差悬殊，更是要比别人多吃一些苦才对。你娘净图嘴上的痛快，可想想亥之，他能有现在的好差事，还不是靠原田先生的帮衬。这岂止是沾了点滴之光，简直是有再造之恩啊！更何况他对我们家里的其他人了。爹知道这难为你了，但一来为了父母，二来为了你弟弟，更是为了你的儿子太郎呀，已然忍到了今天，以后便也没什么过不去的。讨封休书并不难，可太郎便是原田家的儿子，你却是斋藤家的女儿了，姻缘一断，从此便是天各一方。在爹看来，既然命运不济，一样是哭，还是作为原田的妻子去哭吧！阿关，你觉得爹的话有没有道理。若是觉得对，就把一切都藏在心里，装作没事一般，今晚还是回去，照旧忍气吞声的过你的日子。你所受的苦，爹娘都知道，弟弟也明白，大家同甘共苦，有难同当吧。”

当爹的虽是语重心长，一番规劝开导，自己还是偷偷抹下了一把泪。阿关听罢，失声痛哭。

“张口便提离婚，是女儿太过任性了。的确，正如您说的，要是和太郎分开，再也见不到他的面，那我活在这个世上，还有什么意义。一味地逃避现实，根本解决不了问题。唯有自己死了这条心，一切才能天下太平，那孩子也能在父母的庇护下慢慢成长。女儿说了很多不该说的话，让您为我担心了。从今往后，只当关儿已死，只有魂魄守护着那孩子。想明白这些，丈夫给的那点儿气，又算得了什么，又有什么不可忍受的。爹的话，女儿明白了，今后绝口不会再提一个字，请您放心吧。”

阿关的眼泪擦了又落。“我可怜的女儿！”当娘的悲切中来，两人哭作一团。

月色皎洁，却又不胜寂寥。亥之从屋后河堤上折来的芒草，在瓶中摇摇曳曳如招手，竟是何其哀愁的一个夜。

娘家在上野的新坂下，要回骏河台，得穿过一片幽暗的密林。今晚月朗风清，只要出得大路，便亮如白昼。娘家没有熟识的车行，只得从窗口叫住一辆过往车。

“既然明白了爹的意思，还是尽早回去吧。趁丈夫不在家，就私自出门，即便挨骂，也是不能顶嘴的。虽说时候不早了，坐上车子，也用不了多久就能到。刚才的话，咱们改日再聊，今天赶紧回去吧。”

当爹的只恐闹大了事情，误了女儿，拉着她的手，恨不得马上送她回到家。可怜悠悠父母心。

阿关痛下决心："爹、娘，请忘掉今天的事情。既然回家，我就还是原田的妻子，绝不会再有只言片语，来诋毁自己的丈夫。只要您二老能开心，想到女儿嫁了一个好丈夫，对弟弟也有所助益，能踏踏实实放下心来，我就心满意足了，再不会做出什么冲动之举，请您二老放心吧。从今晚起，我永远是阿勇的人，我会言听计从，亦步亦趋，不离左右。我这就走了，亥之回来，请您代我问候。爹、娘，请您二老多保重。下次回家，您会看到女儿的笑容。"阿关无奈地站起身。

娘拿上瘪塌塌的钱包，忙到前门问车夫："到骏河台多少钱？"

"娘，这个我会给的。谢谢您。"

阿关温柔地与爹娘道了别，迈出了格子门。可怜她以袖掩面，强自咽下许多泪，移步跨上了车台。

屋内传来爹爹的干咳。那声音，也已是哽噎难言。

下

月色清明溢素光，风箫箫，秋虫鸣，感悲伤。

刚出了上野不及百米，不知因何，车夫突然停下了车："抱歉，只能拉到这里了。车钱不要了。请下车吧。"

事出突然，不曾料到，阿关不免心中一惊。

"哎呀，现在说这个，不是让我为难吗。我着急赶路，回头车钱多给你一些，劳驾了。这前不着村，后不着店的，哪儿有别的车子，未免太强人所难了。好啦，别磨蹭了，快走吧。"阿关颤声央求着。

"车钱我没想多要。就是请你下车，我不想拉了。"

阿关听他如此说，便道："你是哪里不舒服吗？到底怎么了？已经拉到这里了，一句不想拉了，岂能说得过去。"

阿关厉声斥责起车夫。

"对不起。随你怎么说，我就是不想拉了。"

车夫提起灯笼，躲到了一旁。

"你这人可真够任性的。要是这样，我也不为难你非拉到说好的地方，但起码把我放到一个有车的地方吧。车钱我一定付，但你得帮我拉到地儿，至少得拉到大马路才成呀。"阿关柔声恳求道。

"话倒也是。看你年纪轻轻，一个弱女子，给丢在这种荒僻的地方，的确说不过去。怪我不好，那就再拉你一段，陪陪你。吓着你了吧？"

看他拿起了灯，也不像个坏人，阿关这才松了口气，放下心来，打量起了车夫。这人大概二十五六岁，肤色黝黑，个头矮小，干巴枯瘦。咦，背对着月光的这张脸，好像似曾相识，不会是他吧？那名字几乎脱口而出。

“你是……？”

“啊？”那人也吃惊地抬起头。

“咦，原来真的是你。还记得我吗？”

说着，阿关一骨碌跳下了车，仔细打量着对方。

“是斋藤家的阿关？瞧我这副样子，让你见笑了。我可真是有眼无珠，竟不晓得是你坐在车上。按理说，听声音也应该能分辨出来的，瞧我这反应，也太迟钝了。”

那人难为情地低下了头。阿关上下打量着他。

“哪里，要是在路上碰到，恐怕我也认不出你来。方才，还都以为是不认识的车夫呢，你认不出我来，自是情理之中。刚才多有得罪，实是不知，还请见谅。什么时候开始做这行的？你一向身子弱，干这行，还吃得消吗？听说伯母回了乡下，小川町的店也给关啦。我现在的处境，与之前大有不同，个中自有诸多不便，不消说前去拜访，连写封信都难以如愿。现在住在哪儿？太太还好吗？孩子有了吗？现在我时不常还会去小川町的劝业场转转，每每经过你们从前的店面，总会朝那边看一看。香烟店虽说门脸依旧，只是招牌已改，换成了‘能登屋’。心想：‘啊，小时候放学回家的路上，总会去高坂家阿录哥那里绕一下，捡些纸烟末子，学着大人的样儿，神气活现地吸上两口。也不知他现在在哪里？做些什么呢？那么一个性情温和的人，在这种乱世里，该是如何生存呢？’我无时无刻不在惦念着你。每次回娘家，也都在四处打听。可离开猿乐町已经五年了，根本无从得到任何消息。今天能见到你，知道我有多高兴吗。”

阿关忘记了言行和分寸，兴奋地追问着他的近况。

男人用手巾不停地拭着汗。

“说来惭愧，如今落魄成这样，连个家也没有。我在浅草街找了一个廉价住处，晚上权且在那里的村田家二楼上蜷缩一宿。心血来潮时，就像今晚这样，出去拉个活，一干就到很晚。倘若不开心了，一整天就窝在房里，百无聊赖地虚度一天。你还跟以前一样，仍旧那么漂亮。听说你做了夫人，我就在幻想，还能不能再见上你一面，不知这辈子还能再跟你说上一句话吗。以前总觉得贱命一条，死不足惜，还好，幸亏还活着，才有今晚的相见。啊，亏得你还记得我高坂录之助，谢谢你啦。”录之助低下了头。

阿关只觉一阵难过，眼里盈满了一腔泪水道：“世事艰难，又何止是你一个人。嫂子呢？”

“想必你该认识，斜对门杉田家的姑娘。皮肤白净，长得漂亮，可谓是人见人夸。那会儿的我，极尽放荡，无所不为，从不着家。亲戚中有些个不省人事的长辈，误以为我是到了完婚之年，尚未迎娶之故，便去多嘴。娘仔细寻思了一番，认定了就是她，跟我唠叨个不停。我倒无所谓：‘您想怎么做都成，一切悉听尊便。’新媳妇娶到家时，正好听说你怀孕了。过了一年，也有人前来给我贺喜了，纸糊的狗啦风车啦什么的，摆满了屋子。可你只道，仅凭这些，便是能让我收心的吗！在人看来，讨了个漂亮老婆，就不会再行撒野，生了个可爱娃娃，就该收敛一下，踏实地过日子了。可他人怎知，即便小町[1]与西施联袂而来，即便衣通姬[2]在我面前翩翩起舞，我也依旧我行我素，一个乳臭未干的奶娃，怎就能使我改头换面呢。千杯万杯还复饮，花天酒地需尽欢。直等到大前年，败得是倾家荡产，形单影只。把老娘送到嫁往乡下的姐姐家养活，老婆叫她带上孩子回了娘家，此后，便杳无音讯了。因为是个女娃，倒也没有太多牵挂，听说去年底死于伤寒。女娃本就懂事得早，想必临死前，还念叨着爹吧。倘若在世，现在也该五岁了。咳，净唠叨些琐碎事，不值一提。”

男人惨然一笑。

---

[1] 即小野小町，平安时代女歌人，相传为绝世美女。

[2] 日本《古事记》所载美女。相传衣通姬的美艳透过罗纱依旧光艳照人。

“刚才不知道是你，一味地胡来，是我的过。来吧，上车，我送你一程。方才着实把你吓着了吧？其实，说是拉车，不过就是个名头。成天握着车把，你觉得有意思吗？这样做着牛马，你觉得有盼头吗？你以为有钱就能高兴啦？两口酒下肚就能开心啦？说白了，没一件不让人烦心的。不管是拉着客人，还是一辆空车，烦了，便没什么好说的，什么都不想干了。我这人，简直是任性到了极点，你说多叫人讨厌。行了，上车吧，我送你。“男人催促着。

“什么呀！方才不知不为过。知道了是你，我还能坐吗？不过这么背僻的地方，一个人走，多少有些害怕，那就陪我一起走到大路吧，咱们边走边聊。”

阿关提起和服的下摆，涂漆的木屐踏在地面上，那声音又何尝不是寂寥。

昔日的伙伴里，这个男人是她不曾忘记的。小川町有家干净的烟草店，他是那家店里高坂的独生子。别看他现在面貌黑黄，萎靡不振，当初可是穿着唐栈[1]外套，利落地扎着一条围裙的人。他善于应酬，讨人喜欢，年纪不大，生意却做得风生水起，比他父亲在世时还要兴旺，当时哪一个不夸

---

[1] 唐栈为高雅的进口棉织物，藏蓝底，配有青葱色与红色的竖条纹。江户时代，内行人喜用此布料制作短外套及和服。

他聪明伶俐呢，怎会搞成这副样子。自打听说我出嫁以后，他便彻底放浪形骸了。人们议论纷纷："高坂家的儿子，怎么突然像变了一个人，着了魔了？还是中了邪了？看来受到的打击确实不小。"今晚一见，没想到竟真落魄至此，居然还寄居在租赁来的陋室里。

"他确曾喜欢过自己。十二到十七岁的那些年里，两人朝夕相处，自己也曾暗自想过：不知将来什么时候，就会坐在店里的那个位置，翻翻报纸，照看生意。哪曾想到，会嫁与一个素未相识的人。父母之命，何敢相悖。虽想嫁给烟草店的阿录哥，可那毕竟只是儿时的情思，对方既不开口，自己又怎能提出，过去的那一切，只不过是一场如痴如梦的相思罢了。忘了吧，再也别去想，死了这条心。"

既然心下已定，便答应下了原田家的婚事。谁承想，临到成亲之时，眼泪却扑簌簌地落个不停，忘不了的还是那个人。

"既然我心如此，那人又何尝不是。身名俱败，还不皆由此而来。看着我梳上去的圆发髻，一副高高在上的样子，他的心里，该有多么痛苦。可他怎会知道，我的不如意，又有多少呢？"

阿关转头看向录之助，不知他在想什么，一脸的茫然。面对久别重逢的阿关，脸上却不曾露出一丝喜色。

出得大路，便有洋车。阿关从钱包里掏出几张纸币，小心翼翼地包在小菊纸里。

“阿录哥，一点心意，不成敬意，拿去买些手纸什么的吧。久别重逢，纵有千言万语，却是一言难尽，但请体察我的心情。我，就在这里告辞了，请你多多保重，也好让伯母放心。我会真心地祝福你。希望你早日回到从前的阿录，重新做人，重振家业。再见了。”阿关且自依依话别。

录之助拿了手上的纸包。“授之以礼，却之不恭。但因是你亲手相送，我就权且收下了，只当是一份留念。舍不得就此分别，可终究是一场梦，无可奈何，又如何！好吧，你走吧，我也回去了。再晚，路上便更冷清了。”说罢，拉上空车，掉头离去。

一个向东，一个向南。

月色下，垂柳扶疏，叶木苍苍。涂漆的木屐声，凄凄惨惨。村田的二楼上，原田的深宅里，可叹各自心酸。世事艰辛，却道还有几多愁。

初刊于《文艺俱乐部》

明治二十八年（1895年）

岔路

わかれ道

上

“阿京，在吗？”窗外有人咚咚敲着壁板。

“谁呀？已经睡下了，明儿再来吧。”她撒了个谎。

“我不管，起来开门呀，伞店的阿吉，是我。”门外的人提高了嗓门。

“烦人呀。这么晚了，来干吗？又来讨年糕吗？”她笑了笑，“来啦，稍等一下。”说着，把针插在做了一半的衣服上，起来开门。

看她年纪，也就二十来岁，充满了活力。大概因为忙碌，浓密的黑发在头上挽了一个髻，破旧的短褂外，套了一件稍长的八丈绸围裙。她匆匆下了脱鞋台，打开了格子门外的挡雨板。

“劳驾。”话音未落，来人就闪身进来了，是伞店的学徒吉三，一个专爱惹生非的家伙。他外号“矮冬瓜”，在这一带算是个暴脾气的主儿了。虽说年纪也有十六，可乍看上去，只有十一二岁的样子，窄窄的肩膀，瘦削的脸，眉眼倒是端正，一看便知，很是伶俐乖巧。只因个头矮小，到处被人取笑，被起了一个如此的绰号。

“借过。”他大大咧咧地径直走到了火盆旁。

“烤年糕的话，这火可不够旺，去厨房炭盆里拿块儿炭来。你尽管自己动手吧，今晚我得赶完这件活，街口的当铺老板，还等着穿这件过年呢。”说着，又拿起了针线。

阿吉不忿地哼了一声：“给那个秃子穿，可惜了。我先替他试试新衣吧。”

“又胡来。不知道试人新衣没出息吗。现在就没了长进，往后还了得。这种事情，在哪儿都不能做。”女的耐心叮嘱着。

“我也不指望以后能有什么出息了。管他谁的，爱谁谁，穿了就得。记得之前你说过，什么时候时来运转了，会缝一件绸缎衣服给我，此话当真？”阿吉煞是认真地问。

“要是能做的话，就说明我否极泰来，自然高兴送你一件啦。可你倒是看看，我现在这副寒酸样，不是还在给别人缝缝补补吗。那个约定，也就当个黄粱美梦吧，别当回事。”

“不是那意思。也没说让你还没能力的时候做，等你顺风顺水了，咱们再说。有这么个约定，我不是也能乐呵几天吗。不过像我这种混混，即便穿绸挂缎，估计也开心不起来。”脸上的笑容，透出了些许的寂寞。

“这么说的话，阿吉，等你有了出头之日，也送我一件吧，你也给我做个保证怎么样？”她笑着说。

“那可保证不了。我可没有出头之日。”

“为什么？”

“不为什么。甭管是谁，甭管他想怎么扶持我，我都觉得在这儿就挺好。我就喜欢伞店里上油的活儿。天生就是个腰系三尺带、身穿蓝布衣的命，趁着打柿子油之便，也揩它点儿油。吹一下箭，中个什么标的，我也只这点儿小运气了。至于你嘛，那就不同啦。听说以前也是好人家出身吧，现时分，好运乘着马车，已经在路上了。我这话可不是说你要给人当小妾啊，别把意思搞岔了怪到我头上。”阿吉拨弄着炭火，对自己的境遇，唏嘘不已。

“不过，兴许不是马车，说不定是火轮车[1]呢，那可真是让人痛不欲生呀。”阿京倚着尺子，回头凝视着吉三。

吉三像往常一样，去厨房拿了炭：“你不吃吗？”

“不吃。”阿京摇摇头。

“那我可就自己享用啦。说实在的，我家那个吝啬鬼，整天就会嘟嘟囔囔地数落人，根本就不会用人。死了的那个

[1] 火轮车为佛教描述的地狱景象之一，又称火车地狱。

阿婆，可跟他不一样。现在这帮人里，没一个顶用的。阿京姐，你觉得我们家半次怎么样？反正，我顶看不上他呢，老是那么自以为是。别看他是老板的儿子，我才不把他当主子看呢。逮着机会，就跟他嚷嚷，收拾他一顿，那才叫解气呢，”吉三边说，边把年糕放在铁网上，吹着指头乱叫，“哦，好烫好烫。”

“我从没把你当外人，你说怪不怪。阿京姐，你有弟弟吗？”

“我是独生女，没有兄弟姐妹。”

“是吗，那真的是无牵无挂呀。要是突然从什么地方，冒出一个你这样的人，对我说‘我是你的亲姐姐’，不知我该乐成什么样儿呢。我肯定会紧紧搂住她脖子不放的。就算让我死，我也高兴。我真怀疑自己是树杈子里长出来的，从来就没见过一个亲戚。我老是在想，要是这辈子真遇不到什么亲人了，那不如趁早死了，一了百了。不过说来也怪，我竟然还有那么一点儿奢望，有时候会跟做了个怪梦似的，但凡平时谁要跟我好言好语地说上两句，我就会觉得他是我亲爹、亲娘，就是我哥哥、姐姐，于是便想再熬一熬，再多活它一年，兴许就有人来认我了。上油的活计虽说单调，可也只能耐下性子干着。你说这世上，还有像我这样的怪人吗？阿京姐，我是个没爹没娘的人，可没爹没娘，又是打哪儿生出来的呢？真是想不明白。”

吉三把烤好的年糕，放在手里拍着，又絮叨起那说过了无数遍的悲惨身世。

“难道你就没一个能证明身世的刺绣香囊吗？或许真有什么线索呢。”

吉三截住了她的话头：“哪儿有这么好的事。我周围的那帮家伙，老是取笑我，说我一生下来，就被扔到桥底下，给叫花子当摇钱树啦。或许还就是真的呢。要这样说，我可能就是乞丐的儿子，爹娘兴许就是要饭的。搞不好街上那个破衣烂衫的家伙，还是我的什么亲戚嘞；每天早上来讨饭的那个独眼瘸婆婆，说不定就是我的什么亲人呢。不说大概你也知道了，来伞店之前，我只是一个在街头耍把戏、舞狮子的人。阿京姐，如果我真是乞丐的儿子，你就不会再像从前那样对我好了吧？就再也不会理我了吧？”

“别说傻话了。不管你是谁的孩子，是什么来历，这跟我又有何相干，我干嘛要在乎这些。今天你这是怎么了？这么一反常态，竟说些不着边际的话。我要是你，管他什么下等人啦，乞丐的。无亲无故又怎样，没有兄弟又如何，只要自己争口气，不比什么都强。干嘛讲这种泄气话。”阿京想方设法地鼓励他。

“可我真是无可救药了，什么都不想干。”

说着，低下了头，不给阿京看到自己的脸。

中

伞店已故的前任老板娘，名叫阿松，豁达大度，像个女力士一样，是个魁梧的老太太。她仅凭一己之力，兴办了这家店。六年前的冬天，在去寺庙参拜的归途，捡了一个舞狮子的孩子。

“没事儿的。要是你师父来讨人啰嗦的话，到时候再说。看这小可怜儿，脚疼得都走不动路了。说是让伙伴儿给丢在路边，他们自己走了。那种地方，哪还能回去？没什么好怕的。就在我这儿待着。大家也不用担心，这么大点儿的孩子，来他两三个的，在厨房里排排坐下，不也就是一口饭的事儿吗，没什么大不了的。那些签了契据的家伙，不是也有跑掉的吗；还有那些卷了东西一走了之的，比比皆是，还是得分人。俗话说‘人要练，马要骑’，能不能派上用场，还得过些日子方见分晓。孩子，要是你不想回新网，就把这儿当自己的家吧，学门手艺，好好干活。”

打这儿以后，张嘴闭嘴便“阿吉，阿吉”地叫着，精心调教着他。如今，上油的工序，吉三已经能以一敌三，哼着小曲儿，便能轻轻松松地露上一手。无怪乎人人都夸已故的老板娘慧眼识珠。

恩人第二年就死了。现在的老板、老板娘和少东家半次，吉三一个都看不上。可既然认定这里就是自己的归宿，还能去哪儿呢。也许就是这暴脾气，阻碍了他的筋骨伸展吧，整天被人“矮冬瓜，矮冬瓜”地喊着。更可恨的话还有：“吉三，你不会是在爹娘忌日的时候，偷吃了荤腥吧，瞧瞧自己的德性。转吧，转吧，小菩萨[1]。”那些技艺平平的家伙，因为妒忌他的手艺，把帐算在了这上面。吉三不乏挥拳动舞的勇气，可若是要问起他爹娘的忌日是何年何月，他便全无头绪了。每每想起这些伤心事，他就会躲到晒场的伞荫下，仰天而卧，独自饮泣，悲不自胜。那件蓝色的条纹粗布衣，一年到头也没脱下过，袖子早已蹭得油光锃亮，可依旧阻碍不了他挥起的拳头。“瞧那小子，又一副气势汹汹的架势。”街坊四邻无不望风而逃。其实，要赖撒野只是他的一种自我发泄，用以安抚那颗没人理喻的心。倘若有人对他说句贴心话，他准会像抓住救命稻草一样，死死不放。

裁缝店的阿京，是今年春上搬到后街来的。为人聪明伶

---

[1] 小菩萨是一种儿童游戏。数人手牵手，把其中一人围在圈内，边唱边转。大意为：“转吧，转吧，小菩萨，为什么你会这么矮。爹娘的忌日你吃了肉，怎么会不矮。“

俐，跟左邻右舍相处得甚为融洽。因伞店老板是她房东，她也就表现得更为殷勤。

“伙计们，凡是有什么需要缝缝补补的，尽管拿来。你们那儿人多，老板娘哪里顾得上这许多，怕是忙不过来的。可搁我这儿是常事儿，针线盒成天不离手，缝上两针，算不得什么。谁要是一个人没有伴，觉得冷清了，有空可以常来坐坐。我这个人直爽，就喜欢阿吉这种暴脾气的。要是你脾气上来了，到我家来，就当是揍对面米店的白狗，用那根包了浆的衣杵替我敲打敲打衣服，只当是翻个面再洗一遍了。如此一来，你既不得罪人，也帮了我大忙，岂不一举两得。”

阿京那半是戏谑的口吻，让吉三很是安心，“阿京姐，阿京姐”地亲昵无比。店里的伙计便揶揄他：“这可真是，哪儿都有腰带店老板的事儿呀！赶明儿演出《桂川》一幕时，该倒过来唱啦。‘阿半背着长右卫门。’要不要让女的驮着你呢？那倒是一出好戏了。”[1]引来一阵哄堂大笑。

吉三也不示弱：“是个男人，就学着点儿。有谁去她家串门，知道她家碗柜的点心盒里，现在有几块、什么点心吗？恐怕除我吉三之外，没人知道吧。当铺那秃子，对阿京姐早

[1] 此处指涉净琉璃剧目《桂川连理栅》，剧中腰带店老板长右卫门与十四岁的阿半相恋，最后双双殉情。其中《桂川》一幕，长右卫门背负阿半的段落，被伙计拿来嘲弄吉三。

就是垂涎三尺了，又给她送活儿，又是什么的，烦都快把人烦死了。围裙、衬领、腰带的，送了一堆，使劲儿地巴结奉承，可到了，阿京姐都没给他个好脸色。可我呢，哪怕是半夜三更去敲门，只要吆喝一声‘伞店的阿吉来啦’，她就会连睡衣都顾不上换，屁颠儿屁颠儿地把门打开。‘怎么一天都没露面了，忙什么呢？正担心呢。’拉着我的手就进屋了。试问，谁有这待遇？对不住了各位，你们呀，就是草包一个——没用。我嘛，别看山椒虽小，可是味儿够足。”

这一通口沫横飞地吹牛，冷不丁背后让人捶了一拳：“你这家伙。”他却丢下一句“谢啦”，转身径自走了。

但凡他有点儿身量，大伙都该不会轻饶他。无奈，“小矬巴子的狂妄”，谁会跟他一般见识呢。于是，吉三便成了茶余饭后的谈资。

下

十二月三十日的夜晚，因交货拖延，阿吉去坂上一家老客户处赔礼。回来时，两手揣在怀里，一路脚步匆匆。脚下的木屐碰上了什么东西，便淘气地一脚踢了出去。看着它咕噜咕噜地滚开，便饶有兴致地左一脚右一脚，把地上的石子都踢进了沟里，自己乐得开怀大笑。周围不见有人，唯有一轮皓月当空高悬。不知什么叫冷的阿吉，此刻只觉得心里爽快通透。暗自盘算着：“一会儿再去敲敲那扇窗。”便拐进了小巷。

突然后面追上一人，两手蒙住了他的眼，强忍住笑。

“谁呀！谁呀？”用手摩挲了一下。

“我当是谁呢，阿京姐呀。就冲这弯曲的小指头，骗不了我的。”说着挣开了那双手。

“讨厌。上来就让你猜中了。”说着，甜甜地一笑。

只见阿京脸上蒙着头巾，穿了件上好的外套，刻意地薄施粉黛，和往日大不相同。吉三对她上下打量了一番。

“你去哪儿了？不是说这两天忙得都没工夫吃饭吗？去哪儿做客啦？”

被他一番盘问，阿京佯做没事儿似地答道：“提早拜个年呀。”

“净胡扯。哪儿有三十就拜年的。是串亲戚去了吧？”

“是打算跟这个八竿子够不着的亲戚一起住呢，明天我就从这儿搬出去。事情来得突然，吓着你了吧。其实我自己都有些难以置信。反正替我高兴吧，也不是什么坏事。”

“真的吗？当真？”阿吉惊呆了，“骗我呢吧？开玩笑吧？别拿这种事情吓我。你要是走了，还有什么意思。别开这种玩笑。哎，真是，你这人怎么那么无聊呀。”

阿吉连连摇头。

“没开玩笑。以前你不是说过，好运会乘着马车来接我吗。反正后街那块儿，我是住不下去了。阿吉，很快你就会穿上绸缎衣服了。”

“不要，我才不想要你送什么东西呢！你所谓的好运，不会是说要住到那地方去吧。前天我们家半次还提起来呢，‘菜店对街给人按摩的老伯，介绍裁缝店的阿京去哪儿的大宅子给人帮佣呢。不过这年纪了，给人当丫头也不合适，又不可能去伺候太太，或是做些个裁缝活。准是梳着三环髻，披着垂苏的披风，给人做姨太太无疑了。那么一张俏脸儿，怎么可能做一辈子缝缝补补的活呢。’这话我根本就不信，肯定是哪儿搞错了，还跟他大吵了一架。你不会真是去那儿吧？真的是要去那家吗？”吉三一个劲儿地追问着。

“不是我想去，而是非去不可呀。阿吉，咱们再也见不到了。”阿京的语气，听上去也有些黯然。

“反正我不知道此去之后，你能有什么出息，可劝你还是别去了。一个女人家，做点儿针线活，也能养活自己呀，你手又那么巧，何至于去过那种生活。你自己不觉得可悲吗。”吉三竭力想用洁身自好之说说服阿京。

“别去了，别去了。回掉他们。”

“这就让我为难了，”阿京止步道，“阿吉，你看我，成天就做些浆洗缝补的活计，这种日子我受够了。管它做妾还是什么，反正一样都是无聊，不如穿件绸缎纱，也可以了此一生啦。”

阿京脱口而出，笑了笑：“走，回家说去。阿吉，赶紧的。”

“我压根就不觉得这种事情有什么意思。你先走吧。”

阿吉跟在后面，心事重重，一步一踏地踩着地上的影子。

两人不知不觉拐过了伞店那条街，来到了阿京的窗下。

“每天都可以听到你敲窗子，可明晚再也听不到你的声音了。这世界有太多的不如意。”阿京叹息了一声。

“还不都是自作自受。”吉三一肚子怨气。

阿京进了屋，点上油灯，又捅了捅火，对吉三说：“阿吉，过来烤烤火。”

“我不过去。”说着在柱子旁站住。

“你不冷吗？别感冒了。”阿京关切道。

“感冒也没关系，不用你管。”说着，低下了头。

“你怎么了？干嘛这么副模样？我说什么得罪你了吗？要真有得罪，直说便是，何苦耷拉个脸，真让人摸不着头脑。”

“不用你担心。我是谁呀？伞店的吉三！用不着女人来操心。”吉三靠着柱子，后背在上面蹭了蹭。“啊，无聊，真烦人。我都不知道该说什么了。人家刚把我当个人，以为能有些好日子，可立马又变回了老样子。伞店的前任老板娘是个好人，染坊的卷毛阿绢也喜欢过我，可老板娘中风死了，阿绢因为不想嫁人，投井自杀了，你又这么无情地丢下了我。哎，事事不如意。伞店那么个上油的差事，即便你以一顶百，拼了命地干，也听不到一句夸奖的话。反而从早到晚，被人喊着'矮冬瓜'，我这辈子算是长不高了。俗话说'有福不用忙'，可我这一天天的，净是些糟心事。前些天刚和半次大吵了一架：'阿京姐才不是那种给人做小老婆，自甘堕落的人呢。'我还信心百倍地反驳他，这还没过五天，就得乖乖认输了。真后悔认你这种满嘴谎话、唯利是图、贪得无厌的人做姐姐。阿京，以后我不想再见到你了，永远不见。这些日子，多蒙你关照，在此谢过。别把人都当成傻子！从今往后，我谁都不信了！再见。"

说罢，吉三起身，穿上脱鞋台上的木屐。

"哎呀，阿吉，你误会了。我离开这里，并没说丢下你不管。我是真心把你当弟弟一样看待的。你这话，太伤人了，"说着，从背后一把抱住了吉三，"你这孩子，怎么这么性急。"

"这么说，你不去给人做小老婆了？"吉三回过头问。

"谁也不想走上这条道。可我已经打定主意了，你的一番苦心我明白，只是这件事没有办法依着你。”

吉三满含泪水盯着她：“阿京，求你了，放开我吧。”

初刊于《国民之友》

明治二十九年（1896年）

自焚

われから

一

霜夜深沉。秋风无声无息地钻进门缝，吹得纸门簌簌作响，刮到枕畔，平添了一份寂寞。老爷仍就未归，太太依然独守空房。平素，钟不敲十二点，太太是不会睡的，大抵是肝火旺盛，让她辗转难眠。想尘世，几多心酸，几多沉浮。

去年今日此时，老爷频繁出入“红叶馆”。虽是不曾说与自己，却无意间，从他外套的袖中发现了一块刺绣手帕，一时愤恨难平，使她喋喋不休，埋怨不停。

“放心，绝不会再去。哪怕到了那么一天，同僚泽木不再把‘伊’念作‘右’，我也绝不食此言。饶此一回吧。”老爷的一番讨饶，让太太的一颗心总算放了下来，胸臆间的积郁，似乎涣然冰释。

“近日来，怎么又开始了夜不归宿。水曜会还有俱乐部那些个同伙，多不是些省油的灯，如害群之马，带坏了老爷。花道老师口头常念：‘近墨者黑。’看来果真不假。过去老爷跟自己向来知无不言：‘今天从某地请来一位艺伎，那番曼妙的舞姿，真该让你见识一下。’那时的老爷，可以毫无保留地道出一件让人笑破肚皮的事。现如今，怎像是换了一个人，口舌伶俐得使人厌烦。整天油嘴滑舌，把我一个不经世故的女人玩弄于股掌，可我又生生抓不住他丝毫破绽。不知今晚，他又要住在哪里？明天回来，又有何等借口打发我。晚间他给俱乐部打过电话，挂上电话告诉我三点会回来。可现在？……难道又与芳原式部旧情复燃了？五年前不是告诉自己，已与她断绝了往来？不过话说回来，这也不能尽怪老爷，每逢寒暑，那边的礼数从不曾断，受此三番几次的撩拨，老爷的魂儿不消说早已被勾去了，人自然也是随着走了。可恨青楼女子太无情。”

越想越烦，太太更没了睡意，抓起一旁的真丝睡衣，裹在身上，在郡内绸被褥上坐起了身。

八叠的房间里，立着六扇屏风，枕前的桐木火钵上，架着一套茶具，旁边摆了紫檀烟盒，还有一根赤红的烟袋杆，真是不同凡人。再看那华丽的寝具，枕上流苏垂挂，红艳艳，分外妖娆，犹见太太的喜好别有一番情趣。沉香拂拂，屋里灯烛微明。

太太靠近火钵，看了一下炭火。晚间让女佣把樱炭[1]放进火钵，现在多已成灰，那些埋在下面黑乎乎的，是仍未燃尽的炭灰。她拿起烟袋，吸了两口，侧耳听着外面的动静。一只叫春的猫儿溜过房檐。“咦，那不是阿玉？这么冷的霜夜，还在房檐上跑来跑去，别又像之前冻着了，哑着嗓子哀凄不停。可怜也是个多情的种。”她放下烟袋，点上了提灯，欲去寻那母猫。身上胡乱披了一件家常八丈绸长褂，一条黄绸带松松垮垮随意系在腰间，真是明艳动人。

踩在冰凉的地板上，太太拎着衣摆，来到亭廊上，从太平门伸出头，“阿玉，阿玉”地喊了两声。“为爱痴狂”的她，怎还分辨得清主人的声。那高亢刺耳的叫春声，沿着房梁高一声低一声地渐渐远去。“哎，不听话的东西，随你去吧。”无可奈何，太太丢下句话，便心不在焉地把眼转向了庭院。

院子里已是漆黑一片，伸手不见五指，唯有墙根处山茶花的缝隙间，影影绰绰，透出看门书生门缝里的点点斑驳。“咦，千叶还没睡呐？”

锁好太平门，她回到卧室，再次起身，从点心柜里拿起饼干瓶，倒了几块放在纸巾上，小心包好。又一手提起灯，

[1] 樱炭为千叶县佐仓地方所产的上等炭。

走上了亭廊。屋顶上，老鼠东奔西蹿，该不会是进来黄鼠狼了吧，怎生个鬼哭神嚎的。灯影幢幢，走廊上漆黑一团，因是自己的家，她已习惯了这黑灯瞎火，不觉害怕。在这侍女、下人早已酣然入梦的夜半，太太却要独自去造访书生的傍舍。

“还没睡吗？”

隔着纸门问了一声，旋即推门而入，惊扰了正在凝神苦读的男子。他一脸懵懂，怔怔地立在了原地。太太嫣然一笑。

二

未上漆的桌子，盖了一块白色竹节棉，从劝业场淘回的笔筒里，插着灰鼠毛晋唐小楷笔，还有一些钢笔、刀具。磕掉了头的龟形水盂和红墨水瓶挨在一处，就连牙具，也大模大样地占据着桌子一隅。

刚才还翻着洋书的男子，年纪在二十三上下，剃着一个寸头，脸上棱角虽不甚硬朗，可配上那双剑眉星眸，看上去倒是英气十足。可惜了一身乡下打扮，不消说就是那种细条纹的棉布衣，腰上系了条白布带。他膝下垫了条绿色毛毯，身子往前佝偻着，两手抱头。

太太默不作声，把饼干放在桌上，开口道："要是打算秉烛达旦，也该做好防寒准备。你看，水也凉了，炭也烧得像萤火一般，你不觉得冷吗？别嫌我多事，我来帮你，把煤铲子递给我。"

书生忙道："对不起，一向惯于懒散拖沓，实在抱歉，给您添麻烦了。"太太接过煤铲，像是往盘里倒桃子一般，一股脑地加满了炭，道："我最擅长这个。"

太太的热情，半是炫耀。她小心翼翼地夹起一块微弱的火种，放在堆好的炭盆里，拿过一张报纸，叠了三四折，从边缘呼哧呼哧地扇了起来。不多时，火苗蹿动，噼啪作响，蓝色的火舌摇曳不定，火钵边沿慢慢有了温度。太太像完成了一项壮举般说："你也烤烤。"状似不经意地把火盆往千叶身边推了推："今晚可是够冷的。"白皙的手，抚在藤编的火盆套上，那指头上的戒指，耀眼锃光。

书生千叶诚惶诚恐。嘴里说着"不敢当"，忙不迭地施着礼。脑里闪现出故乡的情景，那时，姐姐也曾是这样，替代母亲对自己百般怜爱。往事如烟，浮想联翩。

"虽说乡下的姐姐，不可与太太的华贵相提并论，可我中考每夜通宵学习时，姐姐也说过类似的话，也如此地关心过我。还特意给我煮了荞麦面，让我趁热吃。"

念往昔，感今朝。想到此，连太太平素对他的关照，都一一记了起来，不禁缩了缩端着的肩，敛容屏气地恭坐一旁。

太太看在眼里，以为他冷，便道："你还没有外套吗？让阿仲赶紧帮你缝一件。夜里这么冷，光一件棉衣，怎能够御寒。冻感冒了，如何了得！要知道爱惜身体。之前住在这屋的原田跟你一样，是个好学之人，从早到晚像个书虫，别说出去玩了，连书场都不曾去过。他那人，与其说让人钦佩，倒不如说让人惊骇。一直以来，他身体并无大碍，可就待马上要熬到特准毕业时，突然疯癫了起来，委实令人惋惜。我从老家把他母亲请来，照看了他两个月，无奈终究还是整天疯疯癫癫。现在想起来还是让人难过，他最后是疯死的。正因为这些是我亲眼所见，所以对好学之人，总有些心生不安。当然，好吃懒做也使人头疼。说来说去，就是要告诉你，不要积忧成疾。尤其听说你是家里的独子吧，没有兄弟姐妹对不对？千叶家的顶梁柱要是出了问题，将来靠谁光宗耀祖呢？你觉得是不是？"想及自己，太太感同身受。一番话，听得千叶喏喏连声。

太太站起身："打扰你这么长时间了，还是早点休息吧。我回去就睡，这么点儿路，想来也无大碍，这件衣服你穿上，别跟我客气，要是客气就没意思了，多的不要说，听长辈的话就好。"太太脱下身上的外套，从背后给千叶披上。

衣服上还留有太太的余温，直让他六神无主，鼻中吸入的麝香味，更使他连句谢谢都忘了说。“合适。”太太笑靥如花，拿起提灯走出了房间。蜡烛只剩下了三分之一。屋檐上，秋风萧瑟。

三

不知那烟是否是焚烧枯叶后飘出来的，每天清晨都会掠过庭内凋零的树梢，弥漫到后街的巷子里。“瞧，准是金村家的太太起床了。”这已成了人们的街头巷议。习惯到底有多可怕！早饭前若是不洗澡，便是筷子也拿不起来。若要偷闲一日，便会终日疲顿、心里空落，总觉有一事未了。外人听了，似乎觉得是那些好打扮的人太过矫情，可对当事人来说，只是一个无关痛痒的毛病，其实她本人也为此不胜其烦。下人们已摸透了主子的脾气，即便没得吩咐，也会早早砍好柴。“太太，水已经烧好了。”一大早就跑到枕前来禀告。她下了多少次决心，要戒掉这毛病，可如此一来，只得再享受一下那奢侈的舒适了。拿起粉糠袋，在皮肤上搓了又搓。出得浴来，更是要涂上一层厚厚的白菊脂粉，这也是那美肌再也离不开的宝。

论年龄，她已有二十六，也是迟开的鲜花到了凋零的时分。可因她善会打扮，又天生丽质，看上去倒显得要年轻五岁。“这是天生的福分，还不都因为没有生过孩子。”给她梳头的阿留如是说。若是她有了孩子，想必该会更加沉稳一些，可现在，她还保留着一颗少女心。别看她朱唇一启金牙隐约可见，煞有介事地支配着一班佣仆，却会央着老爷大老远跑去十轩店，为的只是买一个洋娃娃，何曾有个贤内助的样子。一次，她和老爷去川崎参拜大师，她用头巾裹住了肩，等车的时候，听见人们交头接耳地议论着：“说不定是新桥或是哪地方的窑姐呢。”虽没被人认作是夫人，可她并无任何不快，反倒就此效仿起了那行人的打扮。怎么说呢，谁怪她生来就明艳动人。

她和母亲长得如出一辙，无论是眉眼，还是一头蓬发，就连那口整齐的牙齿也不例外。而她父亲，却是个被称作“赤鬼与四郎”的人，十年前他还在世时，一副凶神恶煞的模样，虎视眈眈地盯着每一个人，啃噬着人们的血肉。大概是恶有恶报吧，不到五十岁，父亲就突发脑溢血，没用一个早晨，便一命呜呼了。光是葬礼上的纸花，就已让人看得眼花缭乱，惹得那些站在路口看出殡的人，个个咬牙切齿。想必他的来世堪忧了。

起初，此人在大藏省供职，月俸八元，身上总是那件磨掉毛的西服，打着一把洋缎子伞。他从不曾有半分奢侈，即便下着瓢泼大雨，也不会花钱去坐车。可不知怎的，哪儿冒出来的突发奇想，把那帽子和鞋全部扔掉，跑去今川桥支起了荞麦面摊，卖上了宵夜。那般决绝的气势，如负千钧重，势要一跃跨海，令知之者无不咋舌，惊叹道："简直就是个有勇无谋的莽夫，早晚有一天血本无归，落得个惨不忍睹的下场。"

怎会如此呢？这便要从事情的开端讲起了，我们且来回顾一番。

荆棘之上，尚有露珠，与四郎也是有过爱情的人。他把青梅竹马的美尾娶来为妻，其时那姑娘才妙龄十七，德貌双全，与四郎把她捧为天仙，下了班便挎上竹篮去买菜。"瞧那热乎劲儿。"任凭人们在背后指指点点，他哪里管得了许多，娇妻还在家中等着呢。伴着归巢乌鸦的呱呱叫，他买好了两人的饭菜回了家。清晨出门前，他也会打扫好水缸，为了不让妻子辛苦，他会担满一天用的水。只要妻子喊一句"该做午饭啦"，他便会忙不迭地答应着从米缸里舀出米来。这日子过得，简直让他陶醉其中，若能这般厮守下去，真是叫人但愿长醉不愿醒。

可惜好景不长。那是执手相伴的第五个春天，梅花盛开，正是赏花的好时节。一个周六的午后，他约了三两同事，去葛饰附近的梅园赏花，归途，几人在广小路一带找了间小饭馆稍事休息。他平素就不喜贪杯，敷衍一下，特意给妻子打了个包，在众人的起哄讥笑下独自离开，赶回了本乡附木店的自己家。到家，只见格子门四敞大开，进得房内，也是漆黑一片，连那火盆也是冰冰凉，炭灰在盆外打着转，好一派凄荒。窗子未关，寒风嗖嗖，冻彻肌骨。这究竟为何，他取出洋灯点燃，呆呆地坐在那里冥思苦想。隔壁小学教员的妻子，听到动静赶忙过来察看。

“您回来啦。您太太就在刚才，大概也就是三点刚过吧。我看到门前停了一辆漂亮的包车，想是让她娘家给接走了。她托我照看一下家，就出门去了。火要是灭了，请来我家取，水也刚好烧开了。”隔壁太太的殷勤，反倒让他心升疑云。本是很想问问，太太走时什么打扮，因何而去，可又怕人误以为他气度小，只得怏怏地道：“让你费心了。既然我都回来了，就不再劳烦你了，请回去休息吧。”轻描淡写地敷衍了过去。隔壁太太去后，他孤零零地独自依着洋灯，吧嗒吧嗒吸起了烟。那盒看了便让人生厌的饭菜，更是碰都没碰，扔到了厨房。“喂老鼠去吧。”

当晚，与四郎就这样一个人钻进了冷被窝。他闷闷不乐，越想越气。“再怎么有急事，丈夫不在家，也不能擅自出门呀！放着家里不管，哪儿有这么做老婆的！”如此一想，更是怒火中烧。次日是星期天，就算他躺上一天，谁又能说他什么。他与枕为伴，对床不起。格子门上的锁，他也未摘下，有人叩门更是不应声，一直待到下午四时左右，门口传来了停车声，这才听到了那轻盈的木屐响。不消说，是美尾回来了。他只作不知，佯装假寐。美尾拉了一下格子门，自语道："咦，怎么回事？怎么还上着锁。"遂沿着隔壁家的松篱，取道厨房进了屋。

"谷中的母亲，昨天下午疾病突发，想来应该是心绞痛发作。胸口闷胀，窒息难忍，大家都以为她要躲不过这一劫。大夫给她做了皮下注射，才算安定了下来。今天早晨，她自己可以如厕了。就是因为此事，才耽搁了一些工夫。昨天出门时，心急火燎，不及多想，可事后想起来，竟连锁也没上，大门都没关，估计你一定会火冒三丈，想想便使我坐卧不安。可是我又不能丢下病人不管，以致害到今天此时才得以回来。说到底都怪我的不是，在此向你赔礼了，请你大仁大量，不计恩怨，给我一个笑脸，咱们言归于好吧！"

听了美尾的解释，与四郎才恍然明白。"要知这么回事，也该寄张明信片来说与我知，真是够笨的。"不禁埋怨了两句。"本以为岳母的身体一向健康呢。心悸的毛病是头次发作吗？"两人和好如初，娓娓而谈。殊不知，妻子那心下的秘密，未曾说与他知。

四

世间若是没有了镜子，便也美丑难分，各自安分了。杨贵妃也罢，小町也罢，谁说不可陋室藏娇，安居在这九尺两间的房子里，美人也能系着围裙绕锅台。万事只因一句褒奖，令女子本是恬淡的心荡起了涟漪，羞得她满面桃红。昨天还是一头蓬乱的发，今日就赶紧梳得油光水滑，轻挽云髻。可再看眉梢，依然觉得似杂草一般，于是借来隔壁的剃眉刀，一修再修。其实，心中的波动，还不都是爱美之心在作祟。看那衣衫的袖子想要新，外套的领子抽了丝，心里也是好不落寞。就这样，与四郎的妻子美尾被世人捧杀了起来。

其实她对身份不高但全心全意爱着自己的丈夫并无不满。就连那两间六叠和四叠的陋室，她也视作广厦高堂。丈夫不知何时在四条街的药师寺里买来的一枚黄铜戒指，她也戴在那青葱玉指上，始终不离左右。马蹄做的发簪，也被她当作别人用的玳瑁一般，百般喜爱。对她的品行，真就是人见人夸。可总有那么一些无赖，觉得说起闲话不上税，惯是爱对别人家的老婆品头论足："如此的美貌，埋没在这种腌臜的地方，真个就是毁了。要是能出得场子，岛原花街里一等一的美人恐怕非她莫属了。"一次，她提了篮子上街去买豆腐，路上的年轻人回头对她看一眼，甩下一句“挺漂亮的美人，可惜穿得太寒碜”便哄笑而去。这也难怪，她那一身半旧的平纹棉布衣上，只系了一条紫色毛织窄腰带。你道是月薪八元钱的小职员，太太能穿成这般模样，已是无可挑剔了。可年轻人的心，怎就这般无情。豆腐水从松了箍的镂空篮子里，滴答滴答掉个不停，不觉沾湿了衣衫。她看着那衣襟，看着那袖口，不禁心神摇荡。

去年春雨初霁的一天。“错过了今日，可就再也看不到繁花盛开了。”夫妇两人决定从上野一路走到墨田川，沿路赏花。两人精心打扮了一番，丈夫穿了一件珍藏已久的黑色蚕丝印花外套，太太系上了仅有的一条博多产的名贵腰带，脚上则是昨天撒娇刚让丈夫买来的黑漆木屐，虽说面漆只是仿南部漆，好在没有对比就没有失落，两人高高兴兴地出了门。

春四月的东叡山，宛若苍茫云海，樱花娇艳，叠影重重。今天已是十七号了，那盛开还能有几天？从广小路望去，拾阶而上的人纷至沓来，如蚂蚁筑塔，且看花枝锦簇与霓裳羽衣共舞，竞相争艳。若是心无烦恼，这景象则极美不过，使人赏心悦目的。

两人登上樱花岗，来到樱云台附近，忽闻一阵喧闹，对面驶来五六辆包车，众人纷纷止步，吵嚷着：“快瞧，快瞧。”

放眼望去，不知是何处的一班贵族，老老少少相携而行。见那少年，华丽的曙红绣罗下，衬着嫣红同色内衣；那老者，则是松绿丛中点点红，别着一只玳瑁发簪，让人看得眼花缭乱，更显时髦的则是衣襟间若隐若现露出的一条金链子。车停在八百膳门口，一行人鱼贯而入。看热闹的人，有的侧目而视，有的垂涎欲滴，有的喃喃自语："好一个气派十足。"美尾却是别有一番感受在心头，呆呆地望向那里，茫然而立，一种莫名的失落使她心事重重。

"再怎么是个贵族，那身打扮也太过张扬。"与四郎转头与她说话，她根本充耳未闻，自顾自地审视着自己，悄然无语。

丈夫不明所以，担心地问："怎么啦？"

美尾无精打采地道："我觉得有些不舒服，向岛就不去了，从这儿直接回家。你自己慢慢转吧，我叫辆车先回去了。"

与四郎方始察觉出不对劲："那怎么行，一个人有什么意思，今天就到这儿吧，咱们改日再来。"丈夫的体贴，美尾竟自不觉，并无丝毫喜悦。

"既然都出来了，吃个烤鸡再回吧。"丈夫的逢迎，反倒使她更觉凄惶，逃也似地急急回了家。与四郎的兴致荡然无存，心中唯念美尾身体的安康。

镜花水月，搅得她终日神思恍惚。没人的时候，她以袖拭泪，并不是因为相思，只是觉得心里飘荡着愁伤。虽说她明知是自己的问题，可还是对与四郎一改从前的态度。心烦的时候，对他爱搭不理，男人发了火，她也跟着生气，还不依不饶地叫嚣：“要是不乐意，就把我休了，千万别将就，我还有娘家呢。”那副盛气凌人的架势，更让那丈夫忍无可忍，举起笤帚咆哮着：“滚，现在就给我滚。”眼见大事不妙，到底是女流之辈，心里终是觉得哀伤，道：“你是打算把我折磨够了，好让我自己走人是吧？我早就是你的人了，要是恨我，就打我，杀了我都行。我生是这里的人，死是这里的鬼，就算你杀了我，我也不走。来吧，想怎么处置，任由你便。”遂哭泣起来。

对那娇妻，与四郎何曾有丝毫的不满，喊着离婚，不过是威慑而已。看她软磨硬泡，一脸哀求的样子，正好顺水推舟。但也不忘嘴上逞强，嗔怪一句“任性的家伙！”便尽释前嫌。但那爱恋，仍是有增无减。

五

与四郎是个心眼实诚的人，一天也是过，百日也是过，始终如一。可是美尾却不知何时起，变得有些难以捉摸。她总是怔怔地发呆，空望着天空，整日无所事事。与四郎察言观色，以为她是被相思掏空了心，宛如行尸走肉，“美尾，美尾”地喊她两声，她只会有气无力地应一句。别看她每日待在家里，其实身虽在，心已不知徜徉到了哪里。他是在为美尾担心，可一想到背后让人指指点点：“老婆都跟人跑了，就他自己还傻乎乎地蒙在鼓里。”便是心有不甘。他越想越怕，生怕弄假成真，于是决意，与美尾形影不离，严防死守。

虽是如此，可他并没有发现任何蛛丝马迹，她只是在那里独自发呆，想着心事，有时也会痛哭流涕。“就靠这点儿微薄的薪水度日，你还打算要混多久？对面官邸住的那位老爷从前也是个跑腿的，可人家知道要力争上游。一朝发奋，破茧而出。别看他一脸胡须，像个武夫，可人家坐上了马车，不是照样威风凛凛。你也是个爷们儿，趁早脱下那身旧西服，扔掉那个破便当，也让路人都回过头来瞧一瞧，咱也是个了不起的人物。你要是有那个拎着菜篮子给我买菜的心，不如下班后去上个夜校，咱也做个有头有脸的人，成就一番事业好不好。就算我求你了，只要你努力，不管是副业还是什么，我都可以去做，挣点儿买菜钱，也好减轻你的负担。求你了，你上点儿心吧。”美尾把一向枯燥乏味的生活，一一历数，打心底里苦苦哀求着。

这话在与四郎听来，却觉得是在指桑骂槐，不由得恼羞成怒。暗自想："什么是为了我着想？让我去夜校，不过是个借口！把我打发掉，好自己去逍遥吧？"于是怒道："我就是这么一个没用的废物！还想什么马车呢，说不定哪天要去给人拉洋车呢！趁现在，你好好琢磨一下自己的将来吧！不如赶紧找个聪明能干、又有学问人又帅的小伙子，现在改嫁，为时不晚。我听说，对面那位老爷，没少夸你貌美如花呢。"净扯一些没用的废话。我就是个废物！就是一个没出息的人！就是一个懦夫！"说罢，躺成一个大字倒在了床上。别说夜校了，连班都懒得去上，跟着美尾寸步不离。

"唉，你怎么就那么好赖不知呢！"美尾感觉无限怅然。两人各怀心事，此后稍一开口便争吵不休，又哭又闹，纠缠不清。可两个人毕竟还有感情，终是没有忘记什么叫适可而止。美尾会让他干这干那的，与四郎也会"美尾，美尾"地叫着，简直是看在眼里怕丢了，到了无法自拔的地步。日子一久，邻里也是见怪不怪，两人再是争吵，也没人前来掺和解劝了。

一次，与四郎出去赏梅，美尾娘家派来一辆镶着金标家徽的包车接她回了娘家。打那以后，美尾倒是消停了下来，不再苦口婆心地劝诫他，整日只在那里愁眉不展。回娘家的次数日渐频繁，每每归来，又会把脸埋在衣衫里哀转叹息。

丈夫询问起来，她总答心里不舒服，看什么都没胃口，只贪午睡，懒得走动，渐渐脸上也没了血色。与四郎初以为她病了，心痛不已，忙着劝她看病服药，暂把那嫉妒忘在了脑后，专心致志地服侍左右。

没想到，美尾的病却是有喜了。长到三四个月，便已能够确诊无误。待到黄梅落地，梅雨丝丝的时节，左邻右舍纷纷前来道喜，即便已是暑气渐蒸，她仍羞于脱下身上的短袄。此事害得与四郎又惊又喜，恍如梦寐。他听说怀胎所需十月，便背着人屈指盘算日子。他巴望能有一个儿子，便为那没影的事，跑去占了一卦，看似他无动于衷，却偷偷求了一个平安产子符。一朝分娩，除了等待，便是人说什么就言听计从，照搬地准备了起来。可他一个大老爷们儿，自是不懂，弄得错误百出，最后只得推给丈母娘，还落得一番鄙视："这方面，我比你懂得多啦。"他连连诺首道："自然，自然。"

六

"月俸八元钱，这回又升职无望了吧？待孩子落地，诸般费用必定少不得，如果还要请人帮忙的话，我看你该怎么办？美尾现在身子虚弱，没法给你搭手，一家三口紧紧巴巴的，日子过得跟乞丐一样，你让我怎么说？你得想个办法呀！现在还不找个收入多些的活，往后这日子怎么过？我看你连孩子都养不活！美尾是我的独苗，当初许与你，也是指望着你能给我养老送终。早先你也答应好了，每月给我些香火钱，这不是我狮子大开口吧，可你从来没有兑现过！我知道不是你抵赖，是你根本没那本事，凑不出钱来！我还能怎么着？只好死了这条心，自谋生路。这把年纪了，还要四处求人，给人去帮佣，腆着老脸活到了现在，容易吗。你要知道，人无志气，再如何努力，也是白费力气。我仔细观察了，等到哪天我手脚动弹不得，离不开你们的时候，就靠你这区区八元钱，哼哼，你觉得够吗。还是得趁早未雨绸缪！这样做或许你俩都难过，但我觉得你们还是得先分开一阵，美尾同孩子先由我来照顾，你就单枪匹马一个人出去闯荡。不一定非要去做官，布衣芒屩不照样能轰轰地烈烈干番事业，混出个样子来，才好有踏实的日子。美尾是我闺女，我说的话，她不会不听，就看你是怎么想的了。”

美尾临盆前，丈母娘就借口住到了女婿家，对与四郎张口闭口就是数落，恨得他咬牙切齿。心想对付这老东西虽不成问题，就怕有孕在身的美尾会心下难过，再动了胎气。只好忍气吞声地道：“男子汉大丈夫，还怕养不活老婆孩子吗。

漫漫人生路，不至于到死，我就拿这八块钱吧？您老就不必多费心了。”

好一个冠冕堂皇。丈母娘听罢，露出那寥寥可数的几粒黑牙，挤出一番话来：“好样的！厉害！这话说得多漂亮。你能这么想，我就放心了。到底是个顶天立地的爷们儿，真个儿志存高远。厉害！厉害！”可恨她竟还频频点头。

美尾赶忙打着圆场：“娘，别说啦。别惹他生气。”

与四郎听了，倒是心下痛快：“老婆子，任你再怎么挑拨，美尾也是我老婆。别看是父母之命，那她也不至于无情无义，离我而去，更何况我们夫妇之间，马上就要有一个宝贝啦，岂不更是高枕无忧。”他以为自己是天宫雷神吗？趾高气昂的，没把那丈母娘放在眼里。在他看来，舍之不忍的宝贝，自是天数已定。

十月十五日，就在与四郎快下班的时候，美尾平安地诞下一女。尽管他想要个男孩，但恁般可爱的小毛头，怎能让他不别转心意。一进家门，丈母娘就迎上前来：“哎呀，您回来啦。”看来毕竟是头一个外孙女，那皱巴巴的脸上，竟也堆满了笑容。“瞧瞧，多可爱。红扑扑的。”说着，把孩子往他怀里塞。他紧张得不知所措，又是欢喜又是腼腆，终是不好意思伸出手去，还是让那丈母娘抱了去。他偷眼看了一下，像谁呢？像自己吗？无法妄作判断。不管怎样，到底还是可爱的，光是那嘤嘤的啼哭声，都与听惯的邻家小儿的哭闹声大为不同。之前想想就让人心惊肉跳的分娩大事，居然如此顺顺当当地平安过去了，肩上的重担总算落下，这才想起了产妇。偷眼看去，只见美尾倚在高枕上，一条毛巾扎住了云鬓乱发，虽虚弱得让人心疼，可依旧如此动人，愈发神清骨秀。

取名的七夜式，在产妇下床以及参拜神社中匆忙度过。与四郎一本正经地把取好的名字写在纸上，放进了土地公公的神签罐子里。抽出一签，永保常青的松、竹没有，寓意长寿的鹤、龟没有，偏偏是一张与四郎无心插柳写下的名字。“这个名字叫起来挺顺口。”上面赫然写着“阿町”。“女孩嘛，相貌好才招人疼，这已经是再好不过的了。虽不是叫小野吧，可阿町这名字毫不逊色。”一家老小兴致高昂。从此便“阿町，阿町”地叫着，抢在手里，你哄我抱。

七

待到阿町能笑出声时，已是转年的春季。美尾愈发的忧郁，时时会落下几滴清泪。有人说这是产后气血两虚的缘故。与四郎并未在意，言谈间只有阿町日后的成长规划。他照例是那身破旧的行头，拎着便当去应付差事。

住在东京的日子，美尾的母亲总觉得一天到晚闲极无聊，便有了去意。

“此去一是给你们省却麻烦，二是之前一直效力的主家由三等军荣升为西京统御，新修了宅邸，央我过去做总管，且又承诺给我养老送终，我便打算在那里度过余生了，这里我就不多打扰啦。日后有机会再来，只求能让我留宿一宿便已知足。在此别过。”

听丈母娘这么说，与四郎心想，她毕竟是美尾的母亲，这么一走，美尾会更觉孤单，于是极力挽留道：“您也上了年岁，那边儿再好，也是需要伺候人的，这让我们做儿女的怎觉得对得住您。请您千万别走。”

丈母娘却不依允。“那怎么成，这话还是等你发达了以后再说吧。现在可由不得你。”

谷中的娘家门上，贴出了出租告示。丈母娘只身携了只包袱，匆匆由水路赶往西京去了。

一个月后。这夜乌云密布，月也不甚明朗。与四郎因查手头资料，耽搁了些时间，回家时，路上已经黑灯瞎火。晚上八点了。搁在平时，家里昏暗的灯光下，满地散落着风车和纸糊玩具，还没习惯做妈妈的美尾，该是敞着胸膛奶孩子了。可今天，透过格子门望去，惨淡的灯烛下，纸门上并未映出那双倩影。“美尾，美尾。”与四郎一边喊一边往屋里走。“来啦。”回应他的，却是邻人的声音。虽是同样的话，却由不该说的人道出。

邻家太太进来时，怀里抱着阿町，与四郎顿觉不妙。忙问：“美尾去哪里了？大晚上的，灯也不关，是去买东西了吗？”

隔壁太太蹙起了眉头：“大概是吧。”

怀里的阿町被吵醒，咿咿呀呀哭了起来。“哦，好孩子，不哭不哭。”她哄着孩子，并不直言。

过了一会儿，才又开口道：“灯是我才点上的。老实说，我一直在帮你们看家，刚才我家那个小祖宗又闹腾起来，赶紧回去看了一下。今天早上，你们家美尾说去买东西，回来之前托我照看这孩子，我以为她很快就能回来，谁知到了两点不回，三点还不回，直到现在也连个影子都不见。这是到哪儿买东西去了？让人帮着看家，到了这时候还不回，你说能不让人着急吗。真是的，究竟出了什么事？”

“我倒还想知道呢！她是穿着家常服出去的吗？”

“是呀，只加了件外套。”

“拿了什么东西没有？”

“没有呀，好像什么都没带。”

“这么晚了，她能去哪儿？”与四郎两手抱住了双臂，担心了起来。

“瞧你笨手笨脚的，该是不会照顾孩子的。美尾回来前，我先替你喂她好了。”隔壁太太看不过去，把孩子抱走了。

“哦，麻烦你了。”嘴上这么说，可一心都在美尾的行踪上，哪儿有什么心思去管阿町。

他安慰着自己：“不会的，不会的。”可仍是满腹疑云。拉开家里唯一的衣柜抽屉查看一遍，柳条箱也翻了个底朝天，总想找出些蛛丝马迹，可哪儿都没有动过的痕迹。就连美尾平素最钟爱的扎染带扬[1]，也原封未动。他拉开放零钱的梳妆台抽屉。怎么回事？一沓崭新的钞票，看起来有二十张的样子，上面还附着一封信。与四郎大惊失色，心绪难宁。原来如此！他几近癫狂，扯开那信一看，只有寥寥数字：

美尾已死，不必再找。钱给阿町买奶粉。诸事拜托。

与四郎勃然变色，颤着嘴唇，挤出两个字：“贱人！”不由得怒从心头起，恶向胆边生，气得七窍生烟。他一手把钞票和字条撕了个粉碎，腾地一下站起了身。倘若近旁有人的话，想必定会被吓得魂飞魄散。

---

[1] 扎染带扬指为使和服腰带不下滑在腰带里从后往前系好的一幅衬布。

八

他活着就是为了挣钱。摸爬滚打了十五年，背上了一个“赤鬼”的绰号。短短五十年的生涯，化作一股青烟，就这么散了。而他留下的万贯家财，现在的主人却是玉村恭助，也就是他的好女婿。“那种身份的人，也不必随了他的姓。”旁人的指手画脚，玉村并不在意，他现在之所以能心安理得地做自己喜欢的事，凡事问心无愧，还不都依靠丈人的恩赐。为此，他把太太捧在掌心里，宠爱有加。

阿町呢，虽不会小看丈夫，可毕竟与那些要看公婆脸色、束手束脚过日子的媳妇不同。上了新剧，她想看便看，谁敢多一句话。赏花赏月，还不是催了丈夫，说走便走。一旦丈夫晚归，她便满天下打电话四处询问，夜深再晚，她也目不交睫地等在那里。对丈夫，她过于爱慕，过于依恋，自己多少都觉得难为情。但说不上为什么，只要丈夫不在，她便觉得寂寞难耐。她把丈夫视如兄长，视如双亲，对他依恋不舍。

虽是如此，但如果丈夫去地方视察，也总有个三个月、半年不在家的时候。这还与去温泉不同，凭她百般撒娇也于事无补。她只好留在家中，两人互通书信。个中眷恋，又岂是随便道与他人的。

美中不足的是，两人膝下无子。结婚十年，孩子连个影儿都没看到。为此，还去清水堂请了几次子孙娘娘，也是愿望落空。老爷很是失落，曾想过抱养孩子，可还是拗不过挑剔的太太，终是与子女无缘无份了。

落叶凝霜，清晨越发冰凉，寒风催木，秋雨缠绵不绝。如此的夜晚，太太把一众女佣叫进屋里，围坐在暖炉旁，品世间演义，评书中人物。如有口才好的，说些个幽默笑话，太太高兴了，就拿出些东西，赏了这个赏那个。说来，太太这种爱打赏的毛病，打小就有。不用说，这着实让当爹的犯过难。其实在她骨子里，是一个感情用事的人，要是谁的哪句话点中了她的要穴，她便不管不顾，对那人盲目地喜欢。有一年新年，她把刚给老爷做好的绸缎外套，送给了车夫茂助的独生儿子与太郎。其实理由很简单，只因茂助一句不足挂齿的牢骚：“要过年了，孩子连件新衣都没有。”她心生怜悯，把那件新衣赏给了他，茂助感恩戴德叩头相谢。可在别人看来，那衣服上印着的鹰羽家徽，却格外得刺眼。

太太是个不拘小节的人，看到书生千叶衣不蔽体，就吩咐裁缝阿仲给他做一件冬衣。主人的吩咐，阿仲哪敢说个不字，草草敷衍，做成了一件碎白点花纹棉衣，次日晚间，便已穿在了千叶身上。这让那书生感激不尽。他多愁善感，嘴上虽是不说，眼里却已噙满了泪，拜托太太的贴身女佣阿福，转达了自己的谢意。传话的，是个能说会道之人，惯会添油加醋，对太太这般那般地一说，最后还附上一句“千叶被您感动得涕泪交横”。此话一出，可不让那太太觉得这孩子更加可爱了么，由此对他的关照便是倍加殷勤，那番记挂，更是凭添了一层。

十一月二十八日，是老爷的诞辰，照例要大排筵宴，自然少不得周旋其中的美人作陪，山珍海味，纵情尽欢。满脸胡子的鸟居，唱了一段艳曲，“自打哥哥我见到了你，想你想得睡不着呀，我那小可人儿……”泽木还是亮出了他的拿手好戏《亡命人梅川》：“你父亲孙伊卫门梦醒故土……”[1]这已成了每次宴会上不可或缺的好戏。好出风头的太太，这天也使尽了浑身解数，刚做好的三件套新装，已穿戴一新，要给大家一展今年的潮流。尽管还在寒冬腊月，可已有了阳春三月的气象。庭院里，红叶虽已调零，无限寂寞，墙角处山茶，却仍散放芬芳，青松挺拔，苍翠蔚蔚。席上之人，无有不醉。

今年的来客，尤为往年要多。午后三点，接到请帖的客人接踵而至，到了天色昏黄，更是热闹异常，屋里坐不下

[1] 此句出自歌舞伎剧目《恋飞脚大和往来》，梅川为戏中女主角。原文应为“孙右卫门”，为剧中主角忠兵卫的父亲。原作中的友人泽木咬字不清，“右”“伊”混淆。

的，便跑去了茶室。咦，二楼扶手旁，倚着的那位美人，可不是游女阿轻[1]，看她捏了那两片镜子，正在偷窥其中奥秘，匿笑不禁。

阿町被人百般奉承，不胜其烦，左一句“太太”，右一句“夫人”地叫着，敬上来的酒，如久雨连绵。“抱歉，不胜酒力，实难奉陪。”可应酬之间，总免不得还是喝下去两三杯，不觉间已是耳根发热，心悸难耐。中途离席，虽是不该，可仍背了众人来到了庭院。跨过池塘的石桥，转过假山，来到稻荷神社前的功德箱处，小坐一会儿，偷得一刻闲暇。

九

这座宅邸，是小町十二岁时，父亲与四郎从别人手里抵来，之后又加以修缮所成。小桥流水，叠石作山，风入寒松，一切都未改从前的模样。

迷醉的小町，如梦似幻般转头回望，只见云间月影朦胧。

---

[1] 人物出自竹田出云等作歌舞伎剧目《假名手本忠臣藏》第七段《祇园一力茶屋》一场。剧中送到大星由良之助的一封密信，被茶屋二楼的游女阿轻用双片镜对在一起看了个真切，泄露了军机。文中，作者借用此段来做场景叙事。

神社前，红白苇索，风吹铃动，古镜苍然。夜风吹打着棂条窗格，没人摇动的铜铃叮当作响，御币随风摇荡，好一副悲凉寂寥。

她忽然感到一阵不寒而栗，站起身子，往上房走了两三步，又像被什么扯住了脚一般立足不前，倚在了石狮的台墩上。透过窸簌的枝叶，远远可闻客厅传来的欢声笑语。“咦，这不是老爷在唱吗？一旁伴奏的三弦，该是小梅弹奏的吧？老爷什么时候变得如此倜傥风流了？真是不能大意。”这么一想，反倒心思沉重起来，如有铅般重压让她怅然若失。

良久，太太好似已然酒醒，又是自怨自责起来，怪自己怎老是这般庸人自扰，遂步入房内。客厅里四处杯盘狼藉，门前已是车水马龙，接送的包车目不暇接。“某某老爷回府！”小厮的叫嚷，此起彼伏。曲终人散，一夜秋雨迷蒙。

恭助老爷已筋疲力尽，衣也未脱便躺了下去。太太忙道：“脱了衣服再睡吧，这样怎么行。”亲自帮他脱去了外套，解开了腰带，又给他换上一件丝质睡衣，上面披了件法兰绒衬衫。“好啦，这样可以休息了。”说着扶起踉踉跄跄的老爷，走进了卧室。老爷嘴上竟还嘟囔着：“其实我没醉。”太太又吩咐佣人当心火烛，让大家赶紧睡了，自己才转回卧室。

她心里有事，辗转难眠，虽是嘴上不说，脸色却与平日判然不同。

老爷撩起惺忪的睡眼，问她，“怎么还不歇息？想什么呢？”

太太有些不置可否：“心里怪怪的，到底为什么，我也不明白。”

老爷付之一笑，道：“你是心思太重啦。心绪放平，自然就会好。”

“可是我心里总有种说不出的寂寞。刚才大家那么热情地劝酒，我真有些难以招架，一个人逃到稻荷神社想清醒清醒。我想了很多奇奇怪怪的事情，不许笑我！说真的，那种感觉真是如鲠在喉，说出来肯定会让你笑话，你又会要说我了。”她低下了头，晶莹的泪珠掉落在膝上，那副表情，让人难以捉摸。

她今晚的神色，与往日大为不同，情绪低落，意志消沉。

“我总在想，说不定哪天你会抛弃我，心里老是觉得无比苦楚。”

“你看你，又来了，”老爷不以为意地笑了笑，“是有谁说了什么？还是你又在自己瞎想？这种子虚乌有的事情，怎么会有。世俗对我的褒贬，和你的想象根本不一样。尽管放心好了。”老爷不痛不痒地丢下一句。

“你别以为我在争风吃醋，其实并非如此。今天的宴席如此风光，来宾哪个不是有头有脸的人物，想到这些人都是你的朋友，我都替你高兴，可又不禁会想到自己。你看，你现在是愈发出人头地了，名声在外，不乏交际。今晚，和着小梅的三弦唱得那段《劝进帐》，竟是那么娴熟。别怪我吃醋，我总以为你还是从前的你，可今天，却感觉你与我渐行渐远，感觉迟早有一天你会厌烦我。像你这种立足于世的人，见闻广博自是无可厚非，可我却只待在这个狭小天地里，不知世道艰辛，浑浑噩噩地过着自己的小日子，直到你厌倦我的那一天。如此的可悲，怎能不让人难过。活在这个世上，除你之外，我别无依靠。爹爹与四郎在世的时候，想必你多少也有所耳闻，因我与母亲长得过于相像，戳到了他心底的痛。为此他从不肯靠近我，从早到晚，我只有孤孤单单的一个人。幸好和你有了这么一段佳缘。尽管我如此任性，你依然处处体谅我，让我始终过着无忧无虑的日子，真的是不胜感激，无以为报。可正因如此，我才担心自己和你太不相称，才会像今晚这样，心里觉得空落落而坐立不安。虽说我知道这话不该说与你，可终究还是说出了口。我当然明白这些不着边际的话只不过是庸人自扰，可这种感觉总萦绕着我，挥之不去，让我忐忑不安。”说罢她放声大哭。

“这话太有偏见了，完全就是捕风捉影。你这是吃醋啦。”对她的一番话，老爷全然付之一笑。

十

千头万绪，让太太不知所措，心绪就像这阵子老天爷的脸一般阴晴不定。白日里像被烦恼缠身，让人惆怅满怀；一旦入夜，秋雨缠绵，风声鹤唳，便像有人在急促叩门，一阵紧过一阵。太太顾影自怜，取出瑶琴，找出一首自己喜欢的曲子，随手扶弦。琴声唯是我知音，戚戚哀怨，亦如我自伤悲。不忍扶奏，默坐饮泣。

有时她会叫来女佣替她揉肩，让她们讲些令人开心的恋爱小故事。旁人听罢，笑得合不拢嘴，她却如隔靴搔痒。只有那哀愁，灼烧着她的心魂。

一晚，女佣阿福忽自说道："有件事情，如果我不说，谁都不知道，可要说了，就是我不够意思。但我真是憋不住，谁让我就是这么嘴快呢。您就听一耳朵，别再往外传了。这事儿可是挺有意思的。"兴奋得那声调都急促了。

"什么事情？"

"您听我说呀，是书生千叶的那段苦涩初恋。听说他在老家时，和某个姑娘一见钟情。您别一听乡下，就以为都是腰别镰刀、脚穿草鞋、手巾捆麦秆的村夫，可不都是那样。那姑娘听说是个美人，而且还是村长的妹妹。从上小学的时候，就有了好感……"

“谁对谁有了好感？”侍女小米从旁插嘴问。

“别打岔，当然是千叶对人家有意思啦。”

“哎呀，那个呆子也有这种想法？”小米笑出了声。

太太苦笑道：“怪可怜的。你们居然还去打探人家的伤心事。”

“哪里呀，并不是很久以前的事。您且听我慢慢说。”

阿福松了松衣领，清了清嗓子。侍女小米也有着同样经历，怕阿福多嘴漏出些什么，涨红了脸，瞪了她一眼。那阿福视若无睹，舔了一下唇，接着讲：

“您道是怎么回事。千叶自从看上人家，每天上学必定从她窗沿下走过，心里惦记着：‘她知道我来了吗？还是她已经走啦？’他想看看人家的脸，想听听人家的声，想跟人家说上两句心里话。总之吧，有千般的思愁够他想的。按说在学校里，他们不是没有说过话，也不是没有见着面，可就是这点儿倏忽而已的时间，怎是个够？一到周日，他必会到姑娘家前面的河里去钓鱼，真是可怜了那些鲫鱼和鲢鱼。钓来钓去，一直熬到日落西山，才叹息而归。估计他一心想的都是盼那姑娘赶紧出来，哪怕鱼儿全都送给她，为的就是想望一眼人家那张笑盈盈的脸。别看他外表傻乎乎的，也是一个痴情的人儿呢。”

“当真？他那相思有多久了？”太太问。

“您觉得呢？人家可是村长的妹妹，他只是一介布衣，虽不能拿鹊桥相会、百鸟朝凤等华丽辞藻来比喻，简短截说吧，也好比提灯与梵钟，有着天壤之别。他们门第太过悬殊啦。自然，爱情是不分阶层的。这两人到底能修成正果吗？小米，你以为怎样？”出此一题。

小米只道她恶意取笑，便说：“我怎能知。”脸撇向了一旁。

太太笑道：“自然是水中捞月呗，否则怎会来此。但凡要是成了，也不会整天头发凌乱，不知梳洗打扮。如此勤学苦读，该不是因为这糟事情而自暴自弃了吧？”

“他那种人，怎么会自暴自弃？他那是了悟世间无常了。”

“这么说，是那姑娘死了吗？太可怜了。”太太不胜惋惜。

阿福得意地接茬道：“能不能把这称作是爱情，还是两可之说呢！不经世故的孩子，只会把什么都装在心里，表面却似无事人一样，还不是就这么一过多少年吗。所谓三岁看大七岁看老，看千叶现在这样，就能知道他小时候的德行。后来他生过一场病，给送去了寺院，任他再怎么想那姑娘，应他的，也只有那松声涛涛，只叫人无可奈何。话说回来，接下来的才是正题呢。”阿福卖了个关子。

“又是你编的吧？”太太用指头弹了她一下。

“咦，怎么会是我编的呢？要是您从哪儿听到过这事，我倒是为难了。这是他本人亲口讲与我的。”

“竟瞎说，他那种人，怎么会亲口给你讲这个。就算确有其事，他也该板着一副面孔，缄口不语才对。瞧瞧，露出了马脚吧。”

“真是的，您怎么就不相信我呢。昨天早上，千叶叫住我问：‘这四五日来，见太太好像有些不大舒服，到底是怎么回事？’瞅他那副担心的样子哦！我便告诉他：‘太太气血亏虚，总是郁郁寡欢，真到憋闷得难受时，便会自己躲去背处暗自神伤，这是太太的老毛病了。’您知，他听了这话有多吃惊吗。‘这还了得。这种病大抵是神经衰弱，任其发展可就无法挽回了。’然后他就跟我讲起了那件事：‘我在老家，有一个儿时的朋友，她就得了这种病。肝气不舒，导致神经衰弱，与此间太太极为相似。她是因为跟着后娘情致抑郁才落下的毛病，到后来还是死了，让人唏嘘不已。’这真是他说的，真是他一本正经讲与我的。我把这事的前后七拼八凑起来，可不就像刚才说的一样了吗？他说太太的症状和那姑娘一样，委实不假。不过这话，可千万别传出去，不然他肯定要训斥我的，您就装作不知好了。”

那阿福，口若悬河，滔滔不绝，真似敲鼓一般，令席间好不热闹。

十一

到了这年的十二月二十五日，又是一年的辞旧迎新，路上行人步履匆匆，礼尚往来之人川流不息，热闹非凡。家家都传出捣年糕的声音，把那年味烹得愈发浓郁。

公馆里年前的扫除，亦是忙得不亦乐乎。扫帚上的竹枝纵横杂乱，掉满了铺席，佣人们粗陋的草鞋七横八竖堆得满走廊都是。有的拿了毛巾抹灰，有的在掸席子，还有的在倒腾家具，更有些喝了主人家赏赐的酒烂醉如泥，像个物件似的被人抬了出去。往日那些受之于惠的店伙计，都自告奋勇前来帮忙，弄得喧闹不堪。最后只好辞去一半，召集起剩下的人，一人分得半条毛巾用来包头。有人在发根处打个结，有人把脸裹了起来，还有人披在了头上。各式各样，花式繁多。老爷一早就出了门，任由太太发号施令。太太身上着了件友禅外套，长衣及地，只得用手拎起下摆，穿着脚上那双红指襻的麻鞋，站在那里调兵遣将，好不威风。直忙到后半晌才告一段落，正是下午茶时分，佣人端上满满一堆紫菜团，太太吩咐大家尽情享用，自己则上到二楼，暂且颐养精神。气血不足，常会使她胸口憋闷，趁此时机，拿个枕头薄被，小憩片刻。此事，除侍女小米之外，无人知晓。

太太迷迷糊糊打了个盹，一觉醒来，枕边的走廊上，传来一对男女的交谈。听那满口“爷们儿”“娘们儿”的污言秽语，就像在车站旅馆的二楼一样，肆无忌惮。估计他们做梦也没想到，太太就在此间咫尺之遥。

当中一人，是贴身女佣阿福。“老说什么‘仔细点儿，仔细点儿’，一天的工夫，哪儿能扫得那么彻底呀。犄角旮旯都要弄干净的话，哪儿忙得过来。也就眼跟前儿这点地儿扫扫就得了，其他地方管它呢。就这，还累得半死呢，谁会一本正经地干呀。”那口气甚是不屑。

“没错！”听声音，对方应该是茂助洋车行的安五郎。他接着道：“说起一本正经，你们家爷们儿在饭田町养姘头的事儿，听说了吗？“

阿福像是百年前就有所耳闻一样忙不迭地接着话茬道：“那还用说！此事蒙在鼓里的，大概只有太太一人，这倒是把绿帽儿戴反了。那个阿波我是不曾见过，听说黑不溜秋还长个马脸，盘儿挺亮的是吗？你不是总给老爷拉车吗，应该见过吧？”

“这自然喽。格子门一响，小少爷就先奔了出来，那娘们儿就跟在后面。头发往上一挽，随随便便插了一只拢子，薄施淡妆，看上去倒是挺利落。她总穿件带领儿的衬衣，外面罩着围裙。一见你们家老爷就说：‘哎呀，您来啦。’你们爷们儿呢：‘啊，有日子没来了，等急了吧。’然后就往门沿上一坐，那娘们儿巴巴地赶紧就给脱鞋，那股殷勤劲儿，简直目不忍睹。老爷进屋的时候，她又赶紧出来：‘拉车的，麻烦你了，这点儿拿去买烟吧。’还给俺打了赏。听说那位之前还是好人家出身呢，倒真是让人刮目相看。”安五郎不无赞叹。

“是好人家出身，不是说原来还是个清白姑娘吗。跟了老爷十来年，儿子也有十还是十一岁了吧。可惜这边家无子嗣，那边倒生了个公子。想来，可怜的还是这边的太太呀。不过话又说回来，一切还不都是命里注定的吗。”阿福接话道。

“有什么办法。论理儿，这份家业本来也都是先老爷搜刮榨取来的，将来落到人家手里，也是没话可说。不过最不地道的还是眼前这位大当家的。”

“男人还不都一个德行，就爱在外面沾花惹草。”阿福笑得有些不怀好意。

“这话里带话的，听着刺耳。别瞧我这样子，不仁不义的事就和三伏天里晒被子一样，与我无关。瞒着老婆偷养婊子那种缺德事儿，我干不出来。要么说什么叫胆大包天呢。你们这位大当家的，干的可真不是人事，两世积恶，他倒更是变本加厉了。”

好一个旁若无人，不怕隔墙有耳，阿福也从旁敲着边鼓。

“来，加把劲再干一轮。小安，下面交给你了，我把这儿擦了，然后再去收拾仓库。”说着沿着走廊擦了起来。

虽是一屏之隔，但也能当太太的挡箭牌。她心里只道：“千万不要拉开，不想让你看见我的脸。”

十二

十六日一早，天光大亮，便见昨日的扫除，透着满屋的清净。里屋的六叠房间里，老爷和太太围炉而坐，翻着报纸，你一言我一语聊着时事，谈着文坛动向。这夫唱妇随，让外人看来，怎不艳羡。

老爷见是个千载难逢的好机会，便开口对太太说：

“家里向来什么都好，美中不足就是没个儿子。倘若你能生下一儿半女，就再好不过了。生不了，也可抱养一个，任凭我们来培养，这事你我之间，应该早已达成了共识，可惜一直没有合适人选。我也到了四十不惑之年，听上去虽显消沉，可家里没个继承人，终是让人心里没底儿。不定哪天，我也会像你一样，整天嘴上喊着‘孤单’呀，‘寂寞’的。赶巧给海军做事的鸟居有个朋友，生了一个天资不赖，聪明伶俐的男孩，要是你没意见的话，我倒想抱来精心调教一番。一切责任鸟居承担，而且他也愿意做那孩子本家。孩子现在十一岁，长相也颇为乖巧。”

太太抬起头，直视着老爷，看了看道：

“好吧，是个好办法，我没什么问题。你要觉得合适，就随你的意思办吧。这个家，毕竟你是一家之主，自可以随着你自己的意思来。”

语气虽是平静，心里却想：“如果真是那女人的孩子呢？那他可是太过无情了。”不禁面露忧色。

“此事也不用操之过急，你也好好想想，要真有这个意思，再定不迟。看你这些日子，总是郁郁寡欢，怕你窝出病来，总想找点什么法子来安慰你，看来此事，我做得还是有些过于草率。毕竟一个孩子，又不是洋娃娃、泥人，不能当作玩具来摆弄，就算他不成器，也不能丢到垃圾桶里，不理不睬。既然领养孩子是想让他继承家业，还是得打探清楚，了解详细后，再从长计议。不过，这阵子你好像很忧郁，这样会影响健康的。刚才说的事情，先暂且搁下吧，要不要去戏园子转转，播摩好像就在附近说书呢。今晚怎样？去转转？”老爷看起来，一副讨好的样子。

“干嘛那么温柔？我并没有想让你讨好我。不痛快的时候，你大可不理我，开心的时候，我自然会笑。让我随性而来吧。”心里的怨恨，太太终是不敢说出口，只有把一腔忧愤埋藏于心。

老爷不无担心地问："这种自暴自弃的话从何而来？前阵子开始，我就发现你总是话里藏阄。你想得太多啦！是不是有什么误会？你心里有事不肯与我讲是吧？是为之前小梅的事情？要为那事，就是你多想啦。我对她根本没兴趣，放踏实心吧。小梅老早就是八木田的人了，没人敢插手的。再说了，你看她瘦骨嶙峋，残花败柳一样，管是再如何好色的人，对她都提不起兴致来。别胡思乱想啦，你要为的是这件事，我可是至清无垢的。"

老爷含笑捻着唇边的胡须。饭田町格子门那档子事，太太怎会知道？何需防备！又怎用得着未雨绸缪！

十三

忧思过重，使得太太时常心口绞痛。这已成了习惯，严重时，朝后一仰便会摔倒在地，好像就要气绝身亡一般。初时，还请大夫来做皮下注射，可那病不分昼夜，发病时，便要使人用劲按住痛处才能解一时之危。此非男人不成，每当犯病，哪里管得是半夜三更，愣是得把个千叶叫来替太太按住后背。此时他怎还理会得了男女授受不亲的礼教之规，眼里唯有需要看护的人。不用多日，闲言碎语不胫而走，有人把那六叠的内室冠以“太太的心痛室”之名，好像太太真做出了什么见不得人的勾当。难道他们是亲眼所见？竟把那霜夜寒凉时太太的怜悯赠衣，也拿出来嚼舌根。在这种连一阵无形的风刮过都能让人骚动的世上，原野上的虫鸣又怎能逃过？那种不足挂齿的事儿，都让人拿来小题大做！太太已是不堪其忧。

女佣阿福早就惦记上了太太那件新上身的结城绸外衫，本以为那件“非我莫属”，没成想事与愿违。说是常受了千叶的关照，叫人改成了过年穿的新衣，送给了千叶。这恨得她咬牙切齿，常常对其侧目而视。逮着梳头的阿留，就像出了天大的事情一般，上下嘴皮一动，花言巧语讲了一番，消息便似那电报一般飞样地传开了。接着如涟漪般，越传越离谱，直传到了恭助老爷的耳朵里。

此事非同寻常，让老爷心乱如麻。

“要不是因为她会继承家业，此事也不用理会。虽说世人议论纷纷，但与她分居，总是于心不忍。可置之不理，又会遭人攻击，说我家内乱成了一锅粥，更不要说倘若再惹祸上身了。这该如何是好？”

对太太的放纵任性，他向来任其所为，不会轻易加以斥责，毕竟没给他丢过脸，还够得上做金村的妻子。可是这一回，不能等闲视之。外界议论纷纷，亲朋好友也轮番上场加以劝告。他拖了一天又一天，始终难于开口说与妻子。过了新年，他便想初七，过了初七他又等十五，越拖越久，过去了二十天，蹉跎了一个月。到了二月，暗香浮动梅花开，他觉得此时不应着急。三月是饭田町那孩子小学考试的时候，落英缤纷，樱花烂漫，他却笑不出来。妻子的烂摊子，家里的残局，该是何去何从，他竟没了主张。

他从朋友那里买了一处谷中的房子，家中一切俱已安置妥当。可一想到妻子要在那里度过凄惨的余生，又于心不忍，暗自落泪，怪自己不仁不德。最后还是把心一横，在四月初一个雨打樱花的夜晚，将别居之意具细传达。

在此之前，千叶已被"流放"。虽比不得汨罗江畔的屈原，但依然恨意难平，他背上的是跳进黄河也洗不清的罪名。有人看见他从永代坐上了轮船。千真万确！他还乡去了。

那夜是如此使人愁伤。

车辆等一应物什俱已准备停当，丈夫对妻子说："我有话要讲，过来一下。"

妻子怯生生地来到书房门口。

"今晚你就搬去谷中，这个家从此跟你没有关系了。别想着回来！自己犯下的错，自己应该明白。你走吧！”

“这太过分了！我有什么错你自可以骂我。突然说出这种话，我不接受。”言罢，嘤嘤哭泣。

丈夫头也不回。“当然有理由，做出那种伤风败俗的事情，还要我一件一件抖落出来吗？车已经备好，你坐上去就可以了。”遂起身往外。太太追上去，抓住了他的衣袖。

“放手！贱人！”丈夫一下甩开了她。

“你真就不能回心转意了吗？真打算弃我于不顾了吗？我孤身一人在这世上，你却要抛弃我？我当然明白你的盘算，你是想美美地独吞这份家产！你占个试试！你丢开我试试！我跟你鱼死网破！”说罢，怒目而视。

丈夫推开她，看也不看道：“阿町，你再也见不到我了。”

初刊于《文艺俱乐部》

明治二十九年（1896年）

译后记

2004年11月1日，日本的纸币面貌一新，五千元面额的设计，换上了明治女作家樋口一叶的头像。一生与金钱无缘她，竟以这种方式流传世间。

樋口一叶（1872—1896），是夏目漱石、森鸥外的同代人，也是明治时期可以与一流作家抗衡的女作家。她以女性独特的视角，不让须眉，将明治时代的风貌、世态人情，充分展现在了人们眼前，在文学史上，留下了诸多脍炙人口的篇章。

短暂的一生

樋口一叶，本名夏子，明治五年（1872年）生于下级武士家庭，后以“一叶”之名写作。一叶，取自达摩祖师苇叶渡江的典故。她曾与友人笑谈：“我一贫如洗。”笔名也揭示出她贫困的一生。虽生活在穷苦困顿中，但她自强不息，描绘着人生百态。

一叶少时，天分出众。《尘中日记》记载：幼年时，不喜与同龄孩子为伍，一起玩耍皮球、羽子板，却好读江户绘本。曾三日之内，一气呵成，读完剧作家曲亭马琴所著传奇小说《南总里见八犬传》。十一岁，一叶因母亲一句女子无才便是德，被迫退学。此事令她痛心不已，她曾写道："这让人感到何其的悲伤，何其的无情。"父亲樋口则义为了这个好学不倦的女儿，想尽办法，把她送去"荻舍"学习和歌，师从中岛歌子。荻舍的学人，多为上流阶层的女性，一叶在荻舍潜心学习《源氏物语》《徒然草》，具备了很高的古典文学素养，为其以后的创作打下了深厚基础，令其在日后的文字上，形成了自己独特的风格。

同一时期，父亲花费半生精力追求的士族头衔，也在梦想终于实现时，因为明治时代的到来，失去了实质意义，化为乌有。没过几年，一叶的父兄相继去世，由此家道没落。此时一叶十七岁，作为长女，不得不担起养家的重任。

明治二十四年（1891年），一叶初识东京朝日新闻社记者半井桃水，在他的指导下开始写作，明治二十五年（1892年）在半井主办的文艺杂志《武藏野》发表处女作《暗樱》，第一次使用笔名一叶。与半井桃水的交往，在当时社会引起了不小的轰动，在荻舍中岛歌子等人的反对下，一叶放弃了这段感情。这在一叶留下的日记和书简中，都有所记录。

明治二十六年（1893年），一叶家因生活困苦，流离转徙。一贫如洗的日子，一度让她对写作的意义是“文学还是糊口”有所彷徨。“为了糊口写作？那又为什么要写？四百字犹得三十钱！生活困顿不堪，口无鱼肉之欢，身无新衣包裹。家有老母小妹，日不能食，夜不能眠，还要言不由衷地去写作，实是让人喟然而叹。”（《蓬生日记》明治二十六年二月六日）

但贫困没有打败一叶。贫困不会磨灭一个人的品质：“荡涤胸怀，擦亮眼睛，倒是应该拿起笔来，真情书写天地万物，这才是不容置疑的道理。”在经历了贫苦和磨难后，在岁月的积淀下，她摆脱了最初写作只是为了糊口的念头，以一叶之名，执笔耕耘人生，专注于小说创作，达到了创作的巅峰，人称“奇迹的十四个月”。在这段时间，一叶写下了若干佳篇，如《大年夜》《浊流》《十三夜》《岔路》《青梅竹马》。其中《青梅竹马》极负盛名，得到森鸥外、幸田露伴、斋藤绿雨等文豪绝赞。明治二十九年（1896年）十一月，因罹患肺结核，一叶结束了短暂的二十四年生涯。一生才华，一世飘零。

樋口一叶的词采华美，直率自然，刻画入木三分，现存小说二十二篇，和歌四千多首。明治二十年（1887年）一月十五日（十五岁），一叶执笔写了第一册日记《旧衣一卷》，截至明治二十九年（1896年）七月二十二日搁笔的《水上日记》，共计为后世留下了四十余本日记。这些日记冠以《嫩叶初萌》《蓬生日记》《勿忘草》《尘中日记》《水上日记》等名，同一题名又分若干册，如《蓬生日记》七册，《尘中日记》近十册。从她的日记里，我们看到的并不是一个在贫苦与磨难下，默默忍受的明治女性，而是为了生存，与时代和自己的命运抗争的顽强女性。可以说，这些日记是研究一叶文学、明治时代文艺动向时，最为宝贵的资料。

文字的情绪

樋口一叶的作品，使用的是一种独特、优雅的“拟古典文体（文言体）”，其文字沿用了井原西鹤式的雅俗折衷体，通过译文或许终究难以完全理解、感受其中的妙趣，但若是出声朗朗诵读原文，会发现其中独有的韵味。一叶的文字音律谐畅，对仗精工，合辙押韵，同时标点少，断句、段落少，对话部分不明确与正文分割。这样的文体，初读会令人略感难解，但仔细品味，顿会感觉墨气精光，溢射于尺幅之外。一叶的文句中调用了对偶、用典等艺术手法，在精美严整的形式之中，既反映了故事发展之趣，又动静相映、意境浑融。其中不乏托物起兴的景物描写，文笔瑰丽，手法多样，以或浓或淡、时远时近、有声有色的画面，把故事中的情绪传达得神采飞动，令人击节叹赏。

一叶的作品多用净琉璃、古和歌、典故、小曲、隐喻、俗语、双关语等形式加以辅助，更好地为叙述增加了深层铺垫。如《暗樱》中对和歌的使用，不仅是在对千代的境遇作叠加描述，读者还能从古和歌的咏颂中，发现她多是用歌中的悲戚表达道不明的心绪。毋庸说是借用和歌都无法抒发的心语，来传达内心。如文中“纵无泪，缘何唐衣染斑斓”，乃是借《古今和歌集·恋歌二·纪贯之》的“思君恋君肠断魂，纵无泪，缘何唐衣染斑斓”。如果古和歌中的假想变为现实，这现实将多么地残酷，又多么地让人难以割舍。作品中多处对古和歌的引用，把千代的心语更为戏剧化地表达了出来，更能加深读者对主人公境况的同情。又如《行云》中“春夜梦醒梦浮桥，云屏遮蔽浮云邈，终难聚，已天晓”，如点睛之笔，把作品中如流云般无常的恋情，以及桂次的心理变化一语道破。

一叶广泛地从古人诗文里选择词语，大量使用散文化的句子入文，不论用于议论或是抒情，都非常准确、生动、自然。一叶文中的用诗引典，水到渠成，目的不在于把词句装饰得更加典雅富丽，而是藉以表达较为复杂、深厚的意义。

《埋没》中亦大量使用中国典故、名言警句，如“胸怀洒落如光风霁月”、“朱子曰‘精神一到，何事不成’”、“庄周梦蝶”等。如果不用这些典、句，恐实难把作品中复杂、曲折的内容完美地表达出来，合适的用典，起到了丰富作品层次的作用。

一叶的叙事脉理清，笔墨洁，又有错综变化之妙。不得不提的是篇末的一句一叹，曲折中饱含无穷不平之意，读来韵味无穷，犹见精彩。如“她仍就是依然如故，伺候着父亲，奉承着后娘，无我无他，一心只求上杉家的平安。岂知，破镜终难圆。”（《行云》）“也无风，檐上落樱何飘摇。残霞夕照，晚钟悲鸣。”（《暗樱》）“日后她无意间听说，就是在她拾到那朵花的次日，信如心无挂碍，披上了袈裟。”（《青梅竹马》）不见辞藻的华丽，其中却饱含了多少难言的情愫与情怀，笼罩着一抹空寂，读罢令人黯然。

一叶的创作源于生活，她以女性特有的细致入微，敏感的洞察力，把周边的事物兴致勃勃地描绘出来，新颖别致，不落窠臼。“于无声处听惊雷”，平静的细节，往往更能达到惊人的效果。在作品中，我们常可以看到不少精湛的描述。比如《埋没》中作者对陶艺彩绘的通晓，让人惊叹这种刻画描写，居然出自一位桃李年华的女作家之手：

一支丹青妙笔，便能出神入化。瞧那五百罗汉、十六善神、空中楼阁、回廊悠阁，无不惟妙惟肖，更有三寸香炉或五寸花瓶，描绘着大和人物或秦汉造像。你看那元禄时代的儒雅风流，神话传说中诸神的高髻云鬟，铠甲上针脚密布的浑然天成，宫廷贵人的华冠丽服，抑或是袍带上呼之欲出的湖光山色，还有那诚可谓古乐至尊的高山流水，那蕴涵天地之浩远、山水之灵韵的意境，无不被刻画得栩栩如生，活灵活现。

据载，一叶的二哥虎之助，师承成濑诚志学习萨摩烧陶艺彩绘。一叶以此为蓝本，写下了《埋没》一篇。

又如《青梅竹马》中对青楼女子的描写：

要想知道什么叫作女人天下，从五丁町无冬无夏的繁华一望便知。虽说现下已不流行提着灯笼字号去迎客，但听着茶坊上领客姑娘的木屐声，还有送入耳廓的鸾歌凤舞，不禁使人心醉神迷，踱入其中。若问他“想寻个什么样的人儿？”那必是：“红装娇艳如花，风鬟雾鬓梳裹，长裾飘飘飞扬，还有那嫣然一笑的唇角眉梢，虽难形容那美貌如何，却必是此间的勾栏花魁。”真是要在此谢过客官了。你道此番妙趣，怎是外人能知的。

一叶的文字有俗有雅，有张有驰，悦动疏荡，如泣如诉。

古典的风雅

樋口一叶的小说，展现给读者的，是明治时代的风情画卷。作家大冈升平曾说过，樋口一叶是“与紫式部齐名”的作家，此话毫不为过。在一叶的小说中，除我们看到的典雅文字，通篇弥漫着明治气息，就像一幅生动的浮世绘，形象地将百年前的悠远事态，清晰地展现在我们面前，带着几许淡淡的遗憾和哀伤。但一叶的作品，具有一种哀而不伤的境界，让人读之沉醉。

由于生活的拮据，明治二十六年（1893年）一叶母女三人搬去了吉原游廓附近的下谷龙泉寺町，开了一间小杂货店。恰恰是融入聚集于此的庶民生活里，丰富了她的写作内涵，创作出了其后的名篇《青梅竹马》。一叶把作品与自己的人生重叠，探索着一种生存方式。在《青梅竹马》之中，一叶以吉原为舞台，用女性特有的细腻笔墨，画尽了游廓风貌。展现在读者眼前的，不仅是一幅风俗画卷，更像是明治时代的盛世绝影。小说不仅描绘了吉原游廓里的游女，还呈现了依傍着吉原生存的各行各业的穷苦人物。作者把一片生动的市井烟火气，淋漓尽致地展现给了读者。

《青梅竹马》通篇洋溢着音乐的旋律，少年唱的仁和贺大戏的歌、艺人的短歌、孩子哼唱的流行曲儿，以及女太夫的歌。试想，如果加以三弦伴奏，眼前的风光恐怕会幻化出从吉原泄露的江户风貌，飘逸出浓郁的江户情绪。《青梅竹马》所描绘的吉原，延续了江户以来充满富足与活力的享乐世界。这里孕育出的，是另一种文化氛围。

在一叶的作品中，不仅故事的舞台颇具时代特色，字里行间也沁润着对江户时代的留恋。因早年在萩舍研习古典文学，一叶对古典传统的遗影信手拈来。《青梅竹马》第七回中折枝的段落，信如受托于美登利，极不情愿地随手折了一枝路旁的花，仓皇丢给对方。其中“折枝”的行为在《古今和歌集》及《源氏物语》中都有一层隐藏的涵义——“将自己内心的秘密传达与人”。这便是说，并非把心理活动用行动直接表现出来，也不以语言传达，而是精心地呵护，通过味道、触感，引起对方的注意，借以传达自己内心的思绪。

森鸥外曾言：“即便世人嘲笑我盲目崇拜一叶，我也在所不惜地想赠予她‘真正的诗人’称号。”

悲哀的宿命

杨绛说过："唯有身处卑微的人，最有机缘看到世态人情的真相。"由于生活的窘迫，一叶几度搬家。从她的作品中可以发现，叙述的故事，多与她生活环境有着极大的关系，题材多取自下层社会。她以女性独到的眼光和细腻的观察，描写着明治社会的市井民俗、世态炎凉中的女性形象。就像她小说里常叹的"世事艰辛"，作品的基调多有一种淡淡的哀愁。但在她的作品中，我们没有看到像易卜生《玩偶之家》里娜拉那样冲破传统观念的反抗，更多的是一种悲悯，一种隐忍，一种坚强。《十三夜》中阿关在痛下决心后的一句话——"今晚起，我永远是阿勇的人，我会言听计从，不离左右"，也很大程度上反应了当时社会中女性的悲哀地位。

我们从一叶的文句中体会出伤愁的同时，也常能感受到一种对小人物的调侃。这种表达，反而更深刻地把那些丑恶完全撕破，把深层的苦痛，更大程度地展现给世人，是一种对悲哀的强烈反驳。由此，在读一叶的小说时，常令人感到唯美与诙谐并存，无论是构思情节，还是语言功力，都游刃有余。

樋口一叶的作品，前后期有着显著的区别。前期多以恋爱为题，构思单纯，裁红点翠，辞藻华丽，把日本特有的“物哀”，表现得淋漓尽致，如《暗樱》《下雪天》。到了后期，所谓备受瞩目的“奇迹的十四个月”，即明治二十七年（1894年）十二月到明治二十九年（1896年）二月，则风格突变，摆脱了初时的“格式化、空想化、自我兴趣为中心的俗套”，内容上开始偏重写实。也许这是与她的生活环境有着极大的关系，凄凉的身世、周遭的市井百态，深刻地影响了她的创作思想，这一阶段着重以现实世界为对象，在作品中展示了多种不同境遇的女性形象，寄寓了深厚的悲悯之感。正是这些，提高了她作品的社会意义，有着很强的现实主义批判精神。其中尤以《大年夜》《青梅竹马》《浊流》《十三夜》《岔路》等作品震撼文坛。学术界普遍认为《大年夜》是其创作的转折点。

一叶的作品不仅文字优美典雅，故事也娓娓动听。作品中的人物表现，读来恍若就在身边，短小的篇章中，把众生百态，世态炎凉刻画得深刻细腻，让人读到了人物的心底。小说《浊流》中，阿力与源七并未照面，甚至没有语言交汇，看似两人各自过着不同的生活，恰恰是一盒点心，把故事推到了意外的结局。前半部描写轻松幽默，后半部急转直下，好像把人物推进了摆也摆不脱、逃也逃不了的深渊。而源七妻子对阿力的怒斥，则让我们看到的是另一位可悲的女性。压抑了已久，终于无法抑制的胸臆抒发，再次让人感到樋口一叶作品所带来的力量。最终故事又在静悄悄中结束，伤痛隐隐。

樋口一叶的小说，多以男女恋爱为主题，而《埋没》一篇，正如标题所示，讲的是被时代洪流淹没的陶艺匠人，打败他的是时代的变化，使他没有一展才能的用武之地。失去了妹妹的籁三，空留一对绝美花瓶又有何意义，打碎了瓶子，故事虽是终结了，但籁三的传世技艺也与世诀别。现实是残酷的，就像树木被埋藏于地下，成为化石，被人抛弃，被世间遗忘。“嘎然一声，残音沉远，仰天大笑，余音绕梁。夜半的钟声悠悠传来，留下的残片，零珠碎玉金光灿灿，当空一轮寒月，冷澈清莹。”

日本作家斋藤绿雨曾评价说，一叶的作品，让人看到得是“眼泪背后的冷笑”。这正是樋口一叶作品的魅力。她的作品，并未表现在社会与家庭的重压下奋起反抗的女性人物形象，她们更多在流尽了眼泪后，毅然决然接受了现实的悲哀。作品中虽溢满伤情，但那种惆怅背后，又是如此地克制，让人隐隐地心痛，让人唏嘘不已。那种怅惘，让人如鲠在喉。无论《青梅竹马》《埋没》，还是《浊流》，抑或是其他任何一篇，在纯真的文字背后，带给读者的那抹深情，让人难过。难过得不仅是她记录的那些芸芸众生，不是她对笔下人物隐忍的悲悯，而是透过文字，让我们更多看到了作者本身剔透晶明的寂寞，在这寂寞中，听到的是心与天地万物的言谈。那丝凄凉，会久久盘桓于我们心头。在一叶短暂的生命里，她都值得因这寂寞，而深情描绘。

樋口一叶自身，正好似作品里描述过的“浮世里的一叶扁舟”，与世沉浮。周作人评价说：“观察有灵，文字有神，天才至高，超绝一世。只是其来何迟，其去何早。”希望读者通过她的作品，慢慢了解这位被日本文坛称为“明治紫式部”的女作家。

译者

壬寅年元月

樋口一叶简略年谱

ひぐち いちょう 1872—1896

1872年5月2日 生于东京，原名樋口夏子。父亲为东京府下级职员。

1877年10月 进入公立本乡小学就读，后因年龄不足而退学。半年后进入吉川富吉创办的私立吉川小学。幼时即开始喜欢读草双纸等木刻版画通俗插图小说，三天即读完了曲亭马琴的《南总里见八犬传》，影响了日后的创作。

1881年11月 进入东京上野元黑门町私立青海学校就读，开始学习和歌。

1883年12月 以第一名从青海学校高等科四年级毕业，但因为母亲认为女子无需多读书而无法继续求学。

1886年 父亲托旧幕府时代的友人将其送入中岛歌子的和歌教室“萩之舍”学习。开始学习和歌、王朝文学等。

1887年 长兄因肺结核病逝，成为家中最年长的孩子。

1888年 萩之舍的同窗田边花圃出版小说，得知对方稿酬后萌生创作小说维持生计的念头。

1889年　父亲在负债状况下去世，家庭经济陷入困境，开始以十七岁之身背负家庭生计。

1891年　经野野宫菊子介绍，拜入当时《东京朝日新闻》专栏作家半井桃水门下。

1892年3月　半井桃水创刊同人志《武藏野》，以“一叶”为笔名在创刊号发表小说《暗樱》。

1892年6月　因中岛歌子及伊东夏子的反对与半井桃水绝交。经田边花圃的介绍在杂志《都之花》上发表《埋没》，人生第一次得到稿费。

1893年　在吉原游廊附近开办一家糖果店维持生计，成为日后名作《青梅竹马》的素材。《琴之音》在《文学界》发表。

1894年　糖果店经营困难于5月关店，同时开始向周围诸人借钱维持生计，经济问题成为一叶的生活底色。年末在《文学界》发表《大年夜》。

1895年　得到了出版社博文馆光长大桥作平女儿的经济原著，迎来了创作高峰。先后发表了《青梅竹马》《行云》《十三夜》《里紫》等名作。这段时期被评论家和田芳惠称为“奇迹的十四个月”。

1896年　得到森鸥外、幸田露伴等文豪的高度评价，发表《自焚》及《通俗书简文》。同时，确诊肺结核。

1896年11月23日　在丸山福山町的自宅病逝，享年二十四岁。

守望思想　逐光启航

LUMINAIRE 光启

暗樱：樋口一叶经典作品集

[日]樋口一叶 著

罗　嘉 译

责任编辑　余梦娇

营销编辑　池　淼　赵宇迪

封面设计　汐和 at compus studio

内文设计　李俊红

出版：上海光启书局有限公司

地址：上海市闵行区号景路 159 弄 C 座 2 楼 201 室　201101

发行：上海人民出版社发行中心

印刷：上海盛通时代印刷有限公司

开本：850mm×1168mm　1/32

印张：11.875　　字数：210,000　　插页：2

2024 年 1 月第 1 版　　2024 年 1 月第 1 次印刷

定价：53.00 元

ISBN：978-7-5452-1990-6/I · 9

图书在版编目 (CIP) 数据

暗樱：樋口一叶经典作品集 / (日) 樋口一叶著；
罗嘉译 . —上海：光启书局，2023
ISBN 978-7-5452-1990-6

Ⅰ . ①暗… Ⅱ . ①樋… ②罗… Ⅲ . ①短篇小说－小
说集－日本－现代 Ⅳ . ① I313.45

中国国家版本馆 CIP 数据核字 (2023) 第 207680 号

中文版选译自

日本の文学⑤ by 樋口一葉

Nihon no bunn gaku 5 by Higuchi Ichiyo

Published by Chūōkōron-shinsha in 1968